目錄

輯一 凝視

輯二 行腳

輯三 家書

一

凝視

他（她）們

第一章：實錄

題　記

這一組，說鳥兒們，和其他。或者說，給鳥兒們，和其他。確實，我們該對牠們說抱歉。確切地說，是他們或她們。他（她）們是有性別的呀。而你曉得，一塊石頭也有性別。

† 一次次地死去

——他（她）一次次地死去。

我去動物園，最喜歡待的地方是園中園「小小動物園」。裡面有小小的珍禽異獸，更多的是普通的小動物，大都是家養的，類型好多呀，連毛兒長得花哨的大公雞都有。譬如說我最喜歡的小動物：狗，基本上品種算齊全了——每次去，都覺得自己是去給狗狗們開會。他（她）們不怕我，我也不怕他（她）們。他（她）們渴望我，我也渴望（她）他們。看彼此的眼神你就會知道。狗狗的眼神是不能多看的——眼神裡的那種茫然的天真，多看看就變得哀傷。唉，就像坐在車裡向外看人，默片一樣，看人茫然、匆匆、面無表情……看久一點也會變得哀傷起來。

就因為他（她）們，我差不多一個月能去一到兩次。忙得不得了，孤兒院都沒時間去了，小小動物園卻捨不得不去。

覺得狗狗比孤兒更孤單。

多孤單啊——每一個都被圈養，在外奔波的上班族們，各自擁有著一個僅能容身的格子間，沒事只能趴著睡覺。到底上班族們是有娛樂的，譬如：去唱歌，去喝茶，去洗頭洗腳打麻將……我的狗狗，被拴了鋼筋擰成的繩子，哪裡都去不了。

他（她）既長得不魁梧，又沒有衣服。

很多時候，他（她）曉得我們想什麼，並盡力按照我們的心思去做。可是，我們從來不去關心他（她）正在想什麼，渴望什麼。

我們老覺得我們是人，他（她）們是動物。我們忘了我們也是動物的一種。

我們一樣有胖瘦高矮，一樣是哀矜笑開。

我們給他（她）一口飯，就命名自己為他（她）的主人。

我們給他（她）一件衣服，就命名他（她）為自己的奴僕。——那圍起密封的大棚子、鑼鼓鎮天、吆喝著、讓他（她）一百次、一萬次翻同樣的跟斗、做不同的數學題的，不是我們奴役了他（她），又是怎麼回事？

是的，是的，我們從南走到北，我們從白走到黑，到哪裡，都能看到他（她）在那裡，穿著從沒換下過的髒衣服，不言不語，眼裡有著悲傷。

這原本是我們小時候在寥落的街頭才能偶而看到的景象。

我們越來越對不起他（她）們了。

那樣的演出是不休息的，觀者隨到隨演，什麼時段進去都能保證看到演出，像走馬燈、五星級賓館二十四小時供應的熱水一樣。他（她）汗水淋漓——看得清楚的，在哪裡的演出，他（她）、他（她）、他（她）、他（她）……都汗水淋漓。他（她）一遍一遍騎車、鑽火圈；他（她）一遍一遍算著他（她）心裡為難著的、像哥德巴赫猜想一樣的、觀者隨機出題的數學題……他（她）每做對一道數學題，就被賞一口乾糧——這和我們給他（她）的是不一樣的。我施他（她）受，僅僅是因為彼此喜歡。

他（她）因此一生中要死去許多次。

他（她）做多少次數學題，就死去多少回。

這樣的判斷，是基於我的個人觀點：他（她）當然跟我們一樣，也有四肢，有內心，最重要的是，有尊嚴。

因此，每次去到那裡，在每一個小門前，摸摸他（她）的小腦袋（每次都可愛地低著小腦袋，任由撫摸），與他（她）分別依偎一會兒，我和他（她）就都獲得了尊嚴。我獲得的還要多一些。我覺得那時候的我真像個人。

驕傲地說，比很多非常不是人而非常像人的人更像。

我想：如果把這樣的依偎累加起來，能把那些一次次的死去奪回來一點，該有多好。能的吧？

✝葬身腹海的鳥兒

那一年，我長病住院，十天。

第一天，家人去給我到飯店煲了一鍋湯來。

湯裡，躺著一隻鴿子。

十天，十隻鴿子，躺在湯裡。

沒有多少油，因為沒有多少肉，像清水塘裡睡覺的一隻小魚一樣，臥在那裡。他（她）全都那麼瘦小，都有點嶙峋的樣子了，沒有帶著雪白羽毛時的神氣漂亮和柔軟圓潤。縮著小小的腳掌，原本美麗的、紅豆般的眼睛閉緊著，不想看我。

每次都迅速啜一點湯汁，然後就放在旁邊，好久才能被逼著消受了他（她）。不敢看完整躺在湯底的他（她）。

從小聽慣了和平鴿、白蘭鴿的美麗童話和歌謠，和詩篇，乍看他（她）那樣，的確接受不了。

他（她）們原本都應該在白雲下面、在草地上，旁邊有樹，「撲棱棱」飛上飛下，邁小方步扭一扭，和其他鳥兒（雞）蹭來蹭去地對對歌，或吵吵小架。可是，他（她）在我肚子裡，一隻，一隻，一隻……我吃了一群鴿子。

這些年裡，不好好吃飯時，肚子偶而也叫，我就懷疑那是他（她）們在笨笨地、可愛地扭動脖子：「咕咕」、「咕咕」……。有時候熬夜了，肌膚會暈白，眼睛通紅，就覺得是他（她）們獻給我的精力、氣息還在我身上。

難免有為此難過的時候。難過之後，我們還是把那些我們愛的小生靈不停地朝腹部的海裡送。不拒絕就是罪孽。我們親手砌起了自己的獄。這是我們所處時代的悲劇。

還不如古時東方的鬥雞、鬥蟋蟀、西方的鬥牛，甚或在中世紀的歐洲，人和人動不動一人一把槍的決鬥。到底有「鬥」在，壯懷激烈地躺倒在那裡，哀傷罷了，還有骨頭在，而不是絕對強勢的一方吃掉另一方——三分熟、五分熟地、仔細優雅地吃掉，幾乎不吐骨頭，不忘用紙巾擦擦指尖血跡。我們嗜好殺戮的、自然人本性，本來藏得蠻好，卻在不經意間被洩露了出來。

我們把「鬥」和「殺」誤會成了「勇」。

就算是吧，這種「小勇」也實在是我們人類的大恥辱。

看看，難過不說，還搭上慚愧。想來近期輪迴也不至於他（她）們吃人了，但人好像代代吃定了他（她）們。我們已收不住嘴巴。

就這樣，那些雞鴨狗豬牛羊馬驢，那些魚蝦鱉蛇蠍兔熊虎，那些青蛙麻雀知了螞蟻……那些飛鳥游魚兇猛的大獸與細小的昆蟲，那些小生靈、大生靈，他們加起來比人也並不少的樣子，有著靈活的腿、活潑的眼睛，有著自己的語言和只有自己能懂的愛情，有的跑有的跳有的善於攀爬有的喜歡不停飛翔……可我們把他（她）們套牢、擒拿、綁縛、射落，全部放在我們的肚子裡。

這都不算，一個個善良的我們還現代化的用動物監獄關他（她）們以致瘋狂，打上激素藥物促他（她）們畸形發育，吃了他（她）們全部的肉和大部分內臟，有時還要順手砍下他（她）們的角、牙、膽、骨骼、腳掌、子宮、性器……砸成粒、磨成粉、搓成丸作催美催奶催情藥用，把他（她）們三個星期大的幼兒用玩具卑鄙地換走、抹上黃油擱在四百度的烤箱內嫩嫩地進獻給我們的上司吃來換一句漫不經心的誇獎……我們吃到了我們想吃的一切動物——在這個世界上的動物裡，就數我們心眼最多，最懂得為自己著想，也最有可能不真誠。面對他（她）們，我們都是王、是王后，我們的幼兒是王子和公主。我們非常厲害，非常了不起。

至此覺得，現在的詩人們寫不出好詩的原因，一半是因為他（她）們全部被殺戮了吧？詩人們沒了可供感動和神馳遐想的繽紛意像（只能懷抱著自己的肩膀呻吟）就等於沒了命——藝術的生命（何況，詩人們中間還出現了個別人參與遞來刀子、拎走下水的事情）。這和靈感之類無關。

閒了會呆想：來世的我們，會如何？要以牙還牙，以血還血？要父債子還，還是現世現報？……實施殺戮的還罷了，也許不過是個端碗受管、養家糊口的農夫、獵戶、屠夫或廚師。

可吃他（她）們吃得多的人，吃得多還抱怨不得已的人，親愛的你們，你們腹部犯下的，最好用你們的腦袋全頂起來——把那罪名。

第二章：寓言

題　記◎

這一組，寫鳥兒。

好久了，不記得了他（她）們的來處，似乎來自我的夢境。你把它看成真的也沒什麼不對。因為面對人群，我有時羞澀，期期艾艾講多好。不複雜，這記述只是適度惆悵而已。但請耐心傾聽，他（她）們的哀鳴。

† 不來了

西藏有個喇嘛，好像叫做格桑，很小被送入寺中修行。偏遠的寺周圍，人煙也蠻少的，多的是樹。因為孤獨，因為思念雙親，他就開始看鳥兒。

樹多，成了林子，鳥兒也多。花彩雀鶯、禿鷲什麼的，好聽不好聽的名字和好聽不好聽的鳴叫，他都愛。他認識了四百多種。在中國總共一千三百多種的鳥類中，他認識的種類已經讓人驚歎了。

其中，最多的、他最愛的一種是高山禿鷲。這是一種體形非常大、翅膀也非常寬的好鳥。更好的是，高山禿鷲只吃腐肉，不殺生。如你所知，在那邊高原的某些地方，還實行著「天葬」的習俗，尤其是僧侶們更是如此。他們信奉自然，像信奉佛祖。而他們一直固執地認為：身體被鳥兒啄食，是佛祖的一種極大的恩惠——歸了來處。這信奉沒什麼不好，簡直生機勃勃，還透著詩意盎然。到底不需要哭泣的人生是最好的，哪怕在那最後的最後——尤其在那最後的最後。

後來，他就開始畫鳥兒，畫這種神奇的、帶有某種上天意旨的大鳥。

再後來，他就開始有意飼餵屋簷下的紅嘴山鴉——在他家鄉那裡，家家屋簷下都有這種嘴巴紅紅的可愛鳥兒築巢。他（她）們的巢小，他就幫著弄。

是用酥油飼餵的，偷著省自己的那一份。後來，他的秘密被住持看到，也就默許了。畢竟，這世上愛鳥兒的人還是多於不愛的。

他是那麼愛這些小東西！以至於他（她）們幾點進窩，幾點休息，每日進餐多少，有幾個孩子……他比自己有幾根指頭都清楚。哦，還有每年遷徙來的時間——他把它們刻在門楣上，像我們平時為自己的孩子在門楣上畫下成長的印記，還有為自己的愛人來鴻的數字在日曆上做只有自己明白的標示……那些愛痕，那些青春裡快樂或略微憂傷的小浪花。

再後來，他就開始投餵那些放養的犛牛、高山鼠兔。

他（她）們、他（她）們和他（她）們，從怯怯跑開，到游移來去，到開始和他試著接近，不再怕他。到後來，他一出現，他（她）們就飛或飛奔而來，站在他的肩頭，或蹭在他的腳邊。

他甚至認為，他（她）們可以把他直接抬走，到一個人所不能到達而神仙隨意穿梭的美妙地方，去看些絕美的風景。

這些生靈是那麼好，那麼溫柔，讓他每天每天不用說話就已幸福得想哭。

但，這種幸福——超出幸福的幸福過於奢侈，於是，該削減了——樹先削減了，去到各地，然後，然後——高山鼠兔由於被獵殺者投毒，死了；放養的犛牛吃了有毒的高山鼠兔，也死了；專以腐肉為食的高山禿鷲吃了有毒的高山鼠兔、放養犛牛的身體，也死了。

而屋簷下的紅嘴山鴉，不曉得什麼緣故，不來了。一年一年，帶有他刻痕的小浪花停滯在那裡，不再快樂和略微憂傷地朝上翻湧。

他仰望天空，覺得空了。

他等啊等啊，像一個好愛人，等不來他的心上人。他漸漸消瘦。

最後，他也死了。

一天，就像他（她）們派來的一名使者，來了一隻特別健碩、特別美的高山禿鷲。她不吃他，只俯飛三圈，高叫著離去，不再回頭。

沒有人曉得她去了哪裡。

†姑娘的歌唱

要說的這隻鳥兒像人。

她的鳴叫像歌唱。

七個音符，抑揚頓挫，組成一個音節（當然，還可以顛來倒去反覆變化，以至無窮），婉轉得如同一個姑娘的歌唱。裡面有一個最高昂卻柔美的音符，是最好看的、畫龍點睛的那一「點」，小提琴協奏裡最動聽、最矜持的那一個。

當然，如果你是女的，願意把這聽成一位年輕人不停口的口哨聲也可以。

她有著修長的、蓋世無雙的五彩尾巴——簡直就是孔雀的，如假包換。同時呢，與木框一樣黑的，是她的頭上羽毛；雪一樣白的，是她身體兩側的羽毛；血一樣紅的，當然是她乖巧的嘴唇，哦還有，粉紅的小腳掌……唉，是個白雪公主耶，鳥類裡的白雪公主耶。

她多麼愛歌唱呀：清晨，她停在枝頭，唱，薄脆；黃昏離巢，唱，迷離；上午練習飛翔的時間，唱，清越；下午學習柔美舞步時，唱，優雅……唔，她還沒有戀愛過，不曉得到那時，她的歌喉會不會甜蜜得夜夜放光華呢？

然而，獵人來了。

當然，獵人裡也是有心軟的。她的幸運在於：她碰上了這一種。

他常常靜靜聽她的歌唱。開始時，她甚至還有些靦腆，有些躲閃。後來，每當看到他，看到他專注的眼神，她的歌唱就更加悠揚。當然是多麼難多麼巧地遇了知音。這多好！比吃到好吃的蟲子還要好上一千倍。

她沒有被子彈擊傷，只是被網子捕捉。她甚至有些心急、心甘情願地跳進他的網子裡。

她被這個好獵人——好獵人也是喜歡她的絕美歌聲而吸引得不得了呢——帶回家。

她被放在一個極其漂亮的籠子裡，每天有精良的小米和水甚至牛奶侍奉著。

她不曉得要被關進這麼小的地盤。但她多麼柔順，並不是好挑剔的鳥兒，總能忍下來。還自己找些好理由，使自己想開。於是，雖然她沒有了枝頭，卻還是歌唱。

只是，音節裡少了那個最高昂卻柔美的音符。像畫龍點敗了眼睛，沒有了神氣；像小提琴換成了大提琴，沒有了活潑。

自由和歡樂這些隸屬奢侈品的東西可多可少，乃至可有可無。她習慣做成「大提琴」已經好多日子了。

她以為日子就這麼過下去了，也不錯。

但是，但是……

好獵人的小孩子需要一頂好看的帽子，去比下去其他的女孩。

小孩子看中的是她的尾巴上最長的那根，最漂亮的那根——做裝飾。

小孩子也很愛她，但更愛自己。

與愛自己相比，她就微不足道了。

於是，小孩子偷著打開鳥籠，哭著拔下了她的尾巴上的羽毛。哭著拔也還是拔的。

她禿得不能看了。

而即便小孩子的父親——那位好獵人回來看到了，也只有作勢——當然只是作勢，他那麼愛他的小孩子——作勢打他一下下而已。比起他的小孩子，她當然也就不足道了。都只因為，他愛小孩子比他愛自己、乃至比小孩子愛她自己還要多——多好多。你曉得的。

如果需要，他甚至可以非常真實地哭著殺掉她，如果他的小孩子撒嬌耍賴非要他那麼做的話。哭著殺也還是殺。因此，很多時候，很多的哭——無比真實的哭，你不要把它當真。

她那麼美，好像因美才生。

她因此拒絕歌唱。連「盲聾」和「大提琴」也放棄再做。

她不歌唱的時間一久，又那麼禿，寒磣，呆板，酸楚。好獵人的老婆、始作俑者的小孩子以至好獵人，都漸漸失去了對她的興趣，乃至愧疚。

最後，他們合夥把她丟到了荒野裡，還美其名曰：放生。是小孩子親手從籠子裡取出來，丟到天上去的。

於是有電視臺報導了他們「動人」的事蹟，還上了報。尤其是那小孩子，還被選為愛護鳥類的好少年，到好多學校巡迴作報告。

小孩子的事蹟是她的父親——那好獵人幫忙寫的。到後來，小孩子不用稿子也能倒背如流，該流淚的地方（譬如：看到路上受傷的小鳥兒自己心裡是多麼悲痛，自己是怎麼用紅的、紫的藥水幫鳥兒塗抹傷口……等等），小孩子會停下來及時流淚，包括等著適時該起的掌聲。

時間是位大師，他教導了所有的一切。好久了，小孩子也就覺得她自己的確是幫助了一隻天下罕見、歌聲罕聞的好鳥兒，而不是別的。

他們禍害了她，還說是她的恩人。重要的是：小孩子學會了撒謊，卻當作歌唱。

他們偷走了她的歌唱。

她呢，在以前待過的那個樹林裡，活著，但生不如死。

她難看，神色冷峻地來去覓食，不再信任何的網子，包括蜘蛛網。

她都快老了，卻不理別的鳥兒，不戀愛，也不歌唱。
永不歌唱。

第三章：遺事

題　記 ◎

這一組，給鳥鳴，我所失去的鳥鳴。

我有一百年沒有聽到過鳥鳴了。

然而，為了他（她）曾經唱給我聽，今天，我要唱給他（她）聽。

只唱給他（她）聽。

†被遺忘的記憶

記憶裡的鳥兒無一不有著善良親切的臉孔，就連烏鴉的也是。其實，你知道，我們說他（她）難看或叫聲不吉祥，都是人類自己的附會——我們太霸道而鳥兒又太柔弱。鳥兒的鳴唱不過是因為快樂，或是愛情——沒錯，像你和我為了愛情而鳴唱一樣，他或她的鳴唱，大半也來自於愛情——那種快樂裡的極度快樂，那些快樂的小小積攢，或者說，真實的、可以觸摸的幸福。

關於鳥鳴的印象，最深的似乎就是童年的一次迎面相遇了，也像我們與最純潔、最高貴的愛情的迎面相遇，那樣來勢洶洶。

那次，也是跟看到兩隻鳥兒的相互愛撫一樣，我好像一下子撞破了鳥兒的秘密：天濛濛亮，還看得見蕭疏的星。而我，正在我那棵樹冠像揉皺了的碎綢子一樣的樹旁，循例心無旁騖又極想旁騖地背詩。突然地，一隻鳥兒（不知道是隻什麼鳥兒，也許就是一只當時大家司空見慣的雲雀）就落在我的腳邊。她用豇豆紅的漂亮眼睛看到我，一眨也不眨——她在和我對視！

一個五歲的娃娃頓時給嚇懵在那裡，成了石頭。

她一時好像明白我的心思，上前來啄一啄我的腳。也許，她把這樣一隻粉紅的圓鼓鼓的小女孩的腳丫誤以為是甜津津的白薯？

很快地就知道不是的，因為那啄是幾乎覺察不到疼痛的啄，或者說，那不過是一種撫摸。

她啄完了，繼續看看我的臉，很小聲音地「啾啾」了兩聲。你還知道，孩子的心很多時候就是動物和植物的心，她們是同類。於是，我同樣很快地知道了：她在跟我說話。

我伸出手去，輕輕順著小腦袋，一遍一遍摸著她的毛。她背上的毛毛像水一樣滑潤，讓我恍惚間覺得她就是我的夥伴，或者就是我自己。

就這樣摸著，不知道過了多久——也許，是一個早晨？也許，只是一分鐘。我不記得了。只記得那一刻，寂靜得似乎天地間只有我和她。我們享受彼此，和彼此給予的寂靜。

她在這樣的寂靜裡，突然地就激動了——是的，那不是激動，還能是什麼？——她張開翅膀，「撲拉拉」就飛上了最高的枝頭——我告訴過你那棵我的樹，她早已經美麗得得像雲彩了。

她開始了鳴唱。

鳴唱出奇的好聽，像我們難得的撥冗旅行，她聲音的旅行。

在這樣旅行的好聲音裡，一大群她的同伴應聲來到了，接著又是一大群……他（她）們錯錯落落、音符般地落在枝椏上，像身邊那棵不開花的樹剎那間開遍了花朵，和他（她）們升騰起的香氣。像滿天裡驀地重新撒開歡樂跳舞的群星，和他（她）們散發出的光芒。

他（她）們開給我看，唱給我聽——用不同的聲部，甚至有著完美的和聲。

那是一個神奇的早晨。一個南方或一個孩子或一個女子都或多或少都會遇見神奇的早晨。南方和孩子和女子在某種意義上就是一個通靈者。而當南方粗糙成北方、孩子粗糙成大人、女子粗糙成男子的時候，他（她）們和我們也就失去了這項功能。使我們的生命紋理保持細膩和乾淨的功能。

我們對此幾乎無能為力。

至今，我還不太明白她——我的朋友——開始鳴唱和召喚同伴來鳴唱的原因——是因為她受到我手的愛撫？還是，像我們常常要捉一隻鳥兒來看看它到底有多有意思、能不能學舌什麼一樣，來表達對人類的孩子的好奇之心和溫存之意？還是……像傳說中的外星人探訪似的，藉此向所有幼小事物的友好致意？……如果說鳴唱無非意味著鳥去鳥來，那麼，詩歌還不是人笑人哭？一樣。甚至，較之人踱步蹙眉採到的詩歌，鳥的鳴唱來得更自然和樸素——因此更優美些。

那個露水打濕的早晨，我把詩歌丟在一邊，把鳥鳴抱在懷裡。

這個有鳥鳴參與的早晨的其他記憶全部模糊掉了，譬如背了什麼詩——有鳥鳴，要詩歌做什麼？也許如果一直有鳥鳴，我們也就不記得什麼詩歌了。

我只記得我的鳥鳴。

†另外的光芒

鳥兒的鳴唱是一種光芒，天賜的光芒，如同月亮照在樹梢上。

無論何時何地、身份尊卑，可憐的人一股腦地統統都在喧囂的黑暗中，沒有自由，缺乏翅膀，坐坐飛機、火車、客運，從這裡到那裡旅行就說是天底下最愜意的假期，不斷無奈地跋涉和歎息——人還會什麼?不過是跋涉和歎息這麼兩樣本事——歎息之餘跋涉，跋涉之餘歎息。歎息啊，就是那種拉長了聲音把「愛」說成「唉」的、由高到低拖曳下來像鳥兒的墜地死亡似的那樣難聽的聲音——像我常在文字中用到的那個字一樣。而鳥鳴就是救贖的一種。正如坐禪，正如愛情。而坐禪、愛情和鳥鳴，這三者在本質上沒有一絲不同。

鳥兒的鳴唱當然也來自於光芒。

那是一種更為牢穩和扎實的安靜。他說「鳥鳴山更幽」，他也說「蟬噪林愈靜」的——唉，在我的詞典裡，蟬當然不是昆蟲而是一隻鳥兒，甚至蒼蠅也是呢——只是他（她）更小型、鳴唱也更微弱而已。有翅膀有鳴唱，不是鳥兒是什麼?事實上，最小的鳥類——蜂鳥，比一隻蒼蠅還要小上很多。而我們聽到鳥鳴就會不由自主地感到愉快，要跟著他（她）吹起同一個調子的口哨，還因此在一門可愛的藝術——口技裡，有了專門模仿鳥兒鳴唱的著名的曲子，那裡面，一百隻鳥兒和他（她）們的領袖普天同慶的盛大集會，和遮掩不住的歡樂歌唱，讓人捨不得醒來。

在所有動物當中，鳥兒的體態幾乎是最嬌妍多樣、色澤最豔麗多彩的，聲音也是最音節豐美、千迴百轉的。也許可以這樣說，任何門類的藝術大師創造的頂級藝術品都無法與一隻麻雀這樣的大自然最愛惜的孩子並肩——鳥兒以其微末傲立宇宙，身上閃爍著綠寶石、紅寶石、黃寶石一般的霓彩，並金聲玉振地大聲向世界傾訴。如此看來，鳥兒當然是大自然傑出的、一版再版的代表作：他（她）們輕盈、迅速、敏捷，像直升飛機一樣任意懸停，有著好看的、鋪張的羽毛，以及優雅的鳴唱——不得不說鳥兒和它們的鳴唱是上帝的恩寵。他（她）們從來不讓地上的塵土玷污潔淨的衣服，因此終日在空中飛翔和鳴唱，樹上做巢和生育，只不過偶爾掠過草地，然而很快又向遠處飛去。

同植物的一貫沉默和謙卑是人所不可比擬的高貴品格一樣，鳥兒的不停飛翔和鳴唱同樣是人所不能比擬的。人有許許多多的缺點、毛病和令人討厭的地方（譬如惡語中傷自己的朋友），鳥兒的，不多。鳥兒至少乾淨，大部分只挑選食植物的種子或啄擊危害植物的惡蟲，並不懂謀害。

鳥兒胸腹的柔軟和溫暖，是任何一個觸摸過它的人都曾經有所感受的，而鳴唱皆起於那裡。姑且讓我們認為那裡就是心吧，一顆小小的心臟，「撲通」、「撲通」跳動著、隨同身體飛翔——或者比身體飛翔得更遠——的心臟。那樣生動蹦跳的聲響，從他（她）們或長或短的嘴巴裡傳出來，就成了按捺不住的激越、動人的鳴唱。

鳥兒當然要遇到獵槍——這在以前和現在都沒有杜絕過，沒有。這是個很奇怪的現象。人類是雜食動物，已經有了很多吃的、稻麥蔬果、肉蛋奶——肉很多都是絕好的肉，譬如牛、老虎、鯊魚……從陸地到海洋，人類的一張嘴巴遮天蔽日，一副肥水橫流，可人們啊，為什麼還要盯向空中呢？

我們可從沒聽說過有哪一隻或哪一群鳥兒有吃人的打算。從來沒有。

空中的遁逃是無濟於事的，人類是最聰明的萬物靈長——我們砍伐森林、燒光草地，然後舉起了獵槍……因為獵槍，所以喑啞——他（她）們不再鳴唱的原因是這樣具體而冰冷。他（她）們驚惶地躲避獵槍，所有鳴唱的器官都打上了封閉、石膏，最後退化，慢慢僵死。

這太陽下的殺戮導致的是：我們失去——失去他（她）們的信任，失去他（她）們的友誼，失去他（她）們的庇佑，失去他（她）們的欣悅，直到失去我們的幸福。

我們因為使用了獵槍而從此變成了鳥兒眼睛裡最強硬、最殘暴的獵槍，也從此失去了鳥兒的鳴唱，那種大地上空另外的月亮。

那種光芒。應當無所不在的光芒。

不在了的光芒。

——我詛咒獵槍。

註：原載於《北京文學》二〇一四年第七期，被選入《中國散文年度佳作二〇一四》、《二〇一四年中國精短美文精選》、《二〇一四年中國散文年選》、《二〇一四中國散文排行榜》、《中國散文精品年度佳作：二〇一四》、《第七屆老舍散文獎獲獎作品選》等

卑微者

題　記◎

這一個，給卑微者。
他們住在我住的這條街。
故事與錢有關。

《我願證明，凡是行為善良與高尚的人，定能因之而擔當患難。》

——貝多芬（一八一九年二月一日在維也納市政府）

†賣藝的

相比較而言，葫蘆絲是件比較好掌握的樂器。但要想演奏得精彩動人卻是很難的事——一不小心，就吹得不像絲，像葫蘆。跟難掌握的小提琴一樣，弄不好就像鋸木頭。

我聽到了幾乎可以開口說話的葫蘆絲。

它在我每天經過的街角，真的絲線一樣，飄蕩過來，纏繞了我，拔不動腿。

那個啞巴有六十歲了吧？一捧荊棘樣的鬍子蓬亂斑白。他在那裡，生了根。

他的「工具」在那裡，一個纖維紙板的牌子，倚著一塊磚：一元。一個大搪瓷缸蹲在他面前。

我不是由於別的，完全因為被樂曲感動，彎腰，在裡面放五元，帶著羞愧——這般精湛的演技，我們在演奏廳中欣賞要交五百到八百元不等。我的腳步像貓。

他的手勢簡單：指著寫「一元」的纖維紙板。

我忙打手勢回應他——搖動：「一元？不對。應該更高。」豎拇指：「你真棒！藝術家。」

「藝術家」三個字是心裡稱呼的，表達不出來。

他分明讀懂了我的讚美和尊重。眼睛裡發出雙倍的光亮。

但他還是堅持，欠起身，從缸子裡，從為數不多的一元硬幣裡，一枚、一枚、一枚、一枚，比較費力地挑出四枚，示意我彎腰（我就彎腰），然後，輕輕排在我的手心。

——他找了錢給我。

他只拿自己該拿的。

我哭了。

他驚愕，不知道我是怎麼了。

我也不知道。

我拿了這四枚硬幣，走了——感覺像偷的。

✝拾荒者

他拾了金——在垃圾箱裡撿到八萬塊。

他是從遙遠的東北流落到本地的，被傳銷人員被騙得身無分文，好不容易逃了出來。又由於種種原因，怕丟人、怕壞人知道了家的地址追殺連累到家人什麼的，他不敢直接回家——也沒錢——只是混在拾荒者的人群裡，胡亂捱時光。

慢慢地，他就真的成了一個拾荒者。每天天未亮就在那個區域到處走著，找那些瓶子、罐子、紙板，換成饅頭。

他妄圖攢夠回家的路費，那可不是個小數目——一眨眼，他已經離家多年了。那個區域居然天上掉下「餡餅」——八萬塊！

他沒經過思考，就送到附近的街道。

街道大媽很熱心，展開「人肉搜索」。還真找到了，那糊塗「人肉」。

那失主好感激，從裡面抽出一千元，塞給他。

他有點不好意思，捻著衣角，那破爛不堪的衣角。可他毫不猶豫地接過來，簡直有點迫不及待地「搶」——他多麼需要！

他想念這張車票（在他眼裡這當然是張車票）想念得發瘋。

我望見他穿了齷齪衣服匆匆走去的背影，想起自己的齷齪。

我若是他，會大哭著直接買了車票回家了，什麼都顧不得。或者，就是上繳，也會哀求：留給我一點吧，我要回家。

†女兒

她生下來就被丟在路邊，被現在的養父偶然挑到。他是個貧寒無依的啞巴。養父含辛茹苦把她帶大，還咬牙送她讀書，期望她走出貧困，有光明的前程。

她讀書蠻用功，成績也好。

可突然，養父遭遇了一場車禍。肇事者丟給他三十元，跑了。當她被鄰居從學校拉出來急急忙忙趕到醫院時，養父正在急救室裡呻吟。

借不足手術費。

自然地，她想到去親生父母家請求資助——並討還一些什麼。

她不曉得「愛撫」兩個字怎麼寫。

好吧，那就去，去請教那具體寫法！哪怕僅僅為了養父。

她的憤怒和怨恨已經成山成河。差不多要天崩地裂、一瀉千里了。

踩了許多的石頭路到了那裡，她的憤怒和怨恨還未及噴湧，淚先上來：

那是個什麼樣的家呀？從院子到房屋，一概破破爛爛東倒西歪，沒有什麼傢俱，沒有一切有電的物品，電燈拉不起，連碗櫥都沒有，連筷子、籠子都沒有——筷子沾著硬硬軟軟的粥痂，被亂亂地丟在這裡那裡，自卑，驚惶，滿面憂戚。

沒有母親——十年前，就已因思念被送走的女兒而精神恍惚，去山下提水時失足落水而死掉。

沒有姐姐——她在一年前，就已因家境寒素相親屢屢未果致使精神憂鬱，自殺身亡。

有弟弟——他在大樹後面躲藏著，臉髒得不能看，偷覷著陌生的姐姐，默默流淚。早已輟學。

有父親——哦，父親，他指甲縫裡滿是辛苦工作的烏泥，皺紋生成灘塗，穿著已經絕跡了的中山裝，衣服領子捲曲得和兩片枯葉一般。

他看到她，愣在那裡——他以為死去的大女兒又回來了。他搞不懂：這是怎麼回事？該欣喜，還是哀傷？不，不害怕，自己的女兒怎麼會害怕她？鬼也不怕。要擁抱的，還要親。

但很快，他便想到是她——她也是父親心頭流血不止、永世不得痊癒的傷口啊！那一年生下她，家裡突然遭了一場大火，全部都被燒個精光，不得已才出此下策。然而後悔和痛苦，一日都沒有忘卻。這後悔和痛苦有多強烈多持久？我們不曉得。只聽見，那樣一個訥言、老土的父親，他撲過去，抱住她，涕淚滿腮：「娃兒，你……你怎回了？你不知道我是多麼地思念你！……」

他的嘴巴裡竟說出了「思念」這樣的字眼，我們平時都不大好意思吐出的話語。

他最終還是知曉了原委。一絲都沒有猶豫，掏出家當——他的身上帶著他所有家當——九十八元（我看到十元、十元、五元、五元、一元、一元、一元、一元……）一把塞給她。說：「給你爸爸看病。我對不起他。」他強調「你爸爸」三個字，咬得山響。

她推。他那樣愧疚、貧寒、衰老、風霜，她拿不動這沉甸甸的九十八元。

他執拗地不接，塞給她，再塞給她，都快生氣了——哦不，他沒有資格生氣，於是，最後，他只能眼淚鼻涕滴下來，說：「你拿著。」

她就拿著。一眼瞄見樹身後面的弟弟，哪裡忍心就這麼帶走他們生存活命的錢？不說上學讀書那種高遠的事，他們吃什麼？要怎麼活？

那孩子也像父親，雖然無聲淚流，卻堅執不接。錢落在地上。

她只好取了其中的十元，在父親愛得痛得錐子一樣的目光中，滿面淚光地回到醫院。

養父還算好命吧？在她學校捐助下，順利做了手術。

她還給他細細地洗腳，一下、一下，撩著泉子裡挑來的清澈的水，叮噹叮噹，養父的心都隨著起了舞蹈——幸福呀，笑容那麼燦爛，多年的辛苦蠻值得，一瞬間就得到了回報。但並不僅僅由於女兒給自己洗腳，當然不是洗腳這件事，這又算什麼……真的覺得有女萬事足，彷彿世上一切都不重要。

沒有，她沒有告訴她去找過親生父親的事。她怕他誤會、傷心。

誤會和傷心迴避不了，這世界就是你怕什麼來什麼。那親生父親日日良心不安，還心疼養父養育的不易。這成為一種折磨，這折磨隨日加劇，比貧窮還教人難過，以至於他居然懵懵懂懂，在某一個晴天裡，提了禮物，一路打探，穿山越嶺來探望養父了。嚇死她！

開始，養父滿面笑容，非常客氣和熱情地讓座讓水，但後來，父親開始說起一些感激的話——感激養育，感激，感激，喋喋不休。

養父臉上終於感到不對勁了。他收斂起笑容，猜測到什麼，明白了一切。

他開始頻頻看錶，最後乾脆走到一邊，不再理他。

自此，他開始生女兒的氣，氣得哭。甩她的手向她支吾比劃，像個小孩子。

她也就耐心追著，「爸爸」、「爸爸」地喚著，解釋著，表達自己不會離開的心願和決心。

養父還是彆扭著，想不開。他在吃親生父親的醋了。這可憐的父親的心。

她說啊說的，直說到養父車禍住院沒錢時，淚才下來，說：「我爸爸不手術有生命危險……那怎麼得了？」唔，她把養父「失去生命」看成「怎麼得了」的事。

親生父親來了。他說：「她的爸爸辛苦帶大她，我不能把她帶走。」

相見剎那，養父沒有了生氣、敏感和怨惱，他鄭重地拉著女兒的手，「說」了一大堆話。

他的女兒全部聽懂，也翻譯了一大堆話。

主旨就是：你帶走女兒，你更需要她（她大了，很懂事）。我沒有什麼。你放心。

那親生父親，他走過來，蹲在養父的面前，握著他的手，說著以前他說過的話。

他們眼睛裡都泛著淚花，擦了湧、又擦又湧。

就這樣，我們看到他們——這兩位父親把他們的家當——女兒——他們珍重得像自己的眼睛一樣的珍寶，讓來讓去。

那女兒，她坐在中間，幸福地被推讓著，默默無語，含淚微笑，頸項修長，像一名真正的公主。

註：我住的這條街，長度不足五百公尺，位於市北的一個村子，城鄉接合部——濟南歷來有「住東住南不住西、北」的說法。原住民不斷加蓋房子，外來人大量入住，做著各式各樣的小生意。同質性的商家很多，光賣饅頭的就有七戶。這條街被我父親笑稱為「全國最方便的一條街」。

消逝的樹和麥田

一

題　記◎

這一個，給父親們。
在不同的田裡，勞動不止、如流血不止的父親。
不眠亦不休。

†一棵樹，一盞燈

兒子們重新來過就來過吧——他們有足夠的資本去重新來過或不來過。我說的是「重新來過」的父親們，那些不大說話的人。

每次看到這樣的父親，都覺得是看到了一棵樹。我們驚訝於它的大，它的高，它的紋絲不動。

因此說，樹木，那些更大的、更老的樹木成長的一生，就是時刻準備著的一生。雖然有時候，它像村莊一樣微不足道，我們在沒有砍伐或是它自己長病死去的時候，是不會看到它的——我們的眼裡一向有著更重要的東西。我們享受了它的綠蔭、它帶來的氧氣，甚至它的名字（想一想它的名字都感到愉快），卻看不到它的軀體，和倒下時簌簌流下的樹脂——它內心多麼乾淨的清香。

也因此說，樹的一生，我們得借助於一盞燈，才能看清。一棵樹一盞燈。

這盞燈有一個動聽的名字，叫做「重新來過」。

劃根火柴，我來點上：

有位父親，農民，平生最大的願望就是積攢木料蓋許多間房子。當他老了，建房的木料也積攢得差不多了，正可了卻心願。但就在這時木料全部被毀掉了。誰都猜，他要被徹底擊垮了吧？

而這位大字不識的父親卻只是淡淡說了這樣的一句話：重新來過。

他抖擻著七十五歲的身軀，重新下到田裡，去「撈」那些木料。

在這位父親，就是在裡面撈著理想。他沒有捷徑，只能透過田。

田很大呀，一眼望過去，哪裡有邊？而田裡的人，哪一個不寂寞？空間能夠彼此隔得山高水遠的，一整天一整天鋤地，一整天一整天不說話，也聽不到別人說話。聽到的，只有鋤頭碰到土壤裡的碎石子發出的小小脆響。每一塊田都是一座窒息的城池。

當然，田裡也有好風景：抬頭就是藍天白雲，花香和鳥語也盡可做兩碟下酒的小菜……可是，你見過哪一個揮汗如雨工作著的人，他有心思去欣賞風景？他只埋頭，註定戴著草帽捱過如地獄班炙熱的夏天，並在通往不死鳥似的理想的路上經受淒清夜裡的露冷風寒。

大麥小麥，五月七月，工作怎麼做也做不完。也不知道那父親他最終撈到了他的理想沒有，撈了多久。只知他的田沒有合適的詞語形容——那種綠，是黑色的綠，最有力量和忍耐力的一種顏色。

重新來過的，有著自己的一畝田的，又何止這位農民父親呢？那位現代史上最傑出的畫家父親，他到了六十幾歲時，突然背叛「人過六十不學藝」的俚語，放下墨斗，拿起毛筆，重新來過。他畫了又三十年。他的三十歲就是他的〇歲。

當然還有，那位偉大發明家父親的實驗室發生大火，所有的研究成果付之一炬，他的兒子焦急地四處找尋父親，卻意外發現年近七旬的父親竟也擠在人群中。他表情平淡地指使兒子：「去把你母親找來，這樣的大火真的是一輩子難得一見。」

他對著灰燼說：「感謝上帝燒了這把火，因為我又可以重新來過了。」

大火之後三個月，他發明了留聲機。

†一棵樹，一捆柴

還有一位父親，他站在海邊的一個院子裡，一言不發。像他描述過的棗樹。

他站在那個院子裡，一言不發。

是的，我們只能看到他的臉孔部和一點點的胸部，不太知道他是站著或是……但是，他只能是站著，這簡直是一定的！

他沒有坐著過——沒有時間。他說：「我把別人喝咖啡的工夫都用在工作上了。」他像一個深山裡的砍柴人，十指黧黑地日夜砍著他的柴火，伐薪燒炭。

他更沒有跪過，即便在世界最稀鬆爛軟時，也是中國最硬的骨頭。

他的眼袋很重，法令紋很深，從我的角度望過去，似乎鬍子也已經花白……他分明老了，雖然頭髮還是那麼桀驁不馴。他比我們以前見過的所有照片和雕塑都要老。他跟我們一起隨著歲月來到了二十一世紀的冬天。

陽光很薄，曬不暖一個院子。

他寂寞地站在那裡，凝望著天空，眼神裡竟然流露出一絲茫然和不知所措，似乎比我們還要訝異於眼前的景象。

這個具有極其驚人的自我統合力和創造力的人，竟然在很長的時段裡被幾乎全國的人都誤以為是「神」，沒有誰真正理解他——就算馬馬虎虎理解了，也只是以十分粗暴的動作把他拉下神位——像傳說裡不民主的國家機器強姦憲法一樣粗暴地，在世俗的意義上去解讀他的情書，去解讀他和誰當時的恩怨，去解讀他在愛裡與愛人的昵稱的性符號，去解讀他對著瓶口小便的潛意識……去很津津樂道他的小隱私，把他當成茶餘飯後免費贈送的小甜點來消費。這當然不是他，更不是他的全部，甚至在某種程度上褻瀆了他。他當然有缺點和我們不習慣的地方，而且也不少，比如偏執，比如他總是一副擊鼓喝堂號的口吻。

他沒有「小」。

但是，沒有誰有這樣的權利染指他半分的潔白。

是什麼賦予了小文人和宵小這樣信口雌黃的膽量和自以為是的權利？是什麼？

也許理解他的只有瞿秋白與毛澤東，而瞿秋白幾乎被人忘記了（那真是一個不一般的人），但是，誰又去理解毛澤東呢？去理解那些人？那些並不完美的、身上有著這樣那樣傷痕的詩人和戰士？

光榮是他們的，只有背負是自己的。他背負的太多了，又無處傾倒，於是只有躲進一個院子，把自己栽成一棵樹。

就這樣，他和他寫過的樹一個樣子：默默似鐵地直刺著奇怪而高的天空，並使月亮窘得發白，把烈焰一樣的熱情和玫瑰一樣的純潔像貯藏柴火和春天似的，深深地貯藏在了心底。他背倚著一堵紅磚牆——那堵牆很樸素，因為他冷，它就把自己染成一片暖色，好擁抱一下他多麼寂寞的神情；他手扶著幾枝溫柔的松葉——那些針一樣的葉子為了讓他扶起來更舒適一點，抓了些鬆軟如同棉絮的雪朵給他織成了手套。

一個院子用自己的方式心疼了他。

還是想一想他不朽的著作吧：《彷徨》中的作品大部分是沉鬱絕望的文字下面那種直沖雲天的氣脈，而《吶喊》中的作品讓人窒息，《野草》可以說是駁雜的，有對自己的解剖，有自己那顆不倦燃燒的心，當然更少不了他冷冷語調的提醒，《朝花夕拾》則讓我們更多地感到他童年的活潑與靈性，當然也感到了那股弱小的生命力與朝氣不久就要被扼殺的命運。

《故事新編》我看的次數不多，但還是知道他的好多作品就好像是一篇，所有的文字都可化為那股叫造物主都膽怯的正義。這就是他說的造物主在真的猛士面前膽怯了，於是躲藏，天地也在猛士的眼裡為之變色。而他那顆熊熊燃燒的心則很少提到，只在《死火》與《傷逝》中提到，還有在一些詩中也可感受到。而無奈、淒苦、絕望、悲憤、壓抑、彷徨……也是有的，然而這些怎麼能消耗掉一個詩人和戰士為天下奔的激情和鬥志？幸而在他人生的後半段，又有一份讓人稱羨的愛情去中和了……真的要感謝溫柔靈秀的許廣平先生，替我們給他補充了熱量和動能。我們？我們只享受了他的溫暖和援手。

他多會愛啊，他自己就是一捆柴，把身體裡所有的愛都轉化成溫暖，給了我們。靠在他的身邊，像靠在太陽身邊。

他多會恨！……他多會愛就多會恨——他因這恨棄醫從文，將人生重新來過——來醫社會的「吃人」痼疾；他恨「想做奴隸而不得」和「暫時做穩了奴隸」的社會，他呼喊：「創造這中國歷史上未曾有過的第三種時代，則是現在的青年的使命！」

這個冬天，是所有冬天裡最冷的一個冬天。

可是，在他冷成一座雕像的時候，我們卻都沒有想起來去給他披上一件可以擋一擋風寒的棉衣。而當我們因為自己冷而想起來的時候，他謝絕了。他不喜歡我們各色光怪陸離的衣服。

那麼，就拋掉了那些他不喜歡、我們也不喜歡的、外表好看、奇奇怪怪的東西，仰望著他，用情話一樣的語調，咕噥出《死火》中一些無與倫比的句子，來激勵一下他和我們自己吧：「你的醒來，使我歡喜。我正在想著走出冰谷的方法；我願意攜帶你去，使你永不凍結，永得燃燒。」「唉唉！那麼我將燒完！」「你的燒完，使我惋惜。我便將你留下，仍在這裡吧。」「唉唉！我將被凍滅了！」「那麼，又怎麼辦呢？」「但你自己，又怎麼辦呢？」他反而問。「我說過了：我要走出這冰谷……。」「那我就不如燒完！」

還有，「天地有如此靜穆，我不能大笑而且歌唱。天地即不如此靜穆，我或者也將不能。我以這一叢野草，在明與暗，生與死，過去與未來之際，獻於友與仇，人與獸，愛者與不愛者之前作證」。「為我自己，為友與仇，人與獸，愛者與不愛者，我希望這野草的死亡與朽腐，火速到來。要不然，我先就未曾生存，這實在比死亡與朽腐更其不幸。」……如此念叨，我們就能捱過嚴冬。

那一個這一個、平凡不平凡的父親啊，他們保留了對自己理想最大的尊重，實施了對堅持自己最高理想的最強硬手段：「向死而生」。他們的「重新來過」其實就是「向死而生」。

他們白髮飄飄如同半神。他們老了——什麼不會老？空調機老得嗡嗡不動，湯匙老得彎、斷，就連一顆星星，也總有一天老成拋物線。「向死而生」之後的結果就是：也許勝，也許敗。勝不驕好說，敗不餒太難——再不餒，也有可能來不及了。極其可能。

而勝敗未卜時，他們是沒有時間去想勝敗的，因為想一秒，就少了一秒去落實。

我們用所有我們知道的他們的名字去讚美他們：戰士，英雄，勇者……可是他們什麼也聽不到。老了，也有些聾，最重要的是——一個人專注於腳下時，哪裡還能聽到旁邊的紛紛擾擾？

因為不達到瘋狂摯愛，一定沒有「向死而生」的自信和勇氣。像春天的樹木必定發芽，河水必定流淌，像母親必定分泌乳汁，鳥兒必定在天空大地間飛翔。一定有像宗教一樣的獻祭衝動讓他們徹夜難眠，才以所有情歌歌手的激情，以月圓之夜漲得滿滿、大海一樣的熱愛，嚮往著那個高掛枝頭的理想。

這個「向死而生」簡直有物理過程向化學過程轉變的緩慢和渺茫！除了他們自己，沒人相信那理想會踩著咚咚的腳步來到他們門前。

這樣的父親，他們長得都差不多，跟每棵大樹都長得差不多一樣：他們大都有著蓋不住頭皮的短髮，關節粗大，手心裡生著繭，手背上藏著死皮。

這樣的父親，倔強的父親，嘴巴緊閉的父親，在泥地裡微駝著背站立成大樹，寸步不移。

二

題　記◎

這一個，給母親們。

不一樣的高矮、醜俊、年齡、職業、性格、命運……同樣疲憊的母親。似乎無時不痛著的母親。

†麥田

那樣的母親！是那樣的母親！

她有七十歲了吧？不然就是八十。她站在麥田的中央，身邊是一個碩大、超出她身體比例的大籃子，幾道黃藤條幾道綠藤條的，有的鬆有的緊，好像她自己臨來之前從樹上折下匆忙織就，被斜斜地擱在麥田上，似乎一碰就「嘩」地翻倒一地的麥芒。

稀疏的白髮揚在風中，我們看不到她的臉龐。

她身上穿的是寶藍的褲褂，也在風裡呼啦啦地響著。是那種老式的、對襟剪裁，褲褂上的皺褶像她手上的皺褶一樣多。像我們通常在那樣不停工作的母親身上看到的一樣。為什麼呀，她們的丈夫、兒女、包括她自己，不給她買或做件漂亮、鮮豔的衣服？像國外那些越老穿得越美麗的同齡人？為什麼，總是寶藍而不是天藍、水藍、蘭花藍和寶石藍？那種深濃凋敝得最冷的冬天似的藍啊！……還有頭髮，好像那些母親的頭髮生來就那麼白——都想不起它不白時候的樣子了。她把黑都擠出去啦，給那些小雞一樣的黃絨細毛的小傢伙注入，成墨染的剛硬髮質的男兒。——他越墨染和剛硬，她越雪白和爛軟。

那籃子……唉，那籃子簡直有天空那麼大。而母親，她挑選麥穗，老眼昏花著艱難尋找。大概來了很久了吧？那讓人看了就絕望的大籃子裡，左右兩邊都有長長的麥稈高高地探出頭，像好奇張望世界的鳥兒。

是籃子太大了？還是母親她根本就直接坐在了那裡？看啊，你的心怎麼能不被那麥田戳痛？

母親很可能是被低頭找尋時的麥田給戳到了眼睛。看看她是怎樣忙亂地捂住眼睛、又是怎樣身子顫抖、由不得自己地坐下去的吧，你就知道母親那一刻該有多痛。也許正是要坐到一片麥田上，可是母親顧不得了，她的疼痛使得她的身子在秋風裡倒下去、倒下去，像被收割的一鐮麥子。

會仰下去，會被扎得渾身疼痛嗎？那樣薄的衣料，那樣尖銳的麥田。為什麼，母親一定要來到這針尖陣裡來呢？為什麼那麼著急地勞動和不小心？難道，家裡還有嗷嗷待哺的四個或六個小傢伙順著炕沿爬都快摔到地上了嗎？她忘記了，也許還有了點老年癡呆——時間過去了五十年，丈夫去世了四十年。她弄混了時間。也許她所剩不多的記憶裡，只存儲著那幾張張著的小嘴。籃柄高高地、彩虹一樣立在那裡，是母親疼痛之際拋丟在旁邊的。她用那隻半秒鐘之前還在緊挎竹籃的手，撩起了寶藍布褂前的一角，使勁地揉起了眼睛。那袖子露出深層的內裡，褂子被擰得像鴨子浮現的春季水面。

這就是我們看不到她的臉龐的原因。母親痛著，也許還流了淚，不要你看她的臉龐。痛著的母親，她右手還捏著一枝麥穗，沒有鬆開……而母親身後的麥田啊，燦爛得像潑灑一地的陽光——美麗得也像。那是多美麗安祥、詠歎調似的一片麥田。

那麼大的麥田，只有母親一個人，和落單的麥穗。沒有哪怕一隻鳥兒，或一罐綠豆湯。田地越來越少，都蓋成了廠房。可母親的麥田，那麼大，大得怎樣才可以挑選得完啊？不吃飯不喝水不休息可以嗎？中暑了也堅持可以嗎？

我們要看母親的臉龐啊，看她的眼睛曾經有多麼漂亮，現在多麼花；看她的牙齒曾經有多麼潔白，現在還剩了幾顆……風繼續刮，母親繼續痛著。

誰來？把母親背回家？

並請她躺在熱騰騰的炕上，像又生了個娃娃？

†麥田麥田

人生麥田（田恩華攝）

原諒吧，每個季節都很疲憊，尤其是夏，照顧不了那麼多，總要遺棄一些什麼——譬如：麥田。

這個季節，我從車窗望出去，麥田從眼前劃過。

沒有了，大地空曠，只有麥田還睜大著眼睛。像河流中的小舟。

她們就差一點了——就像一些母親，捱過了一切歲月風霜，老了老了，就差抱孫子享清福了，可又死去。

多想把她們全部帶回家，藏到心中。她們是誰的母親？

她們一定有過那樣的歲月：忙著灌漿，甜蜜灌漿，顧不得其他一切，像在濃濃的夜，低頭針線靈巧翻飛，縫小衣服，哼著歌，不時微笑，輕撫他在腹部的歡鬧……等到第一節麥稈黃透，往上慢慢地黃，直到最後，少女的青綠和少婦鵝黃交織的複合色也完全金黃起來，她們才停止了——像停止了每月一次的流血。她們似乎以讓人連一聲驚呼都來不及發出的速度老下去，稈上佈滿紅黃白黑駁雜的斑紋——妊娠紋美麗而豐滿，每個稈面上都長出一片長長的俊秀葉片，手一樣，托起最頂端、秀出的穗頭。

穗頭就是從那百般呵護的中心抽出來的，小傢伙在他們溫暖的房間裡舒展身形、長伸懶腰，在陽光下反射著藍紫等特異的光。指尖觸摸它們的鋒芒——唉，還柔軟著呢，嗅一嗅，淡淡的香。拈下幾粒，細細咀嚼，汁液在口中四處滋噴……她們捧出。記得那幅木版畫《犧牲》，被偉大的父親魯迅推崇的柯勒惠支的作品：母親用捧出的姿勢，捧出了孩子。魯迅曾引述一位評論家的話說：「她（的作品）……晚年的主題是母愛以及死。」他還曾這樣寫道：「她有深廣的慈母之愛。」

她愛，她呼號，她捧出。她像一個德國的魯迅，美術家魯迅，母親魯迅。她也是一塊麥田。

麥田接近泥土的顏色呢。那讓人心踏實的顏色，張開懷抱忍不住要擁抱和被擁抱的顏色。

她們會被燒作來年的肥料；更可能的命運是被賣掉——是的，她們被什麼出賣了，一個看不見的猶大。如此徹底。

事實上，多少麥田真的已遠遠地逝去了，她們被賣地圈錢，變成了五個商業廣州、七個金融上海、三個文化京城、十八個小資麗江……僅剩的麥田已淪為故鄉身上的補丁，被時間的福馬林泡起，做著大地被塗炭後的標本——我們樸實無華的母親，閃著散碎金子的黯淡光芒，閃電般從我眼前向後倒去，讓我看不清楚。

等著我每次下車，佇望，肅立，一路脫帽致敬。

放棄

題　記 ◎

這是類似朝聖的一次採訪。與傑出的母親們在一起，我們渾身戾氣被滌光盪盡，頭腦清明。此刻，束縛與懲罰的十字架與釘，全然失去效力——大美當前，每個人都被洗禮。當代人只知道「爭奪」，忘記了有個詞叫「放棄」。我們景仰，並終將接近那些為了一個簡單的信仰而終生都在放棄的人。

我坐在她面前，心中不時被其普通的話語激起波瀾。歷盡了人世劫波，早深諳人性幽暗，可她依然是那個能做夢的人，有顆堅持信仰的心。

個人觀察：我們所處的這個時代不知道什麼原因，變得越來越現實、越來越乖戾了，以金錢為軸心轉動，以獲取大量金錢為成功標準，太多的年輕人太過成熟，必須不斷索取，甚至掠奪。非但我們的年輕人，這個世界都是如此——公民在掠奪自己的子孫，一點資源都不想給子孫留下；國家掠奪另外的國家，一個海岸線劃來劃去爭論不休……是，是有壓力，是活得艱難，但我總覺得，越是如此，懂得放棄、捨得放棄的人和事，越是值得尊敬的，而年輕，更應該是一個懷著信仰去飛翔的一個年紀，就像她。每個時代的人都活得不易，都需要艱苦奮鬥，都有自己的困惑。有信仰這件事也不分年紀，誰都曾經是個年輕人。瞭解她的歷程，也許會不屑於她的平凡，或者會覺得她有些糊塗有些傻——為了一個虛無的事物，搭上了自己的一生，可是你不能不為她堅持信仰的執著所打動——她娓娓訴說。

✝信仰

說起來，在蒼茫的大歷史中，那是場平凡的戰役，大哥是個平凡的烈士，一家人是平凡的一家人，她也不過是個平凡的小姑娘。可是，有一個信仰在，平凡就發出了奪目的光芒。

劉老莊戰鬥是淮陰這塊土地上新四軍與日寇發生的最慘烈的一場惡戰。他們用鮮血和生命譜寫了一曲中華民族威武不屈的悲壯戰歌，為中國人民抗日鬥爭史留下了一首動人心魄的英雄史詩。而她，就是劉老莊八十二烈士指導員李雲鵬的妹妹。

李雲鵬原名李亞光，從小聰明好學，父親李夢祥是名小學老師，重視對子女的教育，大哥才有機會一直讀到高中。

「當時戰事緊張，父親常在家中和伯父談論國家大事，大哥從小就有了信仰。他信仰共產黨，認定那是能給中國帶來曙光的組織。」她說。

一九三八年徐州淪陷，有志人士到處高喊抗日，李雲鵬和同學一起前往離家八公里外的豐縣華山鎮，參加了地下抗日組織。一九三九年，八路軍的蘇魯豫支隊路過沛縣，要擴軍，李雲鵬心懷報國之志，便自告奮勇參了軍。「大哥是一九三九年正月十九穿上軍裝的。那天父親跑了好遠去送他，可誰會想到那是他與大哥的最後一面！」。

李雲鵬離家四年，家裡親人與他完全失去了聯絡。唯一的訊息就是聽說他被選送到延安學習，後來又聽說他到了新四軍三師七旅十九團一個連隊當兵。

「在劉老莊戰鬥前，他曾給家裡寄過兩封信，後來那成了家裡親人惟一的回憶。」如今，這兩封信已成為革命文物，收藏在沛縣檔案館內。不過，她還珍藏著影本。

當時家裡最貴重的東西是個大皮箱。因為，那裡面收藏著一個妹妹對英雄大哥幾十年的思念。那個皮箱裡，裝滿了她平時用心收集的一些關於劉老莊八十二烈士英雄事蹟的報紙文章。當然，最珍貴的還是大哥那兩封家書影本。第一封信是發自泗陽，而第二封信的寄件地址就到了淮陰縣劉皮和尚莊。李雲鵬在這封信中告訴家裡人說，「在外做生意，沒有固定地址，路途艱辛，鬼子常出來掃蕩，這地方很艱苦，所以我之工作精神，非常興奮……。」

她說自打父親收到這兩封信後，大哥便杳無音訊，直到第二年，同在部隊的表叔孫一濤寄來一封家書，告知父親，大哥已經犧牲。

說起大哥犧牲給父母親帶來的悲痛，莫過於大哥犧牲後一直不知道到底被埋在哪裡了——想去那個地方看望一下兒子都不能。這個「傷口」，一痛就是二十年。直到一九六三年——她回憶那一年，一家人是從中央人民廣播電台中聽到紀念劉老莊戰鬥二十周年的文章，才知道準確地點是淮陰區劉老莊。當時，全家哭成了一團，而心中又十分安慰。那是什麼都取代不了的光榮。一個小小的牌子：「光榮人家」釘在門上，也鐫在心裡。

夠了，有這個光榮，維護這個光榮，就成了這家人的信仰。也許依舊貧困，也許依舊彎著腰去地裡勞動，但生活有了光。

慢慢地，十六歲的她心裡播下了一個朦朧的種子。那是一個簡單而堅定的夢想，到某個時候，它就發芽，變成信仰。

「我幾乎是聽著大哥的故事長大的。」她記得小時候，每年一到三月十八日劉老莊戰鬥的紀念日，父親便會帶著她從沛縣趕到劉老莊，為大哥掃墓。而每年過年，縣裡就有人到家裡來慰問，送光榮匾。她說：「做了一輩子農民的父親，大哥是他一輩子的痛，也是最大的驕傲。為了紀念大哥，父親給我們兄弟姐妹五個全改了名，每個人的名字裡都有個『雲』字。」她的名字就是「敬愛雲鵬」之意。

家裡兄妹六人，他是老大，我是最小的，他犧牲時我還沒有出生。」儘管她從未見過大哥李雲鵬，卻時常聽父親提起。「他是父親一生中最大的驕傲，也是我一生中最大的驕傲。」她一再重複著這句話。

從此以後，父親好像就是為了大哥的事情而活著了，一個永不癒合的「傷口」，也是一個永不熄滅的「太陽」。哪怕在最後的日子裡，骨頭也「噹噹噹」能當鐘敲響，就是因為心裡裝了一顆「小太陽」。這讓我們想起史上那些為了心中的某個堅持而終生不娶、不仕或殺頭也不招供的人。

看上起也許很簡單，但試一試吧，能做到，是不容易的一件事。

一九七五年父親離世時，留給女兒唯一的遺囑是：「每年三月十八日別忘記去看看你大哥。」「過去我一個人去，後來我們全家三口每年三月十八日都去，一次也沒失約過。」

這個「小太陽」就是他們一家人的信仰，光芒不滅。

還記得一九六七年三月十八日，她第一次來到大哥犧牲之地的心情——當時她跪在大哥李雲鵬的墓前……她永遠也不會忘記，年邁的父親帶著她，到大哥長眠的烈士陵園獻花、祭掃。看到父親哭得幾近昏厥，她攙扶著父親，也流下淚水。那淚水的成分很複雜，傷心，思念，當然，更多的還是光榮。

此刻，她說起當時的情形，語氣中仍然按捺不住激動：「第一次來到劉老莊，我真的被震撼了——全村的男女老少，那麼多，都出來迎接了——我知道，那不是迎接我，是迎接大哥，敬仰大哥他們這樣的烈士。」

她暗下決心，要到大哥犧牲的地方，為他守靈。

一九六九年，她懷著對英雄大哥的敬仰之情，獨自一人從老家徐州來淮陰劉老莊插隊落戶。

條件異乎尋常地艱苦，一開始是借助在村裡五保戶破舊不堪的房子裡，吃的是酸菜、稀飯。雖然借助的人家很熱情，可那不是長久之計——但後來還是借助，不過是借助到村裡院落的一間草屋裡。下雨或下雪時，就冷得受不了。當然，還有孤獨，一個女孩子，離家很遠，獨自居住，面對的，其實還有許多，譬如夜晚的黑暗。

剛到淮陰時，她按照當時政府的安排被分配到劉老莊大隊一隊插隊當農民。當時，淮陰正在實施「旱改水」工程，挖溝開渠的，大都是小夥子，她堅決要求艱苦的工作，手推肩挑樣樣來。白天「旱改水」，到了晚上，作為大隊民兵營副營長，她還要帶領民兵進行突擊訓練，有時一練就到深夜。

在工作中，由於長時間在水裡浸泡，她的腿上、手臂上都患了皮膚病，難看得像樹皮。後來，手上也起了「鵝掌瘋」，這種極其頑固的病一直跟了她許多年。一層層又癢又疼的厚皮，掉了再長，還被凍裂了，不斷往外流膿水。可她不叫一聲苦，不喊一聲累，用她的話說就是：「哥哥在這兒把命獻給了黨，我吃點苦又算得了什麼？」

也就是這麼一句話，她說來說去，並無新意，輕輕抹去了一切困苦的歲月。

與很多人不同，她面對過往歲月裡不斷出現的機會或困苦時，從來沒有動搖過，也沒有猶豫過，只因為這想法在心裡一直沒變過。

來到劉老莊四個月，南京軍區政治部就通知她到縣人武部報導參軍，她卻悄悄將通知書藏了起來；一九七〇年，組織上又安排她到復旦大學上學，但她毫不猶豫地把這一機會讓給了看守烈士陵園的一名工人的孩子。一九七一年，家鄉徐州來招她回市區工作，又被她推辭了。

她一直沒有炫耀自己的特殊身份，默默無聞地過著陌生的生活。後來，經媒人介紹，她與本地一名普通工人結了婚。一九九九年，當得知縣政府要籌資興建八十二烈士紀念館時，她和丈夫將家中僅有的一千元捐給了政府。那個時候，他們夫妻倆一個月拿不到一千元的薪水。

「其實，還有一次，我沒好意思說。」她像個孩子一樣，害羞地笑了笑，沉吟了一下，悄悄說給了我那次機會，是另外一個工作機會，可她看了一眼，就將文件悄悄放在口袋裡，繼續去工作了。因為壓根兒沒想走。一個二十出頭的姑娘，就這樣為了一個也許沒人看重的、自己給自己製造的一個信仰，決定了自己一輩子的事。要知道，哪一次機會都必將扭轉自己的命運。

她是個平凡的人，就是這麼零零碎碎，也沒做什麼大事。但她說起前不久那件不值一提的事情，也讓我悄然動容：她丈夫後來下海，曾有做大生意的機會，因為自己的某位親戚可以幫忙。這對於一直不富裕的家庭來說，是有誘惑力的。她想了想，依舊放棄了。

我問她為什麼放棄，這件事什麼都不妨礙。她愣了一下，說：「恐怕犯錯誤，給大哥丟臉。」

——她的思維已經成了定式，無論什麼事情，有無邏輯性，第一時間都是反應在「怕給大哥丟臉」幾個字上。這麼老了，都退休了，她還在怕這種事。

因此就不難理解，為什麼她為了這個「莫須有」的「犯錯誤」，為了一輩子「怕給大哥丟臉」如此一點點的擔心，她又一次「傻傻」地，放棄了又一次可以扭轉命運的機會。

她平凡，她「一根筋」，她「膽小」，為大哥守靈，無怨無悔一輩子。讓我們又一次看輕了在社會的風浪中遊刃有餘、為了一己之私見風使舵和膽大包天的人，其中不乏要人，然而他們——不高貴。

「這四十幾年，我從來沒有忘記父親臨終前的話，絕對不能給長眠在這塊土地上的英雄哥哥丟臉。」採訪的最後，她說的還是這句。

中間，她始終沒喝一口水，在我的一再提醒下，才靦腆地吃了一粒葡萄，撿最小的。最後，她略顯侷促不安，對我說句：「真是抱歉，耽誤了你這麼長的時間」，提起了身邊的包——就是上世紀六〇、七〇年代常見的那種男女通用黑提包，提手好像快要斷的樣子。

先前我去過她家裡幾次，房間的器物跟她的穿著都是一整套的。

她年紀像我媽，穿著像我奶奶，思想像個少女。有些女人是可以一輩子做少女的。

她叫李愛雲，一個為了簡單的信仰而終生都在放棄的人。

我想，這就是為什麼我們的國家就算冒著敵人的炮火，也總在前進永不止息的重要原因之一吧，因為有這麼一批人，在政壇，在軍中，在民間，在城市和鄉村……四角八柱地做著支撐。

他（她）們才是我們這個時代最高貴的人。

樹

題　記◎

這一組，寫各種。其實全是樹。

†鳥兒問答

記得四、五歲時的一個情景。

那時，我家背後的河堤還是一條真正的河堤，那河也還是一條真正的河流——它不斷流，不截流，不細流，它激流。

那河堤還沒有被挖土燒磚、挖土蓋房、挖土墊坑、挖土建工廠……土們都安逸地睡在那兒，一如嬰兒。

河堤之上，是成群結隊的樹。灌木是灌木，喬木是喬木的，歡歡喜喜，這裡一叢那裡一簇地蹲著，像在玩捉迷藏的遊戲，蠻有陣仗。是片真正的樹林。

其中，居多的是洋槐。這種樹是我喜歡的，乾淨，不招蟲子、飛蛾什麼的，葉片溫潤柔軟，新綠明亮，輕薄透明，宛若喜悅。

那時的我，正一片心腸一如白雪地。雖然爸爸教導的每日必須背一首的唐詩宋詞「昂昂」地念得有口無心，但去河堤上背誦倒是一次都從沒落下過——大雨天除外。風都不怕，草上恍若真蛇蛻的皮也不怕。

彷彿從那麼小開始就喜歡樹。每次去河堤，會像一頭動物，在常在的那棵洋槐樹下站一會兒，把它全身摸一摸。它在春天生發，在冬季休眠，都被我關注。似乎，它是我的。

是一個夏日的清晨，循例拿了小板凳和詩本，去河堤上背誦。

也並沒有什麼，摸了樹，只是讀。可是忽然……

忽然就來了兩隻鳥兒！兩隻大大的鳥兒！

牠倆顯然沒有注意到這裡有一個小朋友在讀書，或者乾脆沒拿她當回事。牠們自顧自聊起來。就棲在那一抿蔥翠的洋槐枝上，翹翹的，顫顫的。它在這邊，那一個在那邊，對著臉。牠歪頭問牠，牠就認真回答。是唱酬，真正的唱酬。開始時頗正經，你問了我答，一來一去，不快不慢。問什麼呢？天氣好嗎？你吃了嗎？……那個小朋友的我，張大了嘴巴，看呆了，開始猜。

然後，啁啾的叫聲速度明顯加快，好像激動，又似爭吵，都有點嘰嘰喳喳的意思了。牠和牠的翅膀開始忽閃忽閃。

然後，很奇怪地，中間開始有停頓，牠的和牠的，都有些冷落，宛若失去。翅膀無力低垂，眼瞼也黯然低垂。

再後來，牠的頭強硬地抬起，唧咕了一句什麼。

那一個則溫柔回應了幾個簡單的音節——哦，是三個。那個小朋友的我清晰地記得。

最後的後來，牠們，居然，擁抱了。

那個小朋友的我，被驚著了，詩本掉到地上都全然不知。

現在想來，是的，是「擁抱」，準確無比、結結實實、毫不含蓄的擁抱，展開翅膀、亮開胸腹、心貼住心的擁抱，而且，是閉眼、交喙、在情在意的擁抱，略高大的牠，微側了腦袋，向左；另一個則嬌小些，也更嬌羞些，仰著小腦袋，迎向牠的愛人。

現在想來，是的，是「牠的愛人」——哦，應該說是「她的愛人」。這麼推理，她溫柔回應的三個音節應該是：「我願意」或「我愛你」。

應該是：「我愛你」。

一定有一場情侶間常有的誤會，一場常吵的小架，一場常演的賠罪，和一場常在的甜蜜。

一場詩歌一樣的劇，珍珠一樣的劇，綠樹掩映了、好夢一樣的劇。它嵌在一個小朋友的心間，溫柔如昨。

整個清晨的背誦十分失敗，早餐前被爸爸用家傳的不知哪代的銅尺打了手心。早餐後補背了。那首詩叫《茅屋為秋風所破歌》，至今仍可倒背如流。

那個情境如此深刻而優美，被早成了大朋友的我，記得，和感念。

從此，知道人和人、人和物（哪怕它沒生命——你怎麼曉得它沒生命？你又不是它）是平等的，大家有一樣的情感和愛。

就彼此——我們和我們，它們和它們，我們和它們，都愛著吧。

沒有什麼可以把我們區分和分開

那是剛結婚的時候罷？我還是什麼都不大懂的女孩。窮得不得了，而我們這個城市的北邊還十分荒涼，縱有開發，也十分有限。於是蓋的房子少，零零落落的，荒野似的。由於房租便宜得嚇人，因此我們租了北園附近的民房居住。

房子夠大，足足有一百平方公尺：臥室一間，在裡面，外邊一大間，足球場似的，我就買了天鵝絨的檸檬黃布，一大幅陽光一樣，當中做了阻隔——一半沙發書櫥地當客廳，一半灶台煤氣罐地當廚房。巒寫意。院子不大，但巒細長。值得說的是牆——不知可愛的房東先生當初砌牆時是怎麼想的，牆簡直和監獄的沒什麼區別，高約有九公尺，還有碎玻璃。

院子裡有一個小水池，水管放在裡面。平時我就在那裡洗菜、洗衣服。我還放了一張小小的書桌在牆角，幾本閒書胡亂地躺在那裡，盹著。

敢情十年前那時就已經「暖冬」了。也快接近春天。每次愛人上班，我就馬上搬出被子曬到院子裡的大粗繩子上。繩子的一頭用木棍楔牆上，拴了；那一頭，套在樹上。哦，我忘了說，其實我主要想說，我的院子裡有一棵樹，不是盆栽的橡皮樹、合歡樹、發財樹什麼的，就是一棵真的樹，一棵長在土地上的樹，一棵矮矮的、歪歪扭扭、七七八八、我不知道它叫什麼可仍然是真正的樹。

我們的院子的地面是土，由於沒有人居住過，沒怎麼被踩硬。這多好。

陽光也正好。

其實，幾乎萬物都是有它自己的聲音的。陽光也是。仔細聽，它似乎在嘶嘶地低叫，像電波，和點燃鞭炮還未炸響前、引子急遽縮短的聲音，又如暗夜裡一個女孩子若有若無、呵氣如蘭的歎息。它穿透無數光年而來，穿透萬物而來，迎在窗前，無數細小的塵粉不免聞光起舞。沒有什麼驚動它們時，它們的舞姿實在稱得上曼妙。

我的樹，它靜靜地浸在陽光中，如同酒鬼浸在酒中一樣，沉溺，微微酡紅了臉。

而我，在切了菜、淘了米之後，便無事可做了。

那樣地暖，我的鼻尖上都有了微微的針尖大小的汗珠。

一件一件，我開始脫掉那些硬殼似的外套。一件比一件更加柔軟。

然而到底也不是因為暖？最終，遲疑了一下，沉吟了一下，我把自己給裸在了那，陽光那兒。

真正的裸，潔白地裸，凹凸地裸，無我地裸。

光著腳站在鬆軟的土地上，腳趾使勁向下抓一抓，如此一來，腳心裡都儲滿了新鮮的軟泥；身體反射著的陽光都照在了塗了白石灰的牆上，是一個模糊的鏡子，波光似的晃晃蕩蕩。

就這樣，我和我的樹，和從樹上來的書桌，和從樹上來的書籍，全部沐浴在陽光裡。渾然一體。我們彼此相望，激賞。我們的心確實是個心，一個心——白癡一樣，無聲地，安寧著，空空的，沒有一個字、一件事、一點歡喜和煩憂、一點訝異和憤怒的心。而當時，親愛的大地甦醒的、有力的、氤氳的、濕重的、濃烈的芬芳，撲上來，大棉被也似，胞衣也似，一股腦包住了我們，使我們四個恍惚覺得我們回到了母親的子宮，大地的中央，那生命的最初。

沒有什麼可以把我們區分，和分開。

✝哭

其實，如今居住的，還是個村子。只是舊城改造過後，它已經成了舊城的準中心地帶，地價、房價一路飆升，生活也越來越方便了。我並不因此歡喜。

附近的村民真是蠻精明的，他們不管承重能力什麼的那一套，一股腦地把自家平房上一層一層疊上去，能多高就多高——這個層數全由他們家的財力決定，才不是危險係數決定。然後，出租給那些大學生、打工的、做小生意的……然後，等著拆遷那隨著樓房層數遞增而遞增的有錢人。這沒有什麼錯，真的。誰不喜歡自己更富足些？在不坑不蒙不騙不偷的範圍內？哪有那麼多的人來租房子？於是，它們中的很多就空在那裡，等著變現。有時，非農人的農人們便來看看它們，眯著眼，很是得意。那神情和深情有點像看愛人，幾乎算得上可愛了。我有時也去看看它們。

這個村子已經沒有什麼樹，真的，幾乎沒有一棵。那些年深久的樹一定有過的，在我們剛剛搬來時還好好地，在這裡或那裡，自由舒展、還有點撒嬌地向藍天上伸著懶腰。而今它們被全部伐光光——大的當了房梁，中的當了橫樑，小的當了木條。

一切都好。但是我開始不好了。

如您所知，我僅存耳力的那只耳朵的耳力超好，出奇的好。它聽到了什麼？在那些夜不多深人不多靜的夜裡？

它聽到了樹在哭。

就在那些夜晚，當人們在小酒館就著花生米、小餅乾，對足球賽大呼小叫興奮不已時，我們的樹們，它們在哭。

在空蕩得無比失落的房子裡，那些樹橫亙著，全部。像暴斃的乞者，像睡不著鬧覺的孩子。它們一層一層地哭著，一座一座地哭著，用不同的聲部，夾著一兩句夢囈，高高低低，男男女女，和聲一樣，「嗚嗚」、「紋兒紋兒」地哭著，哭出了聲，哭出了風。

那歌聲一樣的哭，河流一樣的嗚咽，優美而淒婉，帶著漂亮的尾音和滑音，流淌在每一個房間裡。那些樹長在每一個房間裡，像靈魂。

接著，它們各自的哭聲一點一點聚斂，但合唱部分變得巒大。它們肆無忌憚、開閘放水、越來越響、越來越久的哭聲，力量和神奇是如此之大——竟重新凝結成一棵一棵的樹，旗幟一樣，站立著，招展和拍手。它們開心地笑啊，鬧啊，摘個月亮來擊鼓傳花啊……它們居然開起了聯歡會！從躺倒以後再沒開過的聯歡會——它們都快不知道怎麼開啦！

就算再不捨得也要告別一場春天，就算再熱鬧也要完結一場盛宴，我艱難地勸說它們趕緊回到它們的身軀裡去。天快亮了，它們會把它們的主人們（唔，那些已經成了都市人的農人，當然地認為他們是它們的主人。他們不知道，這個世界，沒有誰是誰的主人，就連那些昏了頭的情侶們也不例外）嚇著的。

唉唉，它們是那樣的乖，又心軟得如同菩薩。它們低了眉，排了隊回去到各自的屋頂，七手八腳、相互幫忙、無比迅速地分割自己成為那些房梁、橫樑和木條。

似乎它們一生出來，就是那些房梁、橫樑和木條。

路上

題記 ◎

這一個，寫他們和她們。

我願意按照西方的習慣，稱愛的事物為女性。

極其簡單的情境，簡直不值得寫似的——躊躇之際，也有點捨不得寫，怕筆尖涼著她們，那些可愛的親愛的。也可叫成《剎那》或《你的眼神》。

†憐惜

有些年月了吧？是在公車上。

那一次和平時沒什麼兩樣——擠得要死。剛剛下班的我也蠻累，然而好在沒老人什麼的上來。

謝天謝地！我心裡一直在祈禱：別上來別上來呀！求您們啦老人們。在我身前的座位上，有一個小夥子，一看就是農民工——不太乾淨的拖鞋，有些蜷曲的外套，身邊的包跟小山似的。哦，春運期間，大概他急著要回家吧？

然而，祈禱也沒什麼用——在本埠最大的醫院那一站，還是上來了兩位老人。

一看便知是夫妻，來自鄉村的老夫妻：老伯伯身材高大，頭髮花白，背著布袋，裡面大概是藥啊針啊什麼的，鼓鼓囊囊的，老阿姨瘦嶙嶙的，臉黃黃的，明顯不太強壯。

這還有什麼說的？我「嗖」地站了起來。

可是，老伯伯和老阿姨百般不坐，客氣得嚇人。我倒有些尷尬地站那兒。如京戲上丑角攤開兩手常說的「給幹那兒啦」。

然而，奇怪的是，有些疲憊有些邋遢的小夥子一讓，老阿姨痛痛快快坐下了，老伯伯還歉意地欠身對我笑笑，再笑笑。

我更加尷尬地重新坐下。

老阿姨一坐穩，便招手讓老伴坐在她身邊鼓起的大包上，老伯伯聽話地坐過來。老阿姨又十分自然地招呼小夥子說：「來，孩子，你也坐下。」

小夥子順從地坐在了她的腳邊。老阿姨不時微笑看看他。老伯伯和小夥子並排坐在那大包上，旁邊是一個慈祥的老媽媽。

唉唉，這是多麼和諧溫情、無論你我、一家人式的畫面啊。

再看看自己身上：價值數千、做工考究的修身套裝，據說一輩子都不會壞的蟬翼般的長筒絲襪，還有，當然——主要是那頂歐式的禮帽，從法國來的雪白的禮帽，和那裡來的香水味。

老伯伯和老阿姨他們不認可我！他們隔著我，遠著我，和我見外，和我不好意思放開說話和占了座位……他們和小夥子，是一家人。

他們不知道，這樣子委屈了我。

突然有些淚盈盈，雖然沒有流出來。我真的蠻委屈。

要怎樣才能讓所有的人都知道，萬物雖有多或寡、和不同形式的骨肉，但長著差不多的靈魂。

那一刻，覺得應該被憐惜的不是他們，想多了、衣著鮮亮、胸中卻滿藏著一點用都沒有的閒愁的這一個，才是。

†女孩子的心

地點：公車上。

我加班，坐最後一班車回家。

在一個網站，上來幾個人，有男有女，也就十八、九歲的樣子，口裡嚷著累，還帶點鄉音，蠻可愛。其中有她。她一聲不吭。

她似乎也是一個農民工。也許是在某個工地幫忙工作吧？也許是時間緊湊，滿身石灰點子的工裝也沒來得及換下來，臉也不乾淨，還戴著安全帽，如果不是一綹長髮從帽子底下探出頭來瞭望四周，簡直看不出她是一個姑娘。

人並不多，入座率百分之七十吧。大家各自找了一個座位坐下。只有那個姑娘，仍舊站著，而她身邊就是一個空座位——空座位旁邊是我。

夥伴們大聲吆喝著讓她坐。她還是站著，一隻手拉著吊環。

夥伴們都有些著急了，「坐下呀」、「坐下呀」地嚷嚷。

她還是搖頭，笑笑，不為所動。

最後，夥伴們開始生氣，「怎麼啦」、「你傻啦」，其中一個還站起來，使勁前傾了身子，勾著手臂拉了一把她。

她指了指自己身上的衣服，擺擺手。可為什麼，她的眼裡一點一點地，漫上了淚水？

哦，一定有什麼傷害過她。比如，因為這髒了一點的衣服，蹭著了別人，或乾脆沒蹭著，而被喝斥被輕視被譏誚、被鄙夷過。

就像我看過的，農民工兄弟拎了大包行李上車時，司機對他們極其不耐煩、不尊重的「買票買票給行李買上票！」而對西裝革履搬輪椅車的卻視而不見。那種大庭廣眾之下粗魯的吆喝，當時一定也刺痛過那些兄弟的心（我也願意把他們的心說成是女孩子的心，善感而易傷的心）。

望著她的淚水，忍不住記起上大學時，一個十歲左右的小女孩常去食堂挑選我們吃剩丟掉的饅頭的。她那麼乖那麼小，有著長長的睫毛和髒兮兮的臉蛋。一直忘不掉，我為她洗乾淨口鼻、帶她去操場一起打排球的情景，她鳥兒一般飛來飛去「嘭」「嘭」擊打的聲音、「姐姐」「姐姐」不停喚著的嫩嫩的童音，她笑開的動人的笑靨，和畢業分別時她的淚水。年初同學聚會時，大家還在問當時看似清高、不太與人交往的我為什麼那麼有興趣老和她混在一塊，吃吃喝喝和打球散步。我說不清楚，也便一笑而過。

其實，那時，我怕的就是她長大了，失去自由、優美、飛翔和驕傲的心，一個女孩子該有的心——至少一個階段裡該有的心。

那一刻，望著車上的女孩，覺得她就是我的女孩，我挑選饅頭的女孩。

我多麼心疼她丟失了我那麼想給她的自由、優美、飛翔、驕傲的女孩子的心！

多麼想一把擁她過來，在腿上，吻住她的額頭，輕輕對她講：他們傷不到我們。摸摸看，它還在那裡，安安穩穩地。

這座位裡有我們的一個。來，我們坐下。

她知道我不是笑話她

這一個街景值得寫嗎？咬住筆頭，想了想，還是寫了。

其實，那是很平常的一個傍晚。也是去年的往事。

我走在她們後面。有些遠、有些故意地跟著。

一隊大嫂——真的是大嬸。她們蠻可愛地行走在路邊的人行道上。是的，蠻可愛，我的第一感覺就是可愛。

她們大概是清潔工，似乎是從哪個重要場所一起歸來：身穿統一的橘紅的背心，橘紅的帽子，有的帽子歪了，有的帽檐調皮的小男孩一樣朝後扣著，全胖胖的，有點像企鵝。有的是濃眉大眼脂粉全無，有的把眉毛弄得彎彎黑黑的，臉上還化有淡妝。她們全都帶著工具，有的扛一把掃帚，有的拎一把小掃帚，有的乾脆推一小型板車。

她們用地方話小聲交談著，粗壯的手不停地揮舞著，有些魯莽的手肘拐著另一個的臉，那一個就嗔怪地瞪她，她就呵呵笑著道歉，那一個也錘她一下，鬧在一起。她們談些什麼我聽不太清楚，大概總是些有趣又令人愉快的話題。勞動完畢，臉髒心淨，滿懷舒暢，像一群孩子，像一群鴿子。她們那麼清潔那麼純潔那麼頑皮那麼可愛，那麼……美。

唉，就是那麼美，讓我忍不住快步走到她們前面去，然後回頭——專門地、認真地回頭，「嘩」地笑開。這裡面有問候、欣賞、歆羨、愛慕、嚮往和讚歎的意思。一笑我馬上就後悔了——我絕對不是笑話她們。但我不曉得她們曉得嗎？

她們之中那個有些魯莽的也是最可愛的，走在最前面。她先是愣了一下，再左右看看她的同伴，好像在問：這人，她是你們的熟人嗎？她是在對你們微笑嗎？

同伴們的一臉的茫然告訴她：她不是。

然而，了悟這種東西是很怪的，它不挑人，乃至不挑物種，有時全在瞬間的相互感染和融化。她很快——我推測她忽地就瞭解了我的意思——很快回了一個微笑。

接著，她們都回了我一個微笑！

因為這一圈子來自陌生大嬸的美麗的微笑，洞察的、童話的、含著「明白了」和「你也好」意思的微笑，那一天，幾乎成了我一生中最美妙的一天。

遺物

題　記◎

這一個，寫愛，和死生，和得到失去……和未知，那些讓人心醉的心碎的。唉，對於它們，我們一無所知，只能比，誰能比誰迷惘。

†一條大河

看電視——我從沒說過我不看電視——在介紹全國現存的縣。

這很好，在幾乎一半的縣都改成市以後，剩下的縣的光影資料就成了珍珠粉末，還岌岌可危——一國的市還有什麼意思？河南的汝南縣，有個梁祝村。這沒什麼，全國共六個地方有梁祝村吶。都把墳墓築得高高，牌子立得高高，搶這個名號。

但這裡的梁祝墓有所不同，讓人意外——它們是分開的。據說當時英台的父母要求馬家埋葬，馬家自然拒絕，而祝家只得自己收拾殘局，但為了懲罰兩人，把他們分葬在一條溝渠的兩側，永世只得相望，不得團聚。

然而美麗的心地怎能就讓這陰謀得逞？當地民眾便造了小橋——一座小土橋，讓他們相會。

看下去，更意外和美麗的是，這個地方還有個風俗，就是：每年古曆七月十五的夜晚，人們都要來給相會的梁祝送燈。於是，我看到電視畫面上出現了一條河流，肥肥的、長長的大河，緩緩流動的大河。

那些人是純粹的鄉民，山野樵漁，沒人組織，也沒人監督，穿著各自老婆親手縫綴的厚實衣褲——或乾脆老婆自己親自來了。給近鏡時可以清晰地看到，他們的手全粗大皴裂，指甲縫裡存著也許永遠也摳不出洗不掉了的黑泥，有的指尖貼滿一條一條的白膠布。他們臉上的神情卻莊重無比，一如聖徒。他們的手上全挑著一個燈，準確地說是紙燈籠，裡面是一盞心，外邊是白紗紙，清亮的油，半截麥梗，纏一絲棉花，就是暖黃的光暈了，挑著的棍就是半截楊柳枝或棉花棒，粗糙得和那手一樣。可是他們的臉像聖徒。

他們內心安妥，並無所求，一絲一毫都沒有。梁祝本身那樣慘，哪裡保佑得了別人？想也不要想。

就是單純的送燈，照亮他們相會的路。

這條大河啊，還在不斷地增長增寬——因為一路的村落都有很多人自動加入進來。人們並不交談，臃腫的冬裝和笨拙的走動使得這景象略滑稽，但詩白的月光照耀他們——他們身邊有三千紅樹，和已經收割的麥田。他們團結一致嚴肅認真，各自手中高挑的燈籠照著他們的眼，閃閃爍爍。村路高高低低，越來越接近了田埂。於是，有腳步踉蹌、髮如雪的老人摔倒了（也許那老人是非要來的呢），旁邊的人急忙扶起，也並不言語。唉，這些一心向愛的詩人啊。

遠鏡看，這條芬芳、纏綿的大河蜿蜿蜒蜒，迤邐而行，流淌得又喜悅，又憂傷。

每次古曆七月十五，這些年，這些輩子，這條大河都是這樣瞬間集結，靜靜流淌，最高貴的宗教一樣地，清澈而聖潔，綿延而無絕。

因為這條香氣濃郁的大河，這條星星閃動的銀河，親愛的梁祝，怎麼捨得死？也不必花淚蝶夢、躑躅輾轉在六地了，就請安歇在這裡，也罷。

✝通訊地址：天堂

同學聚會，親舊敘闊，陳說平生，本是個歡喜、熱鬧事，也真的是那樣。

可一回家，打開同學錄，禁不住涕泗滂沱。

每個人都有，每個人。都有「姓名　單位　聯繫方式　通訊地址」，官員、學者、富翁一大堆，像彼此比試，也似相互眷顧。可是，就有那麼一位如世外高人，聯繫方式一欄填的是：「仰望」；通訊地址一欄則為：「天堂」。

是的，他走了。在二十七歲的年紀就已經走了，走了那麼久，大家都基本失去了原有的純稚樣子——這些年裡我們什麼都知道了，連當時那些只顧低頭讀書、不知戀愛滋味的同伴的潔白心靈也都已深刻明瞭了愛，以至性。難得聚會的發起人，那個早已衣紫腰金的當年才子，居然還能在呵呵朗笑裡，留有這樣一角清流水的眼底慈悲，去存放沒有走掉的友誼，而我們，都忘了。

沒錯，仰望，這是在今世我們唯一可以做的事；天堂，那是我們愛的人如今可能活在的地方。

而隨同傲慢的青春死掉的還有，不盡流淌的歲月裡淹沒的故人，往事，那些喜樂憂懼，它們都去了哪裡？我們要怎樣，去聯絡到過往？

一莖瘦草似的，我們從空無，到酣睡，到醒來，到從土裡爬出揉了眼睛滿目新奇地張望，到遮蓋了涼棚躊躇滿志地瞭望，到昏花了眼睛一懷愁緒地四顧，一直到日晚投宿一般再次睡下，到空無……這中間，我們要歷經多少的路程？人生花杯中的蜜和毒到底孰多孰寡？短暫的溫暖後為什麼跟來的是漫長的寒冷？唉，儘管充滿未知和苦難，可誰又捨得不過完這混沌蒼涼、如櫻吹雪的一生？

死亡是什麼？難道是比白晝更加溫存的黑夜？或是比祭司更加威嚴的女巫？君不見，昨日有著雪白頸子的少女，是今日螻蟻的一餐豐盛飯菜；而昨日豺狼們兇殘的眼神，卻成了今日人類手上慶典的火種。幾千年了，總是灰著臉的天空依舊無語。問題如此古老，答案始終是謎。

而我們只能想像星辰——東方言說不盡的星宿，西方津津樂道的星座。那些天堂（天的廳堂）裡的星辰散落如棋盤，都是我們和天地彼此照顧和撫摸的象徵。

那些蒼龍、玄武、白虎、朱雀，那些牡羊、巨蟹、天秤、天蠍，那些那些連綴多少代的高大宮廷輝煌的燭火，最終也不過是牆角的黑暗深淵裡縮著賣火柴的小女孩手中無法擦燃的最後一根。灰燼揚起，鑽石毀滅。

而人不過是小巧僵硬的人偶，在命運的大手上多角地轉動，倉皇地跳著不成舞步的舞蹈。跳入天堂。

†幻城

我想畫這樣一幅畫。是兩堵牆，一堵是斑駁的，苦難的，安寧的；一堵是斑斕的，光榮的，喧嘩的。

而那牆，遠的那堵是弱的，微涼的，噤聲的，一個手指就可以戳穿的輕薄牆紙，並柔軟如水，抱元守一，靜照忘求，不離自性，探過去，就是另一番的生命景象：擁抱——它寥落；而我們近處的這堵，則是雄壯的，懊熱的，嗓門遼闊，思善思惡，躁動不安，一天的雲錦，穿越無數光年亦無法抵達的另一端，從此岸到彼岸，可以呼喚，可以對歌，只是不得相見的——它蜂擁。

哦，這個世界變得很了不起，力求用壯，很堅硬，像這堵熙熙攘攘的牆，它四周簇擁著緣牆而行的人們互不相擾，也互不理睬，只自顧自一件接一件地摟著很多玩意，一心一意愛著這牆，摸了牆根向前走，然而因為摟得太多，邊走邊掉，邊掉邊摟，再邊走邊掉……風吹雨淋，那些玩意的灼灼光華漸去，於是，牆邊堆了一溜兒的鏽。鏽越來越多。

牆不是對立吧？當然不是。

那麼牆是統一？當然也不是。

如果說，什麼是什麼，純粹的，只能說那是個假命題。

為什麼我想像的既有的畫面裡，兩堵巨大的高牆中間，滿滿的畫面只留下一條狹窄的空隙——

上下兩隻、兄弟般親密的箭鏃，一反一正；向左洞穿的低眉，向右戳的立目。它們都攔腰被一道傾斜的分隔號切斷了。我揣摩著這無疑意味著否定什麼。

年輕的哲學家們認定對立才會進步，就像奧林匹克運動一樣。可真正的對立無須牆的技術，在表面對立的牆堆後面，一定窩藏著非競爭的同一源頭。那才是根本，我們活著或者死去、它們光華或者鏽去的根本。

所有的未知都是無限嗎？上帝、外星人、冥冥中的神秘、時間來去、四維、五維空間……不，不，那樣的話，無限不過是一種遙遠，而我們，離近是越來越近，離強大、喧嘩和懊熱越來越近，離那堵溫柔如水、靜謐似夢、微涼的牆越來越遠了。離遙遠越來越遠了。

無限也許就是一種不可企及的遙遠。

是人力所不能及。越來越不能及。

我無法落墨。

這樣的時間太久，幾乎使我把畫畫這件事都忘了。

我要畫的這幅畫最終成了一張白紙。

一件遺物。

†門神和麥梗堆

現在的農家還在貼門神。

就是紅紅綠綠的，和對聯的門心差不多大小和功用、一塊錢一張的那種。紙張很薄，很糙，拿來糊皮籮和窗格都要挑選一番的，線條雄健有力，粗獷，不塗脂粉，人物也沒有媚態，顏色濃重，造型誇張，透著腥味。除了灶台上是胖呼呼、笑眯眯的灶王爺和灶王奶蹲在那裡，幾乎到處都貼著門神：粉白的壁、門、窗、燈、頂棚，黃澄澄的缸、出門即見的麥梗堆上……甚至雞窩、牛棚、馬廄、豬圈的粗礪的牆壁上也貼著。

關於門神，《山海經》載稱：唐太宗李世民生病時，夢裡常聽到鬼哭神嚎之聲，以至夜不成眠。這時，大將秦叔寶、尉遲恭二人自告奮勇，全身披掛地站立宮門兩側，結果宮中果然平安無事。李世民認為兩位大將太辛苦了，心中過意不去，遂命畫工將他倆人的威武形象繪在宮門上，稱為「門神」。又有東漢蔡邕《獨斷》記載，漢代民間已有門上貼「神荼」、「鬱壘」神像，到宋代演變為木版年畫。

仍舊還是木版年畫，那樣式、內容、人物裝扮和樣貌，竟一點沒變過。

哦，說到那人物，仔細瞧了，略意外，旋即微笑——不是，不是你我以為的、常見的秦瓊和尉遲敬德——是臥蠶眉重棗臉，但不是關公；是燕頷虎鬚丈八蛇矛，但不是張飛。是誰呢？背後兩桿大旗，一書「鄭」，一書「戚」——哦，原來他們請民族大英雄來把守門戶防鬼防邪防小偷。隨便想來隨便畫，想誰就是誰，畫誰誰應該——浪漫之致，爛漫若此，可愛啊，簡直詩人一般感性和稚氣。

也蠻好啊：他們，橫刀跨馬，千千萬萬，亂紛紛，齊整整，到這裡，到那裡，溫情潺湲，流淌至今，護了國家護家院，晝夜不歇。從古到今，他們就沒閒過。

多少風霜扛走，他們站在那裡，站在民間，縱史上無字，也威風不滅。

✝漫步鄉間。

鄉間的一切都蜷縮著：偷偷積攢零碎壓歲錢的樹葉、袖手低眉揉眼的草叢、永遠和藹仁愛的墳墓，乃至終日沉默的田疇——那些阡陌交錯的麥田墨綠烏青，佝僂瑟縮，然而日夜生長，格外嚴整。

然而，就這麼一片土地，還是把人的心一把抓走，還是覺得它是溫柔甜睡的姑娘——我經常弄不清自己的性別，把一切美好的都看成姑娘。

安靜得嚇人，四周沒有一個人，乃至一條狗。只有空天曠地，夾一絲微微的腥香。

然而，麥梗堆在。

這樣的冷天，鄉間所有的一切，都睡著，或裝睡著，只有麥梗堆在歌唱。

那麥梗堆，一開始總是像孤女、胖丫頭一樣，杵在那裡，腫在那裡，無草不玄——外皮被風被雨被霜雪侵壞成淡淡的灰黑色，老嫗的顏色，但不必仔細瞅也便可以得見，她藏不住的甜蜜的憂傷、汩汩滲出的洞開的秘密，她張開的細巧的嘴巴金黃金紅，如她的歌唱簇新鮮靈。

她歌唱的另一種方式當然是：燃燒。

酒一樣地燃燒。愛情一樣地燃燒。

她那麼溫柔，那麼無力，帶著美麗無比、奪人眼眸的光澤，像陽光下飄蕩著的晴絲。

把心掏出來，去投入另一顆。那火塘烏眉皂眼，可她愛他。沒有什麼可以阻擋。

不斷地給，不斷地給，不斷地給，不斷地給……沒有納入。

不斷地唱，不斷地唱，不斷地唱，不斷地唱……終成絕唱。

於是，麥梗堆漸漸空了，愈來愈空，斷章，殘簡，凋零，抽盡，無可避免地消瘦下去。

其實，一朵花開的情況也無非如此。

弓腰搭背、鬍子雜亂的田野無聲的守候，誠摯的守候，忠實的守候，如父兄的守候，使得最終瘦成一句簫聲的麥梗堆還不至流淚。

從古到今，還沒有哪個孤獨的、憂傷的、無助的麥梗堆流過淚的原因就是：有田野。

有田野。

這比什麼都好。

他（她）沒有……

題　記◎

這一個，寫他（她）。
他（她）沒有……
這真好。

✝他沒有……

就在那街邊，我給驚到了。
那不是春天繁花似錦的街邊，你知道，都市的街邊，不是的——我洗淨臉出去，回來一撩，一池的灰水。
不美，不詩意，甚至不乾淨：是個工地，隨處可見、隨時可見的工地。一排巨大的、密密的蜘蛛網似的紗布，掩也掩不住地，在那裡掩耳盜鈴著，此地無銀著，灰塵飛得無忌。

角落上，是半堵牆，靠著臨時搭建的工人們的帳篷。那帳篷像一個好老人，你覺得他下一刻就要塌下去了。再旁邊，車流、人流瘋狂傾泄……可甭管什麼，灰塵、車流、人流……她們擋不住，二月梢頭初生的、乾淨的嫩芽，一點都擋不住。小風在旁邊吹著，甜酒釀一樣芬芳，教人時刻記得多麼澄澈的春天。

在那帳篷旁邊，和藹地護衛著的，有一座年輕的「雕像」，讓我看得沒有了禮貌。是一個男孩，大學生的打扮：白毛衣，藍仔褲，身上背一大大的黑色包包，裡面總不外乎是書籍、電腦什麼的。他蹲著，一條腿彎著，一條腿很費勁地半支著。他的手呢？

……哦，他的手正捧著一位女孩的臉。兩隻手，像掬一把月，像掬一朵香。

那女孩，她背靠了綠雲彩一樣的帳篷，雙手交叉抱著，脂粉全無，嘴巴小巧而紅潤，眼睛好大，如同黑黑的葡萄，眼睛裡映著她的愛人。她的長髮披拂下來，大水一樣，閃閃地，半淹沒了她愛人的手。她的身子偶而搖晃，顯出多麼娉婷的腰肢；她的眼睛有時因為羞澀而低垂，顯出多麼濃密的睫毛。

他就那樣，癡了一樣，凝望著他的愛人，留有半身的距離。

他沒有在求婚，甚至連欣賞都不是。他們甚至沒有半句的交談。

灰塵飄在了他們臉上、發上，攪拌機隆隆的聲音也在他們耳朵裡——哦不，不在。

我慢吞吞地在馬路這邊，等著紅燈，待過了馬路，我又裝作繫鞋帶，磨蹭著不走，後來乾脆在離他們只有一箭之地的長椅上坐下來，「看書」——用眼睛餘光觀察著人家的隱私。

或許，這根本不是什麼隱私——這是難得一見的好景色：這男孩，他一心如雪，在天地間，陽光下，人流裡，用最大聲的無聲，最鍾情的注視，表達他對愛人的情意，沒有半點遮掩……極好了的一幅圖畫。我想，我簡直想為這一對鼓掌了。

更好的是，他在表達的時候，一直，一直，一直，一直，直到五分鐘，十分鐘，十五分鐘……直到結束，起身牽手，直到彼此微笑，漫步，並沒有吻下去……他沒有。

†她們沒有……

在小麵館，吃一碗麵。

這是非常熟絡的一家店，只有一間，可蠻乾淨，還童叟無欺，且麵的滋味清淡醇厚，生意蠻好。然而無論客人多，對於他的「懶散」多有不滿，戴副眼鏡、很有文化樣貌的老闆就是鐵定主意地每天只賣板上他的那一塊麵。他說：「生意再多也不願意做了。讀點書。」

他不貪，還愛讀書。只憑這一點，我當定了他的老客戶。

小店窗明几淨，乾淨得很，還有難得的嚶嚶嗡嗡的人聲音樂流淌。這真好。

說那窗——那窗上，排著一排酒瓶子。我一抬眼就看到了。

想來是昨夜一群客人，或者小朋友聚會，或者工友們玩耍，到盡興處，流觴千杯也嫌少地喝的，綠色，晶瑩。仔細盯，居然盯出了玉的模樣。

她們都是高個兒，全身發著點幽幽的藍光，有好看褶子的小帽子戴得齊整。哦，真像是一群最純真、最沉靜的鄉間少女，懷著一腔美麗到無邊無際的理想，來到大都市，被要求戴上個小紙牌，應徵作模特兒的備選。她們有些青澀，有些侷促，有些迷茫，有些酒花餘味的清香，想唧唧喳喳也不敢喧嘩，緊張得心怦怦直跳又如此無告，只好緊湊著，斂手斂腳，擠在一起，默默地，等待命運的安排。

她們比美更美。

這安排能是什麼呢？是被收廢物的以每個兩分錢的價格收走，到回收站，再被輾轉運抵玻璃廠，被打碎，被費力地（是的，哪個理想，哪怕它再小再卑微，也不是說碎就碎的）打碎，打得粉碎（是的，沒有哪個理想、沒有誰的理想不被現實打得粉碎）——然後，每一片再映了理想一樣的陽光，送入熔爐，重新冶煉成玻璃，一爐一爐的玻璃水啊，被送到形狀不同的器皿裡，塑造成型，成他們人類喜歡的、任何一樣形狀，去盛放白酒、啤酒、紅酒、醬油、料酒、番茄醬和醋……夠了！那些凡俗骯髒蠢笨到跟從前神性高蹈渺遠的理想滿不挨著的物體。

此刻，她們沒有像先時那樣，被叫「老闆，來瓶酒！」，基本被忽略成一個修飾語，也沒有像今後那樣，被叫成「玻璃渣」，而是從未有過地、隆重地被尊稱「酒瓶子」——喏，尊貴的長者「酒」字都來作成她們的首碼，並且，還沒有被湊成一整排——到窗台上盛不下時，她們的主人——哪怕他真的是個清雅的、愛讀書的人，也會把她們賣掉……在我的眸子裡，此刻的她們還活著，性別：女；年齡：十六。

她們還完整著，還是處子，沒有，還沒有被收走、打碎、冶煉、成型……我滿眼含著淚水，努力忍住——忍不住眼淚就算了，我得忍住有點顫抖、伸向她們的、溫柔撫摸她們身軀或心靈的手。旁邊有客人大呼小叫拼著酒，有時瞅瞅我這個獨自進餐、多少有點奇奇怪怪、手不離書的女客人。我怕我的動作把他們嚇著——我甚至怕嚇著我自己。

唉，她們沒有，還沒有……

老粗布

題　記◎

這一個，寫老粗布。

全國到處走一走，發現幾乎哪裡都有老粗布出品，雖然現已不流行。它粗糲，厚樸，廉價，沉默，在那裡，一輩子也不說話。

而老粗布一旦風花雪月起來，即讓人淚流滿面……。

商河是濟南所屬的一個縣。去商河采風時，當聽到「老粗布」一詞，便無由地心裡頓了一下——既「老」且「粗」還「布（現在哪裡還有什麼『布』？只有添加的化學成分，聽上去就癢，別說近身了）」，我不知道在這個大火燒著一樣的毛躁年代，三個最普通的、讓人哭泣的漢字組合，究竟覆蓋著怎樣倔強的舊光景？

其實，那裡是沒有太多特別的自然風光的，在也是楊柳包裹著的護城河岸邊站了一陣子，得使勁找話題才不至於賓主尷尬，東一榔頭西一棒槌地亂講，不經意地聊起了老粗布。聽當地接待的朋友說，他們的老粗布是遠近聞名的特產，到如今還是小作坊林立，原汁原味。唯一的不足是老年留下的織機少了，現今造織機的手藝卻面臨失傳。言語裡不免有些擔心。

接下來，在質樸無華的介紹裡，那些不同於中產的雪紡、貴族的絲綢、小資的印花老粗布，居然以我所想像不出的挺拔姿態，以獵獵作響的旗幟的姿態，站在秋天溫暖的目光裡，並自在飛舞，比美麗更美麗——它們的背後，是大片坦蕩無垠的北方原野，以及一座座有著古老容顏的平原上的鄉村，而黃河，也便像極一幅碩大無朋的老粗布，柔情馥郁地包裹著那麼可愛的、親愛的原野和鄉村，恬然入睡。這個意像令我激動不已。

於是，我去到曲折的街道，很有了些風塵的舊巷子裡，尋找老粗布，那些看過了麥苗撒歡地的拔節、聽過玉米抽穗的愉快呻吟、聞過了白楊樹鋪天蓋地、攻城掠地的葉香、撫過了稗草敏感溫柔、稍稍有些枯卷的身軀、親過了蘋果羞人答答、焦灼潮紅的臉龐的老粗布，經過了從採棉紡線到上機織布、運用原始的紡車、織機，經過紡線—染線—漿線—經布—織布—曬乾—拼接—捶平……百般滄桑的老粗布。

它靜靜地伏在那裡——是的，它一直在那裡，總是在那裡，無論我一年、十年後或者一天前來，它都在那裡，沉靜，安祥，了無心機，有雙嬰兒清澈坦白的眼眸。坐下來，將它一疊疊地展開——它含著，隱著，躊躇著，羞澀著，甚至自卑著，一點一點地試探一般地吐露著，慢慢地，全心全意，直到最後一個動作完成，它才「嘩」地一聲，在最熱的夏季、太陽最濃烈的時候燦然盛開，像熱帶的花朵，美麗無比，芬芳肆虐。

而那些來自棉花的細線，來自葛藤的粗線，來自在《詩經》第二篇已經出現的、古老、旖旎的「葛」，它「葛之覃兮，施於中谷，維葉萋萋。黃鳥于飛，集於灌木，其鳴喈喈。葛之覃兮，施於中谷，維葉莫莫。是刈是濩，為絺為綌，服之無斁」，譯成今天我們熟知的句子，就是：「苧麻長啊長，延伸到谷中。葉兒茂蒼蒼，黃鸝飛棲灌木上，唧唧喳喳在歡唱。苧麻長啊長，延伸到谷中。葉兒茂蒼蒼，割煮織成粗布衣服，高高興興穿身上。」瞧瞧，這樣純粹直白的詩情來自於紡織老粗布的整個過程呢。

那些細的粗的線，它並不是在腰肢娲娜的繡針裡，如細水迤邐、做掌上舞的美人趙飛燕；它在奔忙的梭子裡上下翻飛，倒像極大愛大恨、凌空舞劍的公孫大娘。跟詩人眼裡的舞者一樣，紡織者到了一定境界，已經不再去講求技術——技術後來會自己到達的。她的身體是內觀的，一切動作就是自己跟自己的身體講話，自己的身體與氣講話，而氣的流動又是一個互相的對話……她很沉穩很慢，眼睛垂著，從頭到尾不是在勞動，是在做一個氣的旅行——給人的感覺不是視覺感受，是呼吸。由於這個呼吸帶出來的、盛大的安靜，使得我們慢慢鬆弛和進入，到最後，我們是跟著紡織者在呼吸。是她們，就是她們，使古舊的紡織機所在的一方角落潔淨動人，發出光。

這簡直就是世間一幅無與倫比的聖畫像。我不禁為那種熱烈忙碌的場面所沉醉，不想再離開。

聽說，紡織、製作老粗布是一項代代相傳的手藝，而那些用老粗布製成的服裝上的鑲邊和牙條，均是民間妙手手工製作，針腳細密，體貼寒暖，充滿往事的味道。而那些漂亮、富有韻致的疙瘩鈕、盤長鈕、蝴蝶鈕、螺鈿鈕、長鼻鈕……只有農家年長的婦人才能勝任呢。這更使老粗布有了傳奇般的色彩，引領我們曲徑探幽，去尋訪它的出處。

看啊，無論時光如何變遷，千百年來，南方，北方，總有臉色紅潤的大嫂——哦，她可能是小姑，也可能是姐姐，更可能是媳婦；她白天鋤地，或趕著牛羊，淡粉色的風吻過她的臉，因此她的臉龐像果實一樣豐潤；她結實，愉快，有時又暗自沉思，一邊輕聲歌唱，一邊將親手漿好染就的絲線，撲平碼好，綿密地埋入梭中；接著，從梭子裡抽出線來，就像從心裡抽出來——就像是悱惻的樂句，或怎麼藏也藏不好的心事；之後，她再投出去，接住，不停地，一梭、一梭，把這絲線織成布匹。梭子很滑，浸了許多年的汗和手油，甚至繭花脫落的皮膚碎屑，偶爾被扎傷流的血，四季的濕熱燥氣，以及一天天、一年年，消耗再消耗……才有了今天的顏色，黑舊，紅潤。

織機是她的祖母留下來的。它有呼吸，有脾氣，可領會主人的意圖，是主人另外的身體。在日月穿梭的沉重秩序裡，祖母已經去世，她為此曾傷心欲絕，熱淚在腳下匯成河流。然而擦乾淚，她仍坐在祖母坐過的、中間微微凹下去、快要散掉垮下去的織凳上，依舊做著祖母做了一輩子的事——她沒有時間和心力，像隨意表露感傷的文人那樣，專門拿出時間，去為人世的幽微黯淡嗟歎憂鬱。

柴門低小，空氣新鮮，她耐心地，調和了春的慈柔與秋的貞靜、夏的歡喜與冬的憂傷，借著百合花一樣的千里月光，在每一扇窗牖下，把一寸一寸的光華流轉，給遠行的愛人，抑或只是一個心底模糊的影子，把思念或執念，把永別後的寂寞，或是一次比一次更靠近的靠近，熾熱又含蓄地，織進、縫進了溫柔的暗夜。而當時光的手將她們細膩光潤的手織成老粗布的樣子，她也被歲月從線條清簡的少女織成了紋路繁複的老婦。她就像天上織布的仙女，手中的梭子像條魚，在白的、黃的、綠的……波浪中擺動著尾巴。她不用眼睛看，完全憑藉感覺，就知道梭子該穿到那裡。她說話，說到最開心或憂傷的時候，也不會放下手中的梭子，而且沒有穿錯的跡象……這情境，和維拉斯奎茲筆下那幅著名的《紡紗女》那麼相似：優美，和諧，清涼，深情，一再被臨摹和複製，成為經典。

就這樣，老粗布註定從誕生時起，就完具了泥土一樣的精神，有自己的身世，自己的哀樂，驚鴻於田野裡、柏油路旁、機台邊，或者是腳架上。因此，老粗布又像織物裡的德布西，滿帶著鄉民的內斂、純淨和醇厚。

也因此，一脈一脈基因相傳下來，我們看到更多和更加喜歡的，是那些自然的、舊舊的、工作的、緘默的顏色：午夜藍、姜汁黃、鹹菜綠、枯草白、牡蠣灰、黑莓黑、深深淺淺的樹皮褐和夕陽紅……還有那些不可名狀的、陳年舊夢的好顏色，都是它們的——全是它們的。它們錯錯落落，彼此擁抱，漸漸將靈魂寄養在經緯裡，最後，和盤托出，讓人頓時覺得：美，哪裡需要盛大和絢爛？美其實不過是使人寧靜和尊敬。

在很多時候我們遺忘了老粗布，在很多地方我們買不到老粗布，同時有很多人瞧不上老粗布，嫌老粗布太「粗糙」、「笨拙」、「簡單」、「老土」，在他們眼裡，老粗布似乎也沒有太多用處，如同塵埃，是隨時可以被忽視、被拋棄的，然而，老粗布就那樣，不吭不哈，不卑不亢，高高在上地獨美著，滿載王者之氣，有著微微的芳香。

像人民。

為藝者

†他的琴

面前放著一個大茶缸，裡面零零落落散著幾枚硬幣。他坐在那裡，垂著被歲月吹亂了的頭髮，腿上墊著一塊太陽和歲月曬褪了色的藍布，上面放著他的琴。

他沒有撥片，只有手指，也並不需要假指甲——它的簡單和他的不尊貴提不到那個。儘管那個也算不了什麼，很多琴都在用。他閉著眼睛（他似乎一生都沒有睜開過一下眼睛，不肯，也不屑。他有他的琴就足夠了，世界對他而言不過是此刻手中的一張琴而已），手指一直緩慢地在下方彈撥，在靠近呆頭呆腦的琴箱的地方。他的琴在低音區徘徊，簡單得有點不像旋律，琴上所有的器官都昏昏欲睡。然而，好像突然醒來，猛地，他的胳膊揚向上方，一個狠命的撥，一個溫柔的揉，弄出一個高亢的音色，再迤邐下去，小下去，最後散去無痕……好像哭泣。而窗子外，春天裡的第一彎下弦月正照著他和他的琴，滿天的星星舞動。

他和他的琴從來沒有登上過什麼台，身份低賤得像一根遲早要飄落的頭髮，命運也差不多。他們只在民間流浪，靠近野花、蝴蝶、微風、糞土，以及一條一跳一跳走路的三腳狗。

他常常用另一隻不跛的腳打著拍子，腦袋微微搖動，跟隨著他的琴唱起來，可是，我們聽不清他講述的故事，只聽見「噸噸噸噸」、雨聲似的琴聲，穿透了土坡、山岡，以及被收割後的大地胸膛。

他和他的琴都質感分明，有一點鼻音，在尾音部分，往往有咬牙的感覺。他們的聲線都不夠溫柔，但夠獨立堅強。

他是一名瞎子——我們看過的大多數三弦琴師都是瞎子（有的還瘸了腿），不知道是什麼原因。他攜著他的琴幾乎像牽著一條狗，有好吃的（譬如，一塊好的松香，甚至獾油，他都要在第一時間餵它。田野太乾燥，它也太渴——他渴，他就覺得他的琴渴）。沒有人把他的琴當回事，它確實他心頭的寶物。

他的琴是他的兩隻眼睛，和一部分的心。

比起無足輕重、如同一棵菜的月琴，三弦更是一棵草。

連藤蔓植物也是一種奢望和幻想。它的樣子和聲音與觀賞植物沾不上邊。

三根弦，簡單到重複的樂句，嘎聲嘎氣的聲音，像灰喜鵲的墜落。還有彈奏者遠談不上優雅的動作，都讓人垂頭喪氣。

它好掌握，幾乎半天工夫就可以學會，有模有樣地彈奏起來，多麼簡單。他卻把那簡單像一個高超的繡娘分一縷絲線一樣，將那簡單細細切分，拆開，梳理，一分二，二分四、四分八……地，從紅分成桃紅、橙紅、杏紅、西瓜紅，從綠分成草綠、石綠、柳綠、橄欖綠，從藍分成天藍、水藍、冰藍、春水藍……它在他瞎了的眼中五彩繽紛，柔情迸濺，訴說著天堂……它不僅是戀愛中的人心底一首一首停不了的左岸香頌。

如你所知，一個好的音樂家，即是彈空弦，也比一般人彈得好。這就是功夫。有些功夫需要幾年，甚至幾十年的磨練，才會體現出來。哪怕就是彈一個音，畫一筆，寫一行，這個藝術家或詩人的個人資訊就全部包含在裡面了，包括他的思想、精神、想像力、美學和閱歷等等。他當然是好的音樂家，最好的哪一種。我們可以在他的演奏中聽出他的所有，都是因為，除了他愛它，還因為他彈了幾十年了，並準備再彈幾十年。

是的，他愛它啊，持久地、不間歇地愛，白天抱著彈奏，十指腫痛，晚上抱著睡去，琴弦硌心。他幾乎受到它的傷害——如你所知，太愛一樣東西比不愛什麼東西還要容易傷到自己。

他的琴是他的蘋果，完整，渾圓，美麗，充滿汁。他用刀子一點一點，一圈一圈，削下它的外皮。於是，它內裡的潔白和香味就露了出來。

他的琴是他的狗，他的愛人、最嬌貴的兒子和女兒、朋友、腳下一刻不停走著的大地，他一刻不離的食物、水和空氣。

他當然是一名詩人，每日負擔的只是審美和熱愛。因此，他接近了神。

他和他的琴都一生平淡，略顯淒苦，但總算純淨。

他滿意他的琴，每天每天，他都把它梳洗得像玫瑰一樣芳香。因此，在它唱出最後一曲琴弦斷的完結篇時，也寶貝得如同剛剛誕生。

†借一朵紅嘴開成花

同樣是賣唱為生，可她並不用自己的嗓子——雖然，姐姐的嗓子足夠美妙。

姐姐那一張小小的、可愛的小嘴開始了、開始如醉如癡地吹起了木葉，好像她的小嘴和木葉長在了一起，除了拿刀子來從中割斷，似乎她們再也不能分開，並隨時交換著愉快的眼神、溫意和體液。這幾乎就是那種傳說中真理一般的愛情，來在了姐姐的嘴上和木葉的體內。她身上的銀飾在光裡和光一樣，照耀周圍，比白天更像白天。

她們的背後是一條江。那條著名的、色彩斑斕、蝴蝶定期相會的江。

姐姐長髮如瀑，豔驚四野。在她身邊，花朵恣意盛放，精靈微笑呢喃。早上她對著東方吹，傍晚就對著西方，太陽大大地照著她，光線一片一片，薄雪似的，覆蓋了她的身體，而她粉紅的臉頰細細的絨毛上，正浮著一層金輝。

姐姐和木葉在一起，時間的腳就移動得很慢，慢過了時間本身。

那簡直不是一片葉子！它等於了一個小型民樂隊，以及一大團幽雅、密集的愛。它陰柔，憂傷，撕不開，扯不斷，有時清冷，有時溫潤，有時甦醒，有時沉醉，萌動時劈啪作響，啜泣處天地含悲，並腿上生雲，背上有翅，一日千里的樣子，一個拖腔搖下來，卻又不無羞澀地藏起遼闊的細節，匍匐在地，滿鋪大地，靄嵐蒸騰……它應該是在日頭下面田裡的汗滴和工作，或在一燈如豆的夜晚績麻時不覺的歎氣和呻吟——也許像那無望的愛情？抑或是因為生命本身的痛？它多聲部，無指揮，沒樂譜，無章法，卻渾然天成，那樣深邃，靜虛，溫順，寬恕，像含鹽的海，以及浮著灰塵的水面，繚繞綿長，一旦有微風拂過，便泛起細細的漣漪，粼粼的光……姐姐和木葉是人和自然的對唱，在她和它的面前，土地嘩啦啦自己翻開，種子也自動飛身鑽進其間，花兒們齊齊把頭轉向了她和它，跟隨她和它，眼神充滿熱愛，好像一起變成了向日葵……她們顯然都真切體察了某種美好的事物，跟她們自己一樣美好——美好的事物都是跟她們一個樣子的：既甜蜜，又簡單，有的還帶著斷裂與傷痕。不過沒關係，美好就行。

美好卻並不知曉自己的美好。她們就是這樣，看到了美好，還像要對著天空把美好說出來。於是，她們讚美和信賴每一樣美好的事物，在這讚美和信賴裡，花朵陸續結出果實，花蝴蝶在懶洋洋的空氣裡飛舞，小番茄緩慢扎根，直到深抵大地的秘密……她們和大地長在一起。

高原寬大濕潤，彷彿還沒有開墾和燒荒——彷彿睡著，彷彿永遠沒有開墾和燒荒那回事了。站在田野的邊上，看大地沒有一絲皺褶，而弧度優美起伏。

在那高高的大地上，或者說在那列維坦、希施金或馬奈的畫面上，站在風的旁邊的，是所有的葉子，所有的芳香的葉子任她挑選，等著她去喜歡：圓、橢圓、心形、掌形、扇形、絲狀、羽毛狀、不規則……紅、綠、黃、橙、紫……每一種葉子都有自己的名字，即使你不知道她也有的，在如約而至、發芽長出的同時，已經被賦予了與生俱來的靈性，而葉子們是那麼多，我們可以相信無上創造力的存在，可以相信神在一枚指甲大小的葉子中居住。在這個不一樣的時刻，一片葉子開口發音的美，抵過了今天的詩人們——那些假面人意淫者鄉愿和弄臣——滿嘴暴力、漆黑、腐爛和叛逆的廢話。

就這樣，每一片葉子都是天使，每一時刻都是永恆。就算不發音，也待在那裡，虛度所有光陰。一片葉子的音樂壽命就是在人嘴上的時間，如同一顆星，一顆開在序幕的星，只說一遍口令。那最肥、最厚、最綠、最新、最美、最健碩、最柔情蜜意的的葉子啊，一整片大地任她面對，大片大片或綠或黃或蒼茫或蒼涼的原野，喧騰騰、懶洋洋、熱呼呼、無時無刻不生長、散發出濃烈甜美的泥土的香氣。多麼好！

姐姐多麼愛木葉啊，愛得幾乎要把木葉吃下去——事實上，她也這麼做了。每一片木葉雖然大小厚薄不一樣，模樣卻都差不多，開得像一萬朵紅唇，味道也有所不同：有的清甜，有的微苦，有的鬆脆，有的綿軟。姐姐在每次吹完木葉之後，總還要將那一片木葉歸還給籃子，成為葉子，然後一股腦地餵給她的小羊和小兔子吃。她覺得這才是對葉子最大的讚美和愛——事物們應該到愛她們的那兒去。

是啊，是啊，姐姐多麼愛木葉啊，好像她來此生，僅僅是來深情呼喚一片葉子……彷彿，她自己差一點就成為了一片葉子，只要吹得再久些。

姐姐恍惚知曉，只要吹下去，那些樹木山水魚蟲鳥獸，都將開口歌唱。

姐姐吹呀吹呀，不知憂歡，身體也漸漸發綠，即使在她略有停歇不再吹奏的時候……姐姐的確就是了一片葉子。她與這個世界因為木葉而一天比一天更加相愛。

仔細看啊，那是木葉嗎？那是眼睛啊，水靈靈的眼睛，望著我的眼睛，你的眼睛。木葉在被摘和不被摘之前，都不知道，自己是這眾生至美——被摘和不被摘，都是。

不被摘，是她活潑的生命，在枝頭；被摘，是她活潑的生命，在口中。木葉因此有了兩次的生命，清澈溫柔，美而尊貴，還省略了以光年為計算單位的滔滔濁世，讓任何聽到她的人都以為一萬年也不過是一個清晨。多麼幸運。

葉子就這樣，在滔滔濁世的這個上午，翻個身，伸展開手臂，伸個懶腰，就嫁接在一朵紅嘴上，開成了花。

† 相互抱著的眼眸

舞臺中央，一個光圈，打在她的身上。

她向前彈出，向後挑進，都不抬頭，在彈撥的時候，眼眸始終不離開它，縱然一揚眉，也很快低下去，麥子一樣地倒伏，倒伏到大地和腳——她為她的琴倒伏，一把外域來的琴，她身上還沾著遠路上染到的黃沙。她就假裝快速的撥弦，拂去沙。

她不允許它有一絲的不潔，正如不允許自己有一絲的不潔。她和它身上，都描繪著這花朵那花朵，潔白耀眼，彷彿光芒，香氣像蝴蝶一樣飛散，明亮又柔軟，就在耳邊，又彷彿隔了天地，隔著年華。

一想到她和它，我就想到眼眸——多麼明亮！

她來自傳說或來自真實？分不清了，我們只記得：有人在馬上，抱著她遮住了一半的面容，和快滴下淚水的眼眸，就有人在船上，抱著它，大珠小珠落玉盤地，低下了滿含淚水的眼眸……。唉，這世界，不過分成了滴淚水和忍著不滴落的兩個人群。

這樣美好而安穩的軀體，抱著這樣美好而安穩的軀體，如同初春時的一片綠葉，卷起另一片綠葉。

她抱著它，她們彼此是那麼靠近。兩個物種間的相互凝視和親近，到底需要多少默契和緣分？

我隔著浮塵，一眼望過去，就忍不住意動神搖。我也跟她們是如此靠近，幾乎成了她們本身。她們還柔弱，是新綠，詩人的白襯衫一樣的新綠。她們曲線玲瓏，整齊安靜。像月圓月彎。她們彼此的對話，是眼眸和眼眸的對話。她們的眼睛裡彷彿只有彼此——濕漉漉的眼睛、毛茸茸的眼睛。

她和她，到底是歷史煙塵裡的哪一對？從秦到唐，到明清到如今，瘦了胖了，再瘦了胖了瘦了……經歷了無數變化，潔淨不變——軀體和聲音和心靈，都持續地簡澈和明亮，將骯髒、黑暗逼進潔淨的黎明，不曾有過一秒鐘的模糊、拖沓、交代不清……她如同被天使吻過，對著所有，吐出所有，昭示著自然的大能。她從開口發音到如今，從來都沒有想過有一天要噤聲——就像無論怎樣，一些事物都將無法改變，譬如四季，譬如葉子的萌芽、花兒的盛開和結果，譬如良善、誠實和正直，譬如美、喜歡和愛……我們信賴它們，內心因為充盈它們而飽滿、堅定。

為了來看、來接收這些，我們每一個都應當選擇誕生。

這些美好的事物，譬如音樂和發出音樂的樂器，它們存在在那裡，不言而自美。我們不自覺就愛了它們。不管怎麼說，音樂或樂器首先是為了審美，然後才是別的。這一點她比誰都清楚並自律和恪守。

她有時把它轉到身後，反著彈奏，在背上橫陳琴弦。那是她沉醉在它的眼眸之下的時候——她且彈且舞，還不由加上了輕聲的哼唱，如同飄蕩開一杯漸漸燙起來的茶，簡單，純真，溫柔而熱烈，讓聽到的每一個都想起自己生命裡最美好的時光——那時一百場春天合起來的光芒和交響。她們幾乎是另一個世界的面容。

即便在黑夜裡，一切都昏睡和暈眩，她摸索著，也能牽住它的手，每一根手指像每一顆心，碰觸到她想碰觸的某一根弦上的某一個點。她也一樣。

其他的花差不多落盡了，只有一兩簇紫花還映著藍天綠葉，樓前的玉蘭卻開得那麼好，小白星在濃繁的葉子裡眨著，發出十座花園的香氣。月亮細細升起。太陽光雖然下去了，但到處都還是亮的、熱的，霧氣就開始起來。

在時斷時續的花香裡，她迎著風，一心如月，向內觀望，筆直照耀著它，她就跟隨它，安靜，不思量，比誰都要有秩序地，布下十面埋伏，小雲朵一樣，粉細，有點迷離有點醒，簇擁著，一層蓋上一層，一層濃似一層，層層遞進，噘起嘴，左右吹一吹上面的雲朵，從清水裡舀起清水，從夢境裡舀出夢境，倒影裡舀出倒影，從心裡最深的地方——那月光裡舀出來那月光……月光真多啊，真藍，像個海洋，一碗一碗不停地，怎麼也舀不完。我分不清她和它了，她也分不清她和它了。索性，她躺進去，躺進那月光裡去，與它共同漂浮，迷醉，片刻不離。

†絲綢或月光

夜間遇到一首好曲子，就像春天遇到一個好愛人。他（她）俊朗或美得無可挑剔。曲子的演奏者是位奇妙的人。她在那高台上，年輕得像枚月亮。

曲子的來處是一架古箏。是啊，是一架，一架老紡車一樣，好像看到那時在祖母一樣老的老房子裡坐著的、正在當戶紡織的溫雅繡女，倚在綠窗下，垂著長睫，合成茂密的叢林，像從來如此地深深閉上，掩著澤湖。

古箏和老紡車，都產出一部絲綢。從這個意義上來說，演奏女和她的祖母繡女沒有什麼兩樣。月光一絲一絲，無比堅定地侵入到她的髮絲裡，糾纏，打擾，她也不知道。

她太專心了，以至於聽到的只有寂靜，即使草皮上草蟲的鳴叫也幾乎與她毫無關係。

她手上的絲線來自一隻繭，一隻繭來自一隻蠶，一隻蠶來自一堆桑葉，一堆桑葉來自一塊田野……這是一個安靜有序的過程，每一個是每一個的夥伴和朋友（敵人也是朋友），甚至就是它們自己，每一個都一樣機敏，詩人的白襯衫一樣純淨，每一個的參與都用去了自己一生的時間。一根絲線分成七等分，每一等分都浸在月光裡，閃耀著，溫暖濕潤。因此，那聲音並不嘹亮，有些發潮，但潮得正合適——合適在這樣的夜晚想起許多許多的往事，甜美的，或者憂傷的。而甜美和憂傷也是淡淡的，你中摻了我，我中摻了你，跟月光和髮絲一樣，到底是你照亮了我，還是我照亮了你，分不清了。

她手上漸漸出現了一匹布，一匹絲綢。她將它一折一折地滾動，就張開了錦繡。她多麼專注，微微俯著身子，成優美的弧形，湊向布匹，像深嗅著一本潔白的小書。

不是棉、麻、手織土布、粗織杵，也不是亞麻、純棉、扎染、蠟染……儘管那些也都有那些的好。她在《陌上桑》女子的竹籃裡誕生，是那片北地的春色化成，溫柔，秀氣，低眉順眼，可內心倔強，摸上去是柔軟的，微涼，滑潤得如同手中無物，又似乎一縷一縷的水流從心上過。她心裡正藏著這樣一首曲子，借著絲線錚琮，把它低低地唱了出來，自某個不可知的角落，帶著田野清甜的香，和微微的辛酸與迷惘，漫捲，埋藏……她怎麼說來都不自覺地略略自恃些，即便悉心呵護，略不注意，還總是皺成一團化不開的傷悲——有如女子們飄忽不定、激灩宕跌的人生。音質多少有些憨純——憨是憨純的憨，純是憨純的純，並直刺骨髓。正是我喜歡的那一種。

在樂器裡，遍身絲綢的古箏正是一位真正的名媛，身邊有摺扇和茶，她面朝一天的大雪，低眉讀書習字，彷彿從來不需要去到什麼地方，也永遠不必慌張，從容坐擁斜斜飄過的晨光，梳理著絲線，溫柔如同天使的髮捲，有著沉著緩慢、略顯遲鈍而持之以恆的美感。如同《羅馬假期》裡奧黛麗・赫本詮釋的那位公主中的公主，從誕生之日起便確定了她骨子裡素樸、優雅的個性——其實，赫本在那部不太著名的《第凡內早餐》裡，穿的就是一款米白色的絲綢上衣——電影或許不著名，赫本或古箏永遠光芒萬丈。

其實，就算她音色嬌媚，我也是喜歡的。她只要安靜自然，不誇張做勢就好。

我們是哪一世的老友呢？和她或者她？就算變了模樣，也還是記得招呼？我用力地回憶，希望能從中找出某件舊事來證明我們有過的情意，並自然地展開和延續。

我眼光迷離，她漸漸忘我。我不由得調暗了燈光，讓它黃暈暈照下來，身子仰到後面的椅子背上，有些不自禁地輕微晃著，和著那拍子。

對了，是有小節奏的——即便最溫柔最慢性子的樂器和曲子也是有的，如灰漿一樣，抹平其他樂器之間的縫隙。只是，那節奏的確是小節奏：有切分，也有一點裝飾音，有浸淫有疏離，有時也有一點催人，而絕不疾走，只在低八度的琴弦上穩穩淺淺地散步，像小妻子阻攔丈夫的大力飲酒，但不著急，是婉轉的提醒——是微笑，也存在不怒自威的風度。一匹再平整柔滑的的絲綢，有了偶起的漣漪，才更見了她的皺褶之美。一架古箏也一樣。

一件樂器、一首曲子和一首詩歌也沒有什麼兩樣——在它一經完成之際就不再屬於那製造者、演奏者或著作者。而此刻，它是我的。

於是，世界很慢、很沉得住氣地被她和她的古箏推到了我的面前，像月出之前、傍晚時分看到的地平線，一點一點將雲霞打開，再一點一點收起，壯闊，華麗，不動聲色。

我想把頭埋在這樣的一部絲綢裡，像躲進洞穴——像鴕鳥把頭埋進黃沙，不看外面。

我的樹

題　記◎

我愛自然，其次是藝術／我向生命之火伸雙手取暖／火快燒殘了，我也準備離去。

——沃爾特・蘭道爾

一

為什麼，我想一想我的樹，就忍不住熱淚？我是如此的想念她們，以至於非要把一個好大的花盆用手挖土，栽種上一粒種子，草本的花木。每日看她，發芽了，我就灌溉，欣喜若狂。現在，她在我的陽台上，像一個漂亮丫頭，日日瘋長。

我把她叫成「我的樹」。

我開心了，看看她，就更開心；不怎麼開心了，看看她，就開心了。我不曉得這是什麼緣故。我因此更加開心了。

就這樣混沌著。好多時候，好多事情，混沌著比清醒著更愉快似的。那就混沌。

對於窗子外面蜂擁而至的夏花，她什麼都不關心，只擔著自己盡力向下扎根這一件事。她長得十分有序，慢慢長成教養良好的閨秀——葉子是一對、一對、對應著長的，像一對一對恩愛的小愛人，誰也離不開誰。幾乎是每天早上，她頂端的那一個花苞樣的綠骨朵，就綻開一對嫩嫩的新葉，馱著兩顆相互蓋著盟誓印鈐的小心臟。十字插花般，一天一個樣地水靈、豐腴起來。深長的睫毛一樣，它們上面都有著毛茸茸的小刺，青氣四溢。

每次對視，我們都陷落於對方睫下。

有時，我會吻一吻她最頂端的那一對葉片——幾乎每長出一對，我就吻她們一次。

因此，每一對葉片都有我的愛在上面。

她靜著就工筆，風吹吹就寫意，沒有什麼比她更好、更美麗。

出差一個禮拜，之前交代家人，乾透澆透，否則根會被泡爛的。一歸來，我竟一改放下旅行包及擦地板的動作，直接去陽台看我的「樹」。天！也許家人太聽話的緣故，她乾得透死了！幾乎「口唇焦裂」：葉片像睡熟的黃狗，耳朵耷拉下來，最頂端的綠骨朵也縮著身子，竭力保存著體內的水分……我立刻接水澆上，她咕咚咕咚喝下去，完全不顧一個姑娘的體面和教養——哦，她當然是一個姑娘，並大眼明睜，風姿娉婷。那模樣可真讓人心疼。

這之後，我在擦地板和洗澡之間，每過五分鐘便察看一下她的臉色和樣子——她開心了嗎？她舒展了嗎？精神一些了吧？不會有什麼事情發生吧？……那一個小時做家事的時間裡，我像擔憂一位親人的冷暖一樣，為她焦慮不安。

當然，很快我就笑了：她那雙雙的葉片，重新挺立，乾淨透明的小裙子一般，在我的眸子裡閃著油滋滋的光亮。

我相信，她們之所以如此活潑和安寧，除了陽光和水，有好大部分是因為我的愛的緣故。真心傾注在所愛，是愛的植被永遠汁液飽滿的奧秘。萬物皆如此，何況植被這個明喻本體？至今，還不曉得她叫什麼，開不開花。她像一個大秘密。但這不重要。她美著就好。

還想念莊稼。

我看電視，除了好電影，主要看「農廣天地」、「致富經」和「科技苑」。看得夠多了，可為什麼，每次看它們，還是每次激動得要撲向田野？昨天看的，也看過多次類似的農事種植推廣，仍忙不迭地做起筆記：

選種子—浸種子—用高錳酸鉀給種子消毒—整土做畦（用大的犁耙平整土地）—用小棍子和地熱線分開壟—用大木板輕輕攏平土—撒種子用噴霧澆水（要多溫柔？不能直接潑水——那太粗暴，必須用噴霧；不能多，怕沖了種子；不能太頻繁，怕浸了種子）……唉，這種節目，平鋪直敘，述而不論，卻惹人難過和牽掛。

一晃，都芒種了。今天，把廢棄了一個大花盆整理出來（好髒啊，一直在樓道裡。我這個素來有點潔癖的人簡直是嘔吐著肥田的——得先弄肥了土吧？），想種一棵玉米和幾棵大豆（圍在兒上）……我不為收穫，只為開心——這樣侍弄她，就開心得一直哼著歌，像心底流淌著一條溫暖的河流。

當然，更沒有褻玩的意思。一絲都沒有。

像我對我的書寫，完全為著我的心。沒有一絲的諂媚和博取之意——如果說最初的展開和發表還有喜悅的虛榮在，那麼，母親的事情之後，那一絲虛榮早逝去無蹤。

我種植也完全是為著我的心。

這當然是一場再鄭重不過的種植，如同一場再鄭重不過的戀愛。

陽台沒有燈。每到夜晚，我站在那裡，便會聽到她「刷啦」「刷啦」細細的笑聲，在空中抓一把，甜津津的。我曉得，那是她在騎著露水趕路。

聞弦歌而知雅意，經由她一句「咿……呀……」練聲，慢板起調，和聲四起。

因為她，我坐擁了天下莊稼，並用日日更新的牙齒，咀嚼著有關她和我的幸福。

我看她是森林，她看我是全人類。或者乾脆倒過來：她看我是莊稼，我看她卻是人——她如此安靜、守常，一言不發，我們如此喧鬧、浮躁，沸反盈天……唉，她分明比我們更像人一些。

學她的樣子，一言不發。再看下去，久了，她我便疑心彼此同類。我們如此親密，炸都炸不開。

她要一點維他命C片，和乾透澆透、可以不必天天惦記的一點水；我要一支筆，和儘量少、不必飽、可以每日兩餐的一點飯。我倆所需都不多，整日地不說話。

可以天種天收、可以自給自足、用最少的形體、部分的羞澀、盡可能的純潔以及幾乎全部的沉默來活著的那一類。

她是我的烏托邦，我的夢想。也許我也是她的。

如是：她還沒有發芽，我已和她同體——與那個清新自然溫柔和平的生命本相的身體。

彼此餵著潔白的貞靜和忠誠，內心還存留了感激，以至歉意。

就這樣，她和我們對了臉默讀，莫逆於心，面沉似水，卻深知彼此是彼此手指上的火把。

她因此重新生養了一次，我們因此再次獲取了從我們身上出走的力量。她和我們相互孕育，彼此分娩——哦，這是多麼的不可思議和教人驚喜。除了最美麗的那種愛情，似乎沒有什麼可以做得到。

二

我們一不小心就買了這麼多的書，文學名著、畫冊、字帖和有關藝術的書。即便已經讀了十遍、二十遍、三十遍……半輩子，她們依然可以像拍死一隻蚊子一樣，把我們輕輕巧巧就撂倒在她們的石榴裙下。我們被她們奴役了。

或者說，收留。

不同的母親生下了不同的我們，而她們，是我們同一個的養母。

母親們是我們人間的母親，暫時的母親，她終究走遠，去到她獨自享用春光和溫暖、不用再勞碌和操心的地方，母親啊，母親，她如此心急，哪管幼小的我們不捨的目光，甩開我們挽留的手臂，無視我們呱呱追跑的小腳，無聞我們無望無告的哭泣……哦哦，我們痛別母親後，望向她消逝了背影的轉角呆立許久——再久也還是要轉身的，因為在這許久的佇望中，我們已不覺過了青春期，身體已長到母親那麼高，心靈也已蒼老無比。到絕望時，我們轉身，紅腫著眼睛和腳踝，不顧一切，撲向她們的懷抱。

她們的愛撫使得我們的傷口長成微笑，那些每次淅瀝細雨、大雪滿天都會打回憂傷和傷口原形的微笑……她們是我們天上的、永久的母親。收留吧。

她們蒙以養正，養我們勞累，累得這麼老了，老得掉牙，我們卻如同愛她們的照片一樣愛著她們，像她們紅顏不老。我們當然不在乎她們今天在他們眼裡已略嫌過時的衣服。他們？不愛她們。當然，她們更不愛他們。

他們不配。

她們是一些真正的射線，準確地、源源不斷地發射給我們，具有打通我們一切感官的能量，我們因此獲得了放肆的想像。讓我們感到，人生在世莫大的愉快也不過如此。事實上也的確如此。它比一切其他愉快都更愉快。這是他們——沒有閱讀經驗和優質閱讀文本經驗的人是無法想像的。這是傳達者和接收者的雙重勝利。

她們有時更像一個月老，那個著名的靈媒人物，高高在上，看見、洞察一切，拋出紅線，準確地縛住我們的手腕和腳踝，將我們和我們心儀的物件一一綁定，結合在一起，獲得幸福。我們任何一對統統被這海潮似的幸福打懵，醒來後，我們不約而同深長歎一口氣——因為誰都曉得了：我們將幸福終生。

這突來的幸福是如此之劇，第一次的痛和醉一樣劇，以至於完全值得為它哭上那麼幾回。

我們當然不在乎他們蹲在路邊的譏笑、嘲笑、訕笑、皮笑肉不笑。

不用表白，甚至不用辯解——善不用辯解什麼，也不用躲，只有惡才喋喋不休，步步進逼。

可轉過身來，面對她們，我們語無倫次，言不及義。我們愉快，乃至幸福。

因為這樣幸福，我們充滿力氣，沒有什麼可以將我們輕易打倒。好像可以這樣過下去一百年。

我們因此多活了一百年。

三

因為她們。我們幾乎是一切。我們無所不能。

她們是什麼，我們就有什麼；她們賜予什麼，我們就開放什麼；她們愛著什麼，我們就愛著什麼。恨也同樣。

為了她們，我們可以饑腸轆轆、衣不蔽體地跋涉，胸中鼓蕩著什麼，天天都像發著低燒。我們不知道，如果沒有她們，我們將拿什麼去安頓我們的靈魂？

為了她們，我們發明了事業，開一條江河，順著波峰浪谷用一生的時光去浮沉；為了她們，我們發明了愛情，鑿一個洞穴，穿越堅硬與柔軟一往情深；為了她們，我們發明了藝術，融化於花葉與根的美與堅韌；為了她們，我們發明了宗教，設計了升入天堂的秘密通道……因此，所有的苦痛和災難都可以避免，所有的罪惡和不幸都不會發生……所有的美好都將長久留存。

我們能夠放下什麼，我們又能超越什麼？

生命的盡頭在哪裡？是山的那邊還是山本身？是海洋？是終點，還是輪迴的起點？不曉得。唯一可以肯定的是：她們在那裡。一直在那裡。這就好。

缺什麼？需貢獻什麼？……哦，要犧牲的。一定有。那麼，來取。

需貢獻我們的骨骼、血液？有短劍、長釘，木枷或十字架等在前面？可以。

有時也脆弱，譬如，因為痛，差點就轉過彎道，加入了求饒、長跪、朝覲與歌頌的行列。但羞愧的淚水從天而降，洗刷掉我們差點成為的恥辱，我們繼續跋涉，哪怕芒鞋踏破，打了赤足。

只有痛過，以血祭了，昭示了貞潔，她們才放心了，信了我們的忠誠，才肯化作我們的飛毯，以笨伯之軀（親愛的她們，總在孕育）領航，載我們飛行。

四

勞動。是的，勞動。這是唯一使我們如此不知疲倦的理由。

不停歇地勞動，並尊重一切勞動，似乎跟心跳一樣，不離左右。

我們因此有了夥伴。

他（她）當然一樣粗手大腳，赤臉，玉米或高粱的刀片似的葉子把脊背縱橫劃成皴染美麗的圖畫，水稻或麥子母親呼吸似的馨香把鬢角撫摸愛撫成悠長動人的樂句……哦，母親！

母親如深恩一般，她們血衣漿胞地生下我們，顧不得洗淨頭臉，便腳步略略踉蹌地，捧著、追著見風就長的我們，教我們牙牙學語，蹒跚學步，並用小鐮小鏟，學著勞動……這當然是我們又一次的出生。

我們的母親和恩師。

在這大地上，我不知道還有什麼，能比得上她們美麗，美麗得教我們禁不住流下淚水。

就這樣，一群夥伴，我們，呼喚著彼此，憶念著她們，開始了我們的長征。

那樣的勞動，不就是長征？高天厚土，一壟一壟，長得連上了天的地壟，點種、插秧、鋤草、收割……都需要彎腰成弓、恭敬的長征？

有腳，長征無非路；有手，勞動也是歌。

當然，有時也怕。

怕蟲災肆虐，怕大寒大旱，怕種子長來長去怎麼看怎麼像秕子，怕收穫時節稻草人無論如何嚇不住燕雀的攀食禍害……可是怕又有什麼用？只有用更堅實的勞動去頂。

要灑下最懂得自衛的藥水來頂住那蟲，要廣罩最懂得照拂的大棚來頂住那寒，要引來最懂得滋潤的河流來頂住那旱，要細選最懂得謙遜的種子來頂住那秕穀，要鑄造最懂得警醒的洪鐘來頂住那燕雀……要噴杆、灌根、掰杈、壓枝……要勞動。要像一粒汗水向一粒麥子行進的勇敢和堅定一樣地，黑夜白天，不停歇地，勞動。

當然，手中繭子會更厚實，額上皺紋會更深刻，腰背會更弓如彎月，笑靨終將老成簫聲……但是，難道如此就要放棄勞動嗎？

不勞動的我們，怎麼敢回望她們的目光？兩位值得終生感激的、無論老去還是離去，都永遠在回望我們的、親身母親的目光的目光？

我雙重的生命，凝重而輕盈、豐滿而娉婷的身子和心靈的來臨，原來全是為了她們——她們和她們。

五

是的，我看不到大地。我只看到你。

你一株一株，或一束一束，立在這裡那裡，踏著腐殖，抓緊大地，不移動半步。

你如此多棱，每一側面都不同樣子，且彰顯斑斕，且啞光潛隱。

你雄壯就木本，溫情就草本；你俊朗就喬木，敦厚就灌木；你無花就驚鴻，有花就風鈴；你呼喊就爆裂，綻開身軀，不惜露出顆顆紅心；你肅靜就盡斂，收束腰身，森嚴包裹粒粒珍珠，除非剝開層層寒衣……你胡茬犀利，粗糲銼刀，就硬漢；你美髯飄飄，柔軟甜鬚，就哲人……你轉身，就女子，說婆娑就婆娑，說婀娜就婀娜……是的，你是白樺，是合歡，是銀杏，是紫荊，是鬚蘭，是串紅，是石榴，是玉米……這大地上，凡有根鬚的，都是你。

你被子，就含蓄；你裸子，就誠摯。

你鼓一鼓臂上肌肉，就光合作用，就普照；你現一現心底慈柔，就細心滋養，就潤物。

我在雨裡撐著傘，還嫌風硬，冷得抖；你在風裡，橫眉冷對，自己做傘，從沒怯懦。

你匍匐下，就是海——草也是你；立起來，就是山——松也是你。

你多長啊——你至柔在非洲的熱帶森林，三百多公尺，是高山仰止、無數繞圈盤旋上升的白藤；你多高啊——你正直在澳洲的原始濕地，一百多公尺，是愛上層樓、鳥在上面歌唱如蚊子振翅微弱的桉樹。

你是戰士，在菜園、果園……田園周圍，變身質樸的木槿、勇敢的枸桔、持槍立正的女貞以及熱情四溢的三角楓，做著不辭辛勞護衛著的綠籬；你是少女，在花圃、果圃……苗圃群裡，變身端麗的百合、頑皮的石竹、性情綿軟的海棠以及澄澈的水仙，做著努力開花的紅顏。

寒冷、酷熱，不怕的，什麼時候沒有你？你忍冬，渴飲清露；你伴夏，饑餐罡風——你美好而無窮的能量原來來自於「不怕」。

你不怕，我就不怕。

其實，也可以說成：我不怕，你就不怕。

「不怕」，就是我們彼此示愛的關鍵字——簡直就是我們彼此示愛的唯一詞彙。

我是你的祖父和玄孫，也是你的女兒和母親；我是你的妻子和情人，也是你的丈夫和兄弟。

別管頭上有些什麼，樹冠還是花冠——我當然也有鐵打的肩膀，分擔你的一些負重在上面，還用力散發些創造著必然散發出的、熱騰騰的香氣。

你是男子。你是女子。我也一樣——可不單單是眾人口中薔薇、溫軟嬌弱的小姐。

唉，說到底，其實不用多好，也不必多——你的靜默沉著，不發一言，僅此一項，就夠我愛上。人和你的德行如何能比？又豈是人可以學來的？哦，叫囂的人，輕浮的人，軟弱的人，暴戾的人……該複雜時簡單，該簡單時複雜；該聰明時糊塗，該糊塗時聰明；該高尚時卑鄙，不該卑鄙時卑鄙……我們低級的人啊——包括我——外在得可憐。這是你——叫做植物的、我們需要仰望才得以望見的高級生物所不可想像的。

你佈滿所有，包括我的身體；你是一切，包括我的愛情。儘管你錯過了我的年華，錯過了我轉世時一閃而過的臉頰——從那一季開始，那個又收穫又播種、金風颯颯的仲秋開始，我當然也成為了一株植物，一株你年輪之外的晚生植物。這多麼榮幸。這難道是真的？

我看不到大地，我只看到你。

六

來，請你，請你把一千噸月光狂飆一般為我傾瀉下來，深深掩了，並等待。

等待軟軟的風的腳丫，踏過，癢癢地觸著了；等待斜斜的雨波瞟過，漾漾地皺起來，等待你墒情馥郁、蠕動飽脹的大散曲，力拔千鈞、鋪天蓋地譜寫起……等待我的醒來——你磅礴寫詩的歲月，我才從老舊廢棄、花紋好看的河床上惺忪睡醒。

我靜靜地躺在黑夜裡，好像一匹展開的綢緞。

星光照耀，月亮像鳥兒一樣，動聽地鳴叫。

你把青草翻開，簇新的泥土味道在陽光下綻裂。野草子靜靜開放然後凋謝。有清脆的布穀歌唱聲聲，在寂靜的空曠中迴盪。

餓了你來餵種子——那種子是粒粒精選的，飽滿，渾圓，潤澤，頑皮；金黃，乳白，赤紅，醬紫……那些繾綣的體態和顏色，全部都給我。

渴也不怕，你在身邊——即便你離開時也都在，滿天滿地……從施肥到間苗，從鬆土到鋤草，從血液到汗水，從醇酒到旺泉，那些伏身弓腰流淌噴薄……全部都是你。

我能給你什麼呢？只能捧獻一點薄粥，略潤你因熾烈而枯乾的喉嚨，遞上一手帕，擦一把因工作而染塵的口鼻。

不過，你終究接受了，我薄粥、短帕的全部情意。與有情人做快樂事，苦也罷累也罷，有什麼關係？你口中的糧食和水，那都是我。

他們啊，每一個都有小名：玉米，稻麥，紅豆，高粱……都是精壯的兒子，有勁地踢打著。我習慣於用世界上最輕的聲音呼喚他們的小名，在他們還在我暖煦的子宮裡酣睡的時候。——是的，我是大地的子宮。我是田野，你千里跋涉的溫柔——你在我身體的田裡，已往返萬次（是的，還將往返萬次），那裡早有了千里的遼闊，以及抵達心房的芬芳？

當然，也會有一枝濕淋淋的桃花、李花或梔子花在我的軀體內孕育，如晚風中的鴿子撲拉拉開放了飛翔。她的子房和花柱將遍佈顫巍巍的可愛絨毛，燈籠一般照亮我的體內……哦哦，她當然是細嫩的女兒，嘟著水嫩的小臉龐，圓滾滾著肥厚的小腳丫，等我特別輕柔的撫摸，和血泊裡特別漫長的臨盆。

那時，定有你在身邊，萬物作響，這全部來自你胸口的聲音，響著無邊的熱愛和熾烈。你因日夜不停歇的勞動而顯得特別壯碩，荊針般倔強，額紋壟似深沉，可你醉了一樣地微笑，露出缺失了一顆的牙齒，並用花朵一樣開滿厚繭的、河流般渾濁的大手，為他（她）們慈愛地摩頂、洗禮，止不住地親吻他（她）們——唔，還有……親吻我。

唉，我簡直能看到你脈絡裡清晰流動著的精靈呢，它們一直一直……隨著清風滲透進我心深處，把最柔軟易感的那一處彈撥出圈圈漣漪……也終於讓熱愛無處洄渡，在這樣杳渺大地的中央。

你血流充沛的萬馬嘶鳴傾注在我的身體——哦，我會為你把身體全部打開，地氣蒸騰。

也許會有暴流如注洪水滔天的時候，但那我就退縮了嗎？不，因為有你和他（她）們，我手上油紙傘樣的菟絲子會擎得更高更堅定。

當然也不能排除天氣酷旱，長河斷流，而大地龜裂那樣的陣痛只能讓我躬起腰肩，以口中津液，和深吻，來滋養你和他（她）們，來驅趕那撒潑的蠻荒。

更不是總有春風喜雨，四個季節有四種不同的甜蜜和折磨。我甘願接受。我只在意我為哺乳所準備的一切是否周全——我熱騰騰、香馥的身體日趨豐腴，如同秋天的穗子一樣潛隱沉著。我口唇潤澤，胸部脹滿，粉紅了雙頰，甜柔了心地……朔風剛硬，偶爾會鈍傷我的耳膜，但有什麼關係？指尖溫軟，我就能感受你飛翔的翅膀。

我靜靜地躺在黑夜裡，好像一匹展開的綢緞。

星光照耀，月亮像鳥兒一樣，動聽地鳴叫。

七

靈魂啊，就是我們務實再務實、事事求回報、時時逐利益、以賺錢為當務之急、再也顧不大上了的那種東西啊。如你所知，即使我們賺錢的神經鬆懈下來，也會在亞健康狀態中惶恐地去追逐健康……我們拒絕不了追逐。這不應該嗎？很應該——因為我們只有一次生命。

我們從來沒有像現在這樣關注過我們自己的財富和身體，關注皮膚、毛髮、指甲乃至肝、腸、頸椎和胃。而與之相對應的流行書籍們，充斥了小資們的慾望氣息，打開物質浮華和身體的種種慾望——完全打開並不準備合攏。我們的靈魂卻從此徘徊於小川、窄巷，人生無味，高度自囚，漸漸被掏去了自己的精神立場，成為我們身體的幕僚，我們原本生而孤獨從而更添一層孤獨，從而成為一個比一個更空心的空心人……這不應該……不應該的——因為我們只有一次生命。

在這個時代，有誰想要去跋涉、去尋找和妄圖照顧在那慾望中浮沉的靈魂，就會被人恥笑為自討苦吃或無病呻吟。沒錯，有時苦是要討來的才終究甜到心尖，而每天靈魂無病也要呻吟上幾回，要不怎麼叫「靈魂」呢？

越是在一個不相信靈魂的時代，生活越是物質化、冷漠化、沙漠化和娛樂化，一些人就越要安靜於一隅，或面壁而坐，或曲肱而枕，去思索一些人生的終極問題，去探究除了吃飯之外的思辨領域內的問題，最粗顆粒、最樸素的問題，諸如生的意義，理想的意義，人道和關懷的意義，責任和使命的意義，人類到底有沒有恆定不變的價值，人生有關快樂和憂傷的本質等等問題。

不能不承認，在物質慾望化的生活中，個體生命的獨特性正在消失，人難以忠實於自己。面對這樣的現實，靈魂帶著茫然、苦痛和憤怒，蹙眉質疑人的生存品質，嘯讓人究竟要到哪裡去……我們不明白那些生命裡的巨大的隱秘和究竟，譬如死亡，譬如愛情，譬如內心荒漠中深埋的剛毅和渴望，人性難以想像和盡述的複雜和自覺……我們不明白，也守不住了。

八

守住。我輕聲咕噥著，也提醒自己不要沉沉睡去，在這很容易就睡去的子夜。

因為有肥胖的田鼠會一縷魂魄似的溜來。牠們還不像他們，他們不過動動嘴巴，嘲弄、污蔑、威脅、恫嚇而已，牠們雖然也不過動動嘴巴，卻是要狠狠張嘴，啃食、撕咬、嚼碎、吞噬的。

不光啃食、撕咬、嚼碎、吞噬果實，還要啃食、撕咬、嚼碎、吞噬青苗、花朵、根鬚乃至種子。

哦，種子，那是她們，我們的生命裡的鑽石！戴著漂亮的碎花頭巾、一不留神便笑成沒邊沒沿的春天的種子！

撫摸著她們嬌弱、蒼老的軀體，她們潔白、瘡痍的心臟，她們雄邁、溫柔的血脈，她們堅強、無依的未來……我們的心不由得柔軟如緞，並睜大了雙眼，航標一樣轉動，希冀在黑暗的大海一般的麥田裡搜索到那罪惡的源頭——昏暗、亂動、竊喜、好色的眼睛，以及尖細、通紅、張合、垂涎、幾根稀疏的貪婪鬍子難看地翹動著的嘴巴。

守住。我再次叮嚀自己，像遠行前對美麗女兒的囑託和對與她相伴的同路人的拜託。我是如此忐忑不安，放心不下。我們已經禁不起失去。

霧靄也漫過來了，扯天扯地，不要命地奔跑。當然是想在最暗的時刻為那些嘴巴做成最有力的屏障，和偽裝。

是的，偽裝，它們可以給霧靄打扮成身著燕尾服的紳士、身著動輒數萬人民幣或美金休閒裝的商人、身著花花襯衫的大藝人、身著筆挺西裝的小官人……我得日日夜夜睜大了雙眼，識破這天衣無縫的偽裝。這太難了，也太困倦。我幾乎再一次想到退卻。不一定投誠、卻一定昏睡的退卻。

哦……不。絕不。戎裝好看，哪裡抗拒得了它的誘惑？誘惑有壞誘惑，也有好的。我愛了這好誘惑，也必愛下去，才是唯一的、光明的出口。否則，愛要如何表達？又拿什麼盛放？

也沒有理由要求夥伴的替換。我剛到位置上，武器還沒擦亮。況且，看看夥伴們巡視一天、疲累得東倒西歪、懷抱槍支、席地蜷曲、草草休憩的身影，我的心疼痛難忍。

他們不是出生在城堡裡有著金色頭髮的王子（公主），也不是從馬廄裡崛起、能一掌拍死頭灰熊的騎士，或只懂得在飄窗前把玩著金蘋果等待戀人親吻的女孩。他們是最平凡的孩子，只因為血脈噴張的驅使而來，並被分配了武器。我愛他們。

還記得，剛來時，一個軍用水壺，我們推來讓去；一件禦寒衣服，我們各披一半……你的饑渴，我掛念；你的體溫，我帶上。夜無邊啊，我全沒忘，全沒忘……夜好冷好長！牙齒在顫抖，雙腳麻木，頰邊也掛了霜……沒有關係。我知道，你知道，我們因為這同樣的愛，將相互體恤，將永不分離。

忍住，忍住……要忍住那樣的疼痛，就需要這樣明亮的眼睛來守住。守住收穫，尤其是種子。

守住，就會用明亮的眼睛逼退昏暗的眼睛，和那隨時一哄而上糟蹋一空的嘴巴；守住，就有天亮，和天亮後「轟隆隆」的收割的機器方陣，來收穫我們的收穫。

守住啊……

九

突然地，我就盲了。

看不到，一切都看不到了。你的壞，你的好，你霸氣的舞蹈，無敵的笑，你的溫存的眼波，可愛的嘴角……蒼天見憐，你鮮麗明亮的氣息裝在我的鼻翼裡，不曾散去。它甚至越來越濃郁，越擴越大，充塞得我無法呼吸……而自由的呼吸，對於自如的歌唱或舞蹈是多麼的重要！……我是一名舞者啊！

我多麼慌張！

如果一定要盲，那麼就該在看到你之前盲掉才是啊，如此我才能看不見、觸不到、記不得，你的容顏。

你在哪裡？你，在哪裡？？你，在，哪裡？我的親密的、另一個自己一樣的舞伴？

每天我都想著你，默念你的名字，用無法忘卻的我的心意，用來不及的絮語和訴說。

每天都說沒事沒什麼，可為什麼，簡直忍不住了熱淚。

而荒原寂寂，除了我自己的一迭聲慌張的詢問，連個回聲都沒有。

沒有人曉得你去了哪裡。甚至，沒有人曉得你是誰。連探聽都無從探聽。

不是沒有等待，等待了，在這長長的夜，我在風雨裡，夾了胡亂塞了幾件換洗內衣的包裹，在街角邊，你來時必將經過的地方，瑟瑟抖著，等你回來拍一下我的肩，我便跟隨你，隨便走到哪裡去。可是，是不是因為夜太黑，風太硬，雨太冷，路太滑，你返回的身影才終究仍杳如黃鶴？

你有什麼樣的苦楚和無奈？要如何傷悲才能如此決絕？你的眠食是否晨昏無序？怎樣才能撫平你的傷痕？你去的遠方到底多遠？什麼時候才是歸期？是不是你像研製秘密武器的那些職人，因肩負了不可說而必須做的神聖使命，守口如瓶，如同永遠的單身漢一樣，辛苦、孤單地悄悄隱匿？……也許，你註定要遠走，正如一些人註定要找尋。

我的心痛得流血，淚水洗白了天空。

也曾有醫生來醫我，別的舞伴來陪我……可是，有什麼用？只有你能醫我，只有你能伴我，翩然起舞。

雀麥草從來沒有停止過生長，夜晚也一樣——每一秒鐘我都在思念你。

那思念如同蜂子炸窩，窮凶惡極。我無從抵禦。

也曾試著忘掉，全都忘掉，一絲都不要存留有關你的記憶。於是，把杆成了我每日不離左右的手杖。可，我的拼命練習不過讓我更深刻地記憶著你。

沒有任何辦法。

於是，我手執好心人遞來的盲杖，上路，把你四處找尋。身子堅定無比，心卻左右彷徨：如果不能找到你，我要怎樣才能胡亂挨過剩餘的生命？

如果沒有看過，就不會曉得看不到的苦；如果沒有對視過，就不會曉得懂得的可貴……那潤物細無聲的眼波，那小荷才露尖尖角的心意，我都明白……可是，可是……我盲了。

我在白天走，在暗夜裡行，為了嚇住犬吠狼嗥，更為了自己壯膽，我大聲歌唱——那實在不像歌唱，任誰聽了都要停下手中工作，淚流成河。

我找尋你的蹤跡，分辨你的聲音——世界廣大，紛紛擾擾，到處蠻荒，喧囂四起……要怎樣才能看到你、聽到你、讓你再次看到我、聽到我？

盲杖「嗒嗒」，配合我的心跳。它艱難探取著方圓一尺的範圍，我的心卻隨這聲響，飛翔得渺遠無任。

有時會跌倒，臉頰也會被撞傷，結了疤，再掉了疤……頭髮一百年沒有清理過了，她往日的秀麗光亮柔軟清紆，都化成醜陋鐵硬辛酸……唉，儘管我曉得你愛我不僅僅是因為我的美麗——當然不是——可，我還是希望你看到的是我好看一點的容顏。

糙陋的鞋子早破損得丟在道邊，腳趾已經在滴著鮮血——它們曾經多麼嬌嫩和白皙，今天就有多麼粗糲和黧黑。除了荊棘和水澤，也難免會趟到泥淖和糞汙，還有孩童們有意無意的譏笑和擲來的瓦礫石塊……因此，它們還挾帶了不潔和羞辱。

但為了找尋你，我怎能不忍疼痛和心傷？

相信嗎？縱然失掉雙足，我還是能抵達你。

沒有人比我更深刻地愛你，即使，終究，我們註定要分離。

只要找到你，不管南北東西，在我就過往一切都如甘露。

一飲而盡。

可是，對於你，我是那麼在意，在意得小心翼翼仍提心吊膽，在意得低進塵埃仍自輕自賤，在意得冷汗涔涔仍懷中抱冰，在意得雖焦渴無比仍捨不得飲你半滴——你當然是我的甘露。那樣神聖的天賜。我對自己毫無辦法。

我額上層疊的皺紋和唇邊白灼的水泡為你而生，全為你而生。柔情也一樣。

我像一個靈魂，漂浮在找尋的路上。

這找尋似乎無邊無際，卻也近在眼前。依稀的記憶裡，你的樣子清白如昨，即便此刻，你的衣袖也伸手可牽。

這找尋終將獲得報償。

……

十

有你照著，我是多麼齷齪啊！每次被你托舉、旋轉、輕擁、黏纏，和你對視我都羞赧不堪，整個人都低到不能再低——你清亮的眼波使我無法實施曾有的、無法說出口的怯懦。

你知道，很多時候，怯懦比正義更容易，和有誘惑力。

在明瞭我們是什麼之前，我們是不是先要弄清我們不是什麼，我們拒絕什麼，我們必須放棄什麼？……而拒絕和放棄，是多麼難的一件事——它比掠奪還要難上千倍。你不得不承認，人類本身很多時候是讓人沮喪和失望的，沒有誰可以扭轉人類的終極。我們所要做的，只能是：管住我們自己，拒絕或放棄。

幸而還有你照著，我才知道我不是什麼，並有勇氣拒絕和放棄，不把自己賤賣給粗鄙的生活，從此，不得墮落——或墮落得不至沉入谷底——跟他們一樣。

有時，我聽到路邊歇息的馬「噗噗」地打鼻，便想：那馬的名字是不是叫做明駝？千里追風？那主人他……他是不是俊逸逼人，是不是你？

因為護你在心，做月亮，照耀四海，我便不怕了撲入眼底的砂粒。那日，世界收束了光芒，陰霾籠罩大地，風叫得淒厲，雨在哭泣……山路泥濘，傷痛難忍，我坐下來，不由得低頭暢哭一場，雨順著我的眼睫飛流而下……可是，淚一擦乾，我就上路。

當然，要找尋你，除了跋山，還須涉水。可是，到得水邊，只覺一隻粗壯的胳膊，鐵一樣，擱在我胸前，一個聲音冷冷地說：「先裝貨，後上人。」

哦，這當然是那個名字取作「物質至上」的舵手，認錢不認人、錢多不咬手的舵手。他憑藉什麼成為了舵手？難道全只因那只粗壯的胳膊？……還沒等我想完，很多聽暴戾聲音便知紅著眼睛的人就像「鐵達尼號」上的最後一班旅人，爭先恐後地去擠那艘船，唯恐自己被漏掉，有的甚至踩了別人的身體，推開婦幼，以期獲得自身的拯救……而那天一樣大的船啊終將傾覆。

雖然我是那麼想渡去找尋你，但我摸索著岸邊繩索，毅然大步退後，聽船聲迤邐，喧嚷遠走……身邊，春天綠得幾乎跳起來，扯我裙子，使她飛揚。

我收拾心情，重整衣袂。我知道，你要的，是同伴而不是同謀。這意義遠比找尋你更加重要。

我是你溫柔的鴿子，當然也是你無畏的鷹——哪怕盲了，也存貞觀、大義、古典和端正。

你因此會更加愛我。

我因為這行動的選擇和想像的甜蜜，而尤其思念你。

多麼期待我們年輕而結實的精神團聚……別忘了我是因你而踏上暗黑的勇敢之程。

沒有你的殘缺，什麼才可以補綴？哦這殘缺，是一腳踏空的辛苦，瞽目摸象的悵然。

我的眼睛盲了，索性把自己的心也藏起來，不跟她爭，還密密地縫了一層又一層，天地也窺它不得。

只有在找尋到你的那一刻，它才會自己卯足勁，崩斷所有的絲線，笑靨洞開。

然後，然後，用片刻的熱烈舞蹈，過殘生的寧靜日子，伴著舞曲微弱的回音。

就是這樣。

唉，我找尋你的期許，不過如此。

二

行腳

失去

——老建築誄

一個城市的建築已經越來越成為它的顏面了。

比如，我們一下火車，就可以看到的那一張——讓我們無比懷念的另外一張，像被不停搓揉的花瓣，被剝掉美麗面皮、重新畫皮的那一張。

那原本是怎樣的一張臉啊：明豔照人，芳華絕代！始建於一九〇八年的濟南老火車站，曾是濟南的標誌，被戰後西德出版的《遠東旅行》列為遠東第一站，一度錄入清華、同濟大學的建築教科書，是當時亞洲最大、世界唯一、哥德式風格的車站，至今仍為建築類學者的必修課：鐘樓立面的螺旋長窗、售票廳門楣上方的拱形大窗、屋頂瓦面下簷開出的三角形和半圓形上下交錯的小天窗等，既為建築物增添了曲線美，又增加了室內的光亮度。很多人正是認識了火車站，才認識並記住了濟南。很多人，包括文學大師老舍先生、國學大師季羨林先生，都曾在這裡拎著箱子，來來去去，到中晚年，還念念不忘一眼望到它圓圓的頂部時心裡的溫暖。它的意義簡直等同於一座指引夜航者的燈塔，在那大海上。

濟南老火車站由德國著名設計師赫爾曼·菲舍爾先生主持修建，歷時四年完成，有八十四年的歷史，卻在一個時刻塵封在濟南人的記憶中：一九九二年七月一日八點五分，運行八十餘載無一秒誤差的車站老鐘，永遠地停止了轉動。接下來是長達半年的拆除工程，耗費了巨大的人力與物力，得來的卻是無法彌補的損失，太堅固了，本計畫一月拆完的火車站竟拆了半年，最後還不得不動用炸藥。於是，曾經閱盡濟南開埠百年的濟南老火車站，消失在撲天而起的煙塵裡。

據當時報載，老火車站拆除之前，無數市民來到這裡，很多家庭全家出動，扶老攜幼，合影留念，與這座陪伴了他們近百年的建築，作最後的告別。

菲舍爾先生的兒子，每年都會帶一批德國專家來免費為老站提供維修和保養，他笑吟吟地說這座車站再用個幾百年也沒有問題。當他聽到老火車站被徹底毀掉的消息後，氣得老淚縱橫，並表示再也不會來濟南。他不原諒濟南。

應該的。我在參考消息上讀到這則消息時，不禁為我們的城市和國家臉紅了——丟人啊。任誰都會臉紅。

據說在老火車站拆除不久，表演藝術家于洋先生出差到濟南。火車開進濟南站後，同行的人請他下車，他向車窗外看了看說：「慌什麼，還沒到濟南呢，那車站很漂亮，有一個德國人建的鐘樓。」當同行的人告訴他這就是濟南站、老車站已拆掉時，他驚訝不已，久久說不出話來。

老火車站被推積木一樣，推掉之後，蓋成了一座平頂火柴盒式的新建築，像你我的家一樣，放上煙灶就可以煮飯的那種。

這是怎樣的遺憾啊！老和古典不是年輕和新銳的對立面，而是它們一母同胞的嫡親兄弟。可惜這樣淺顯的道理被忽略掉了。

爭先恐後地拆除、重建，爭先恐後地毀壞……漠視世界的常態和普遍，而美和安祥不正在這常態和普遍之中嗎？爭先恐後，慌慌張張，喪失了對世界恆在的信賴感，喪失了存在感。人到底要去往何處？緩慢的、沒有時間的、永恆的大地不是在這嗎？從容延展的山川草木不是在這裡嗎？

萬竹園是我父親最喜歡的一處建築，因為老人家在那附近的剪子巷長大，曾常去萬竹園玩耍。「它座落於趵突泉西，前、東、西三院成品字形排列，是吸取北京王府、南方庭院、濟南四合院建築特點糅合而成的古建築群，共有三套院落，十三個庭院，一百八十六間房屋，還有五橋四亭一花園及望水泉、東高泉、白雲泉等名泉。園內建築玲瓏雅致，古樸清幽，頗具『清、幽、靜、雅』的隱士之風。曲廊環繞，院院層進，空間一環扣一環，庭園一層深一層，有『庭院深深深幾許』景致。溪流、池泉與院落建築動靜相映，形成院院相通，流水瀠洄之景觀。

樓、台、亭、閣，參差錯落，結構緊湊，佈局講究。石欄、門墩、門楣、牆面等處，分別有石雕、木雕、磚雕，雕刻細膩逼真，為萬竹園『三絕』。園內還植有木瓜、石榴、玉蘭、修竹、翠柏、芭蕉等多種花木。它始建於元代，因園內築有『勝概樓』，趙孟頫曾有詩描寫其壯觀，稱『濟南勝概天下少』。」

天下少嗎？上面這段文字是我從古籍裡抄過來的，可是，你看，二十年過去，而今我們只能從志乘裡看看它了。它現在劫後餘生的巴掌大小、四個幼小的孤兒一般凋敝、孤零的小院，還不夠存哭出來的眼淚。據說是為了擴建趵突泉而拆的。可是為什麼要拆了才算擴建呢？是什麼殃及了這一片美到不可方物的建築群的淪陷？難道建築裡也有「自古紅顏多薄命」的俚語流傳著？

熟悉晚清小說的朋友知道《老殘遊記》，裡面寫濟南概觀，說「到了濟南，進得城來，家家泉水，戶戶垂楊，比那江南風景，覺得更為有趣。」寫大明湖，說「那千佛山的倒影映在湖裡，顯得明明白白……一片白花映著帶水汽的斜陽，好似一條粉紅絨毯，做了上下兩個山的墊子，實在奇絕。」

自此，「曆下八景」之外又多出一景——佛山倒影。而這麼美的明湖裡，我們看到的全是拙劣仿古建築的倒影，加上碰碰車、摩天輪、旋轉木馬之類莫名其妙的東西——把我們的孩子們荼毒了，因為我發現，凡是被媽媽帶去遊湖的小朋友，全部被釘牢在那些物體上，飛速旋轉——像耶穌的受難，像大水滔天。沒有誰眼裡再有湖，沒有誰安安靜靜地寫生，或迷醉。就連媽媽們也是。

我為大明湖一大哭！

那些湖，可憐的湖們，誰還能聽到，她們曾經一朵一朵清越的歌唱？本來歷史上一直浩蕩無邊「四面荷花」的代表作北園荷花塘，填塘建村，早在上世紀八〇年代已經被什麼酒店兩坨巨大的「口香糖」霸佔；還有高都司巷，那是被史學家稱為「濟南編年史」的一條街，她上面雄踞著沃爾瑪已經十幾年，就是那座美國開來的大賣場，刺似的，扎在它身上。一座賣場，和一條編年史，哪個更有價值？……——無論如何補救，她們都已不可再生。我們用心跳的次數堆積的那些「寶貝」，被粗暴的歷史之手一次次摔碎……我們的心跳不值什麼。真的，不值什麼。

那些老建築面貌不同，風格迥異，但死法都一樣。新的密的建築蓋得越來越高，幕牆金子一樣、鋁合金銀子一樣、大理石銅鐵錫一樣……太監一樣。越來越亮，整個世界被金銀銅鐵錫充斥、妝扮、簇擁、閹割、壓迫……是的，壓迫，都要像阿拉伯寓言裡的那峰駱駝似的，快要受不住最後的一根稻草。

還記得一些走過的城市。比如一直少女模樣的威尼斯，彷彿一顆鑲嵌在美妙長靴靴腰上的水晶。它建築在最不可能建造城市的地方——水上，威尼斯的風情總離不開水（其實，濟南也應該如此），蜿蜒的水巷，流動的清波，抬眼就是這些。對比來看，工業化、現代化、全球化都沒有給威尼斯帶來變化。多少世紀以來，它一直像個漂浮在碧波上的夢，任憑狂風海嘯的吹打捶拍，那絕妙的影子卻永遠印在人的心版上，並恆定保有大運河呈「S」形貫穿整個城市——沿著那條號稱「威尼斯最長的街道」，可以飽覽威尼斯的華彩而不用擔心迷路。

沿岸的近兩百棟宮殿、豪宅和七座教堂，多半建於十四至十六世紀，有拜占庭風格、哥德風格、巴羅克風格、威尼斯式等等，所有的建築地基都淹沒在水中，看起來就像水中升起的一座藝術長廊，散發著潔美純良的氣息，在亞得里亞海的波濤中熠熠生輝。我去的那次，覺得大運河真的像一條熙熙攘攘的大街一樣，各式船隻往來穿梭其上，最別致的當然還是貢朵拉，就是那種頭兒尖尖、細細彎彎的滿河的「月牙兒」船。

一千多年了，直到現在，除了價格一百五十歐元一艘船，只能坐四個人，比以前有點貴之外，貢朵拉居然還是當初它出現在的模樣，鮮豔的圖案，昂貴的飾物，就連它所代表的家族類徽徽都依舊老舊優雅，與它的祖宗們一樣——後來得知，它蠻清潔愛打扮、鬍子都一絲不亂、總在歌唱、把搖擼當寫詩、貴族一般氣質的船夫居然也是世襲的。你見過世襲船夫嗎？多麼幸福的船夫。

威尼斯毀於火中又重生的鳳凰歌劇院，徐志摩筆下憂傷的太息橋，世界上最美的廣場之一——聖馬可廣場，那些美得令人窒息的迴廊，大導演安東尼奧尼電影中最美的段落有一些就在這兒拍攝；當然還有偉大的歐洲文藝復興痕跡——威尼斯是文藝復興的重鎮，產生過歷史上最重要的畫派之一：威尼斯畫派；德國音樂大師理察•華格納在這裡與世長辭……這個城市昔日的光榮與夢想，透過保存異常完好的建築延續到今天，詩歌一樣，纖塵不染，獨特的氣氛令旅人感到如受魔法。那些魔法，只能隨著歲月的流淌而愈見神奇……扯遠了，並且只會越說越難過。

濟南也不是沒有自己手腕高古的魔法。遊客來濟南看什麼？擁擠的汽車交通、招搖的玻璃大廈、水泥建築、高速公路？不。人家來濟南看的是濟南的泉，濟南的人文歷史、濟南的「四面荷花三面柳，一城山色半城湖」，看默立在曲水亭街、榜棚街的老宅院，李清照、張養浩的故居，老舍居住過的舊房間……它們每一個都獨一無二，每一個都帶著美感，帶著榮辱，帶著許多年前的資訊。那種醇厚的人文精神是你在叫賣旅遊產品的小販身上找不到的。那是滋養我們的城市的米，雪白的米啊。而今，蛆和米一樣白——仔細看，蛆還要更白一些。

唉，我們的城市啊，我們的地球，她有著自己的筋腱骨絡，自己的個性、自己的靈魂，自己的民族身份和文化凝聚力；她的文明容量、文脈、風貌、肌理、歷史痕跡都是最可寶貴的財富；她獨特的東方建築審美符號是這座城市的徽章……時日遷流，寒暑易節，如果老建築或被就地掩埋，或乾脆橫屍四野，那麼，一座城市或這個世界，都會靜默無聲，而那些餘下空落的地點只擔著一項職責：供人心痛。

哦，是的，是有重建，並且看上去光輝燦爛。然而……重建？就是挖去舊的根基、拆去牆壁與木條、取消時間印記，而用粗劣的仿製品來替換嗎？如果是這樣，那麼，重建便不能使逝者復生，倒是另一種形式的鞭屍，以及剝奪去它們最後的尊嚴。

據考證，《老殘遊記》所著重描寫的濟南景觀有鐵公祠、明湖居、鵲華橋、舜井、曆山、蝴蝶亭等近二十處，所提及的街道及店鋪有小布政司街、東箭道、按察司街南胡同、南門大街、院前大街、高升店、有容堂等十多處。這些地點都在，可實際的樣子多數淹沒在了歷史的風塵中（因此，我沒辦法再寫它們了），多麼無告。如今，一出門，你我鞋子上永遠蒙著薄薄一層的土，是不是那些憂傷老建築的魂魄歸家？

如果我們走在一條一百年保留完好的小鎮古巷，撫摸前人留下的物件，被千百年古樹庇護，和我們共同經歷時代風雲的友人，我們這群人，與老建築這塊支撐歷史的基石在一起，心才安，才能獲得「群體居住並同在」的安定感。我們恰恰是抽掉了這塊基石，才促生了那麼多的扭曲、恐懼、不安、貪婪、變異——大換血的城市更新中，毀掉的不僅是老建築，而是一個人、一代或幾代人的記憶載體。聽說宋明兩代大興園林之後，最靈秀的太湖石在原產地已經很難找到珍品了。

而大多數園林都已經在家族破滅之後被毀，石頭也就東一塊西一塊被廢棄或私藏。那些東西，不是像仿造的時候拿水泥糊一個就能做得像的。就算找回來，一個老園子的造景寓意也不可能再生。木材，雕刻，當時主持建造的工匠的靈感，一個時代的氣韻，都不可能再生。如果中國許多城市都忽然膨脹了，變得跟別的城市沒有區別，跟別的城市一樣失去了性別和方向，都像是同一個模子裡刻出來的，難道你不覺得恍惚？你坐了很長時間的車，又回到同一座城市，中國變成中國城——那種景象讓人害怕。

只是建築嗎？應該不止吧，愚蠢的力量是無窮的，或許還加上貪婪——大自然被啃噬得已經很厲害了，人類在商品大潮的衝擊下，既不能直立行走，也無法匍匐前進。我們以為可以攀爬的東西在前方後方紛紛倒塌……諾亞方舟卻杳無蹤影。如果大自然強烈積蓄憤怒，就會讓山水、穀物、空氣有毒，向人類報復。而快樂和幸福，只能來自心中深懷的熱愛，以及由此衍生出來的信仰和希望，來自敬畏和自省，乃至自然之物彼此之間的平衡中啊。慢慢地，我們不會熱愛了，一顆一顆的心，都鐵硬冰冷。

就是這樣，不知最後應該叫什麼的、複雜的邪惡力量，成長為一頭鬥雞，用現代的野蠻啄食著過去的文明，不知道停止，也忘記了敬畏。山川像豆腐一般被切割，而南方的某座山上兩萬棵樹——那是一座森林，一朝一聲不吭被砍頭（上面還有無數的鳥巢，鳥巢裡有數倍於鳥巢的鳥蛋），僅僅為了給一條馬路讓路——那是一條血路；一座座爭創「世界第一」的高樓、塔台叫囂著、攀比著生長，像打了激素，馬路再寬也像荒漠……那些，真的有意義嗎？放眼望去，一幅大好山水卷軸的中堂，樓臺亭閣、花鳥草蟲無不精妙，非得弄到沒有一根釘子可以用來懸掛才死心？而人類，也非得嗜拆嗜血嗜暴力，待到弒父妻母的份上才算完結了業障？……是什麼，剝奪了我們眼底的日出？

還有，與熱愛之心相捆綁的、那些我們久已陌生的胸襟、德行、眼界、膽識、堅持、底蘊、操守呢？甚至羞澀（比如在愛情裡）、抱愧（比如在明明人禍而非天災的事故裡）、對不起（比如在強拆老建築的過程裡）……一些表情，也都永遠地消失了，再也不能複製，我們將文雅說成「矯情」，將矯情說成「酷斃」，將禮貌說成「虛偽」，將無禮說成「帥呆」，而一個呆腦子裡，只有賺錢、吃喝、收發簡訊，電腦的用途就是聊天和玩遊戲、旅遊就是爬上底座摸偉人雕塑的腦袋、手指打出「V」字咧開嘴拍照……這些東西——民智不開。

我們無法飛走，生活在另一個時代，我們的外在空間和內在空間慢慢在被全部堵死……哦，還有不讀書——我們娛樂至上，再也沉不下來，讀一本像樣點的紙質書——我們已經沒有了欣賞它的本事和教養；我們不思想，更不用說獨立的思考；我們沒有了文化，只配「武化」。

大道被廢，萬物蒙羞，時代華麗，明月孤獨。我們不知道，自己走在回歸野蠻的路上；我們不知道，該由誰，來給我們補發精神損失費？我們不知道，誰是最後的晚餐裡的猶大？

歷史在遞嬗過程中並非一切都是從頭開始的，古老的建築是我們與古老文明之間的一個繩結。時光浸潤著，建築並沒有蒸餾，它們以人的智慧灌溉著時間。精臻凝練、飽滿遒勁、鋪張揚厲或是充滿著玄象和智性的建築是蚌中的珍珠，是人類對古老文化的吟哦和頌偈。在歲月中漸漸古舊的建築，會在沉思中被喚起超越時間的新的生命。

如果歷史——這趟不會返程的列車是整個人類的遺產，那麼，肢解或斬斷這個偉大創造的世界歷史本身，正是破壞整個人類遺產的元兇。溫潤、沉雄、純潔、優雅的東方文明的心靈，是經過多少個朝代、無數人經過卓絕的努力，才結晶出來的，怎麼可以一朝輕易盡毀？面露了劫掠之後的逃亡之象？

那些嚴父的遠山，慈母的泉池河流，很乖的樹木、街道、園景、建築，以及到處飄揚著的歌聲，不會熄滅。是的，如跟我們頭頂的星空，我們手中聖歌也似的火種——祖先留下的文明，不會熄滅。它們該永遠被傳遞，向前、向前、向前！

希望，若干年後，我們親愛的城市——不僅僅是濟南——不會變成一座座表情冷漠、個性盡失、同一個面目的建築群。這樣的失去我們已經承受不起——別盼著，會有人因此而瘋掉的。

老街道

✝一條河的曲水亭街

曲水亭街南起西更道街，北到大明湖南門，北頭有座不小的水池，名叫百花洲。從珍珠泉和王府池子流過來的泉水匯成河，曲曲折折，流到百花洲，然後入了大明湖。

一進街口，首先看到的是這條河。有湖不算稀奇，在城市內部有河的不多，有這麼多條河穿城而過的，沒怎麼聽說過。像它這樣溫文爾雅的河在北方簡直就是獨一無二了。是它讓濟南一時恍惚，變身做了江南水鄉。

它是曲水，濟南少不了的曲水。半個街道被曲水占著，街隨水走，水伴街行，街是水的身體，水是街的靈魂。它過去少不了它，如今就更是如此。

曲水是從宋詞裡逃出來的一條河，它美得應該開口責備不寫詩的人。

這條河到底有多好呢?據說一位從這裡長大的姑娘嫁到西郊去，因為想念這條河而日夜不安。終於有一天，附近一家人由於孩子上學方便之類的緣故，提出來跟她換房，她毫不猶疑就答應了，從樓房換回與曲水比鄰而居的矮平房，無關乎愛，只因為這條河；全關乎愛，只因為這條河。

河裡水草很多，水底的草原似的，長長的，厚得可以用來編織了，水流不斷湧過來，沖得它們翻卷不息，像在跳草裙舞。鮮豔的綠，清淺的綠，和碧綠的水波相擁吻，撞擊出美麗的聲音，不斷漫上來，再漸漸消散，終至於無。

看到那水時間一樣地流，就沒有了心事，讓自己隨著它流淌，也讓愉悅像飛出天邊已經很遠的雲彩一樣，靜靜漂浮。這個時候，沒有什麼比守著一條河流更重要的事了。

曲水流觴，將一個盛滿酒的木杯子擱在河道裡，順水漂流，詩人們散在河道兩岸，杯子飄到誰那裡停下，誰就飲酒，作詩一首。其實，它不用這樣的傳說，就已經醉人了，它只用一些楊柳枝，在兩岸搖搖擺擺，就已經醉人了——你再不會在任何一個城市見到這麼多、這麼美的垂柳！它們形體婉轉，語調動聽，在岸邊，本身就是兩句對仗工整、平仄和諧的詩句。

河邊天天都有洗衣的男女，沒斷過。洗完了，會兩人合作，一人一頭，扭被單裡的水。偶爾用棒槌，槌擊的聲音悶悶的，節奏緩，平靜而安祥。

蔭涼下，老阿姨擺著茶水攤。這些年，喝茶的人換了一批又一批，也看不出她變得更老。幾張木桌椅，十來隻玻璃杯，上面蓋片玻璃擋灰，裡面茶葉翠色漾漾，音樂一樣悠悠起，緩緩落，起伏不定。風吹過來，柳枝拍到臉上，癢癢的，捉也捉不住。旁邊賣泥塑小玩具的大嫂，不管有沒有顧客，她手裡總在捏著一個圓圓的花籃、兩頭尖尖的船、眼睛深凹的猴子、精神的老虎……花花綠綠，都是讓人喜悅的色彩。也有一位老伯伯，倚著百花橋，支著鍋子，裡面的焦糖金黃放亮，草甸子上一圈的糖葫蘆，紅彤彤的。

那座小橋，用笨拙的石頭造，不知道歷經了多少代，就是這麼一座橋，橫跨在曲水上。孩子從上面走過，老人從上面走過，戀人從上面走過，夫妻從上面走過，每個曲水亭街人都從上面走過。

有人在河邊的老房子裡出生，又在這裡有了孫子，房子補了又補，院子裡彎腰駝背的石榴樹也用木條撐了又撐，眼看等不到花開照眼的小夏天了，也還沒想過搬家，好像天下之大，只知道有這麼巴掌大的一塊地方可以住人；好像無論滄海桑田如何變化，這條河都能將一切輕輕放回原處。他（她）帶不走這條河，就不想著美在別處。

還會有兩岸的老街坊，將沒鋪地板磚的土地上一點點的浮土，從靠近的河邊掃起，一直掃到自家門口，小心用簸箕整好，擱在門邊，壓上掃帚，再順著石階下到河裡，用臉盆舀了，撩著，撒一地的水，地很快將水吃進去，涼意四散；接著，再舀一盆上來，澆花澆樹，澆瓜棚豆架，葉子撲棱棱激靈長身的聲音清晰可聞；第三盆朝頭澆下，沖澡以後，帶著一身肥皂香，趿著拖鞋，搖著大蒲扇，抱著膝蓋，疏星朗月的，用道地的鄉音對面坐了聊天。

他們多年鄰居成兄弟，早熟悉得不分你我，一根煙卷不用看，也能精準地丟到對面老友的手裡。旁邊，一鍋的綠豆湯涼了，還沒來得及喝，竹席上的孫子睡著了，要躡手躡腳抱進去……腳下曲水，一切照舊——也清亮，也世俗，也偶爾彷徨。

順利地喝水，吃東西，透過柳枝的剪影，看夕陽慢慢落下，月亮慢慢升起，大地靜得只有風吹樹葉，小魚吮蟲……這條街不為歲月驚擾，獲得了一首詩最初的寧靜。

對於從這裡走出去、走到紐約巴黎新加坡的遊子，這條河是他們美好記憶的源頭，他們心裡的聖地麥加。不管在哪裡，不管年紀變得多大，他們都覺得自己仍是屬於曲水亭街的小孩。說不定，跟那位嫁出去的姑娘一樣，有人還會為了這條河，在徹底老去之前，折轉回到這條街。

✝溫柔似水起鳳橋街

與同樣氣質的姑娘曲水亭街比起來，其實這裡才是更不食煙火的那一個——那一位，是小姐身子丫環命，你看街邊美若夢境的垂柳是很多，可是燒烤攤子也很多，賣小泥人、吹糖、布老虎……的各有一份（它的好也在於，每一個小生意行業只有一份，且一看就是自家老輩傳下來的）。人們靠那條街手賺嘴吃，不得閒的，所謂靠水吃水。

這一位不如那位明豔，也不如那位才貌雙全，可是，她不讀書，不動針線，就每日家情思睡昏昏，即可得永年。她是清貧之家捧在手掌心裡一輩子不長大的嬌孩。

看看從王府池子直接流來的水就知道了她的嬌嫩。想不出什麼原因，為什麼那些壯漢們在上游游來遊去，這道水仍舊清純如處子，像花燭下明明掀起了紅蓋頭，你的那個她卻仍舊嬌羞地背過臉去，不好意思看你。感覺還真是美妙。

起鳳橋是濟南城裡跨度最小的一座古石橋了，周圍地下是古老的青石板，橋上面用好看的石綠色鐫著字，不大的隸書，蠶頭溫靜，燕尾調皮。橋裡面，是座月亮門，水從門裡流出，流走，還映著白雲緩慢移動的影子。看上去，是真實是藝術，有點分不清了。

也許就是街邊住家的爺爺的爺爺的爺爺？他老人家詩興大發，修造了這麼一座月亮門？假如沒有這個月亮門的話，這道水又該減去幾層的嫵媚？天下水那麼多，可其中有幾條水（河、溪、江……）配有月亮門呢？像個真的大月亮似的月亮門，照耀著這道細細的水，從南邊，到北邊，柔順碎步飄了過來。是碎步啊，你聽它一點聲響都沒有，一點都沒有，簡直讓人替它寂寞。水上的光芒就算聲響了吧？也不像曲水那邊，永遠有阿姨、大嫂嘩嘩啦啦洗衣服。它不被使用，安靜得像隻小貓，眯在橋下，在前來瞻望的人們柔軟的眼波裡，閃動收斂著的光芒——由它自身發散而來的光芒。

橋這麼美，不由想起日前讀蘇軾，也讀到橋——蘇軾善飲，飲酒時總要大呼：「將大碗公來。」一次，與友人飲酒，深夜騎馬而歸。途中，酒勁上來，下馬睡在小橋邊的草窠裡，天明才醒來，作一詞。記得半闋：「障泥未解玉驄驕，我欲醉眠芳草。可惜一溪風月，莫教踏碎瓊瑤。」他索性借來筆墨，題在橋柱上。

不錯，橋可真是詩歌的極好載體。撫著橋柱，一時不知道眼裡的是蘇軾的橋，還是濟南士子們的橋了，好像時間重疊，不再走動。

真是沒天理啊，詩歌裡那橋，怎麼能美成那樣！誰還捨得踩上去？想著想著那句子就發覺，光線也綠了起來。眼前的起鳳橋為石塊砌成，雖然窄小，配著月亮門，還是味道十足，小船似的，若行若止，稍稍帶點傷感，好像並不關心這世界變還是沒變，有它還是沒它——起鳳橋對自己一點也不在意。而這點滴的傷感和冷漠更增益了它的味道，千百年不淡不散。

從橋上朝裡看，此處的水邊人家應該算得上這個城市裡靠水最近的人家了——居然開門就是溪！一腳即踏入。夏天的晚上，睡得迷迷糊糊汗津津，從窗子裡吊下一隻桶來，就能拎上去水，「嘩啦啦」沖涼——有人增建了陽台，搭拖布下來，不夠妥當，可能一時忘了，溪還有下游，下游還有人住。

過去這一帶附近有四座廟，從南向北依次為：土地廟、龍神廟、關帝廟、文廟。其中以關帝廟和文廟最為著名。文廟始建於北宋，曾是濟南最古老的建築之一——在科舉時代，文廟是全省考生赴考的必經之地呢。考取秀才的，可入縣學、府學為生員，也稱「入學」或者「入泮」，為封建士子仕途的起點。因此，清朝順治年間，當地政府在芙蓉街北段梯雲溪上修建了石橋，名曰「青雲橋」，並起了一座坊額題有「騰蛟起鳳」的牌坊。

梯雲溪、青雲橋、騰蛟起鳳牌坊都是因文廟、府學、考生們而命名的，當時，外地來的文人雅士都把到此一遊引以為幸。久而久之，考生們拴馬匹的地方，便成了現在的馬市街；張榜公佈考試成績的地方，便成了如今的榜棚街。雖然文廟只殘存大成門和大成殿，以及門前破舊的影壁，梯雲溪、青雲橋、騰蛟起鳳牌坊早已損毀遺跡全無，但是憑這些遺跡和傳說，也足以想像當年祭拜孔子時鼓樂喧天、萬人景仰的盛況。蒲松齡就是那時一年年、來濟南應試不遂的嗎？也應該是那時起意發狠寫好小說的。

這裡埋藏著的希望和失望，比全世界加起來的都還多吧？

除了文廟，起鳳橋就是僅存的、與此有關的建築了。是考生們為之起的名字，寓意登殿進仕吉祥如意。很難想像，當初期望一朝等第的士子們，是怎樣在這裡——清淩淩的水邊，朗朗背書，再走上起鳳橋，心中暗自敬過騰蛟起鳳坊，在當時還存在的茶巷小憩，然後直踱入馬市街，到街道北首的文廟，無比虔誠地拜了孔聖人，去貢院牆街的貢院，強作鎮定、有點憂愁有點喜地去參加鄉試……時間挺殘忍的，而今過去了那麼久，早已物是人非事事休，一點足跡都不留下。

水是溫存的，這道水流也是溫存的——雖然曲水和它的源流是相濡以沫，此處的水和它的源流是相忘江湖，兩者同屬不同的溫存罷了。它無聲無息，與幾百幾千年前一樣地流淌。還是時間，它殘忍，銹蝕掉了一切，又以無比寬大的慈悲心，化解包容了一切。

有點累，也餓了，這巷子安穩自足，居然沒有什麼吃飯的地方。於是到曲水亭街上，敲開一家做小吃生意的小院門，卻被告知即將打烊——不晚啊，還是用餐時間。我軟磨硬泡留了下來。院子裡高高低低的竹絲鳥籠掛著，大花布傘裡探出的黃燈光，拷貝了舊時光，我真有點不知道這是在哪裡了。要幾碟小菜，從河裡拎出幾瓶「冰鎮」的生啤酒，看那條無數泉湧成、清澈到不可思議的河流，靜靜泛著亮，聽不知哪裡高處倒下來一些笛聲，帶上了水音，感覺是飲著天下最美的美酥——唉，這裡的生啤酒真的便宜又好喝啊，平時只喝點紅酒的我也喝了不少。

也不知待了多久，直到住家的燈開始滅了，笛聲也停了。夥計說真的打烊啦，姑奶奶。他笑，我們也笑。謝過，走出來，我有點搖晃，身上很暖。大圓月亮寧靜慈柔，頭髮長長地垂下，道路被拂得雪白，霧氣在河上升起，藍幽幽的，一個被關閉的空間成了幻境，某些甜軟的花香、蟲鳴加入了我們的旅程。

踩著白花花的月亮地，我們再次走回橋上。趁著餘興，磊子帶我去看起鳳泉。它位於起鳳橋街院內，小心敲開門，解釋之後才進得去。它三、四平方公尺，四周都有白玉石的欄杆圍著，柱頭的石雕小獅子像是活的一樣，有些年頭了，腦袋被摸得光亮。那家女主人直接用鳳泉的水洗菜、蒸米飯，給上高中三年級的女兒準備宵夜——孩子就要下晚自習回來了。院子裡有個煤爐，「咕嘟」、「咕嘟」的白熱氣在蒸鍋上冒著，頂得蓋子好高，「紋紋」響。她有點得意地問：「聞見我的米飯香了吧？是真香，還添了棗味，其實什麼也沒『丈』（濟南話，『擱』的意思）！」

泉清澈見底，旁邊就是牽牛、吊瓜、葫蘆、栝樓等，摸一摸，好多鬚子，毛烘烘的，割得手疼。上面起碼開有幾百朵花，攀成一道厚厚的花木牆，像一篇張出榜示的好文章，想來小活物們也會喜歡，麻雀蹦來蹦去，是逗點，蝴蝶翅膀一搧一搧，算刪節號吧。她告訴我們，這水澆出的花特別飽滿，葉子和花朵特別肥大黑旺，根本不用施肥，襯得上面的露珠也像花了。

靠泉最近的，是一株枸杞，零零落落，半開著淡紫色的精細小花，主幹有茶碗粗細，快長成一棵樹了，因為泉水和枸杞根的相互作用，女主人說，泉水也有了枸杞的滋補功效，當然，枸杞也摻進了泉的好味道。她還說，用這水泡出的茶特別香。我借著一點酒意，妄圖鼓足勇氣，最後還是沒好意思向爽朗好客的女主人討一盞茶喝。是個小小的遺憾，卻也預告了下次再來。

聽泉

✝日月泉

山中下了幾天的雨，我們去的那天還沒有停。

雨勢眼看到越來越盛，知道泉因此更加好看，尋泉的興致反越發濃。

車子左拐右拐，順著雲翠山的盤山道上升，清風從山裡向外吹著，霧團大朵大朵撲來，道路被弄得濕漉漉的，顯出明淨的柏油色、馬牙和青石條色。

地面越來越遠，霧氣穿破，然後在身後重新聚攏，會覺得是行駛在雲中，或者是一行五人，擺脫了外物束縛，直接駕雲而走，像個漂浮的音符。遠處有「鬖頭」披麻皴斧劈皴，有高木潤筆澀筆，有山屋墨點子一樣，甩在半腰……朝山坳下望去，一路所見的莊稼、山村，統統不見，眼見得霧下又生一塊霧、霧上又生一塊霧的，越來越濃，終至白茫茫，牽手成海，填滿了一切虛空。山模仿了古人的畫。

一山的柏樹，掛了雨滴，綠瑩瑩、銀閃閃的，在鏡頭裡，閃得人眼眯起來，雨洗著山，刷刷聲不絕於耳，黑雲翻墨，大卷而厚重，而階梯一道接一道，成千上萬的，似乎永遠也走不完了。

日月泉在山陰，背南面北，還需要進一個很黑的洞。這種位置不合常規，終年泛潮，不見日月——它自己做了日月。

日月泉的性格很像個不合時宜的人，從古代溜到這裡——伯夷、叔齊，或「梅妻鶴子」的那一位，為躲避塵囂，找了個不大的小山，隱居了起來。

沒有遊客，沒有香客。這才是了——「吾生世外」，又硬朗，又孤絕。

看其材質，邊緣是新修的，蓋板則為舊物，凹凸不平，而磨得光滑，驚人地質樸。整石鑿刻成日月形，日泉周長完滿，月泉弧弦圓潤，相依相伴。

「出山泉水濁，在山泉水清」，燈光下，泉子清得發冷，照影凜凜，魂魄也驚出來了。其中，日池傳說須男士專用，月池傳說歸女士專用。至今，周邊仍有很多百姓常來取水，信之如宗教。

日月泉下，有道人居住的屋子，也是山石造成，低小簡陋，透過月亮大的小窗，見一年輕道長，身材清瘦，穿玄色僧衣，小圓口的黃色羅漢鞋，挽髮髻，兩綹長髮耳邊垂下，立在桌前寫字。那一幕美得驚人，如月光抵達門環。我不敢作聲，屏住呼吸，甚至不敢拍照。道長身子很少移動，形同槁木，只有肘腕游移紙上。在他身後的石頭上掛著一隻香袋，不知是剛遠遊歸來，還是將要離開。

雨聲很大，我們撐傘，在窗外看他，站成了石頭。可是不管我們多麼捨不得打擾他，還是忍不住打擾了。

雨很小了，濛濛的，像春雨。他將我們安置在樹下的矮凳上，就掀起竹簾進屋倒水去了。小院幽清，打掃得一塵不染。遠處蒼松連雲，在雨簾裡閃著綠光。

「流泉古木，茶香如縷，更有玉蘭花事，又被古寺鐘催起」……以前書中讀到的意境，此次實證了。不似人間。

「坐聽松濤，看山月，當是何等意境。」接過他端來的水，我不禁感歎。

「看久了，也不過是尋常景色。」我們就這樣開始了對話。

道長談吐不俗，讓我想到一些上古的人，中世紀的人——他們出口成詩。他們說的話都出自自性，而自性本身就詩一樣美。

天井蓮花般小，我們單純地喝茶、賞綠，坐井說天闊。爾後告辭出門，轉身即見道長合十，揮手，他挑泉水用的缸和水桶，響成了個《雨打芭蕉》。

可惜，不能展開長談。也許，此生僅此一遇。

走出還沒多遠，回頭看山、泉、觀與道長，已好似在世界的盡頭了。心中不捨。不覺想起張岱的詩句：「霧凇沆碭，天與雲與山與水，上下一白。湖上影子，惟長堤一痕、湖心亭一點、與餘舟一芥、舟中人兩三粒而已。」意境如一。

雨停了。轉身離去、走得很遠時，依舊大霧滿天，回頭望，見觀中炊煙搖搖地升起，一派簡素安穩，又像極王維的詩，及東山魁夷的黑白插圖畫了。等出雲破月，我們走出畫框，到了山下，洗手吃飯，與主人呵呵歡笑，仍心不在焉，問十答一，方驚覺日月泉蘭生幽谷、無人自芳的美，是在心上留下痕跡的。

✝書院泉

這個世界總有另外一個樣子，讓我們大吃一驚。

如果說日月泉給人的整體感覺是苦的、冷的，那麼，書院泉就是甜的、暖的，而各有各的好，不可不看它們中的任何一個。

它像一個微笑。

細細的水脈是最好的嚮導，順著它，一路走進村子，一路都古柳參天，沿岸覆泉水匯成的水流，越來越開闊，越明亮。水清澈見底，偶爾可見野生小魚小蝦，身體透明，線一樣來去，做逍遙遊。河邊有凹凸的黑石板，由於常年的浸泡，多少有些變色，開始透明起來，像一件玉雕。

河上有不少小橋，最好看的，是舊時村裡磨面的石滾子，有的青，有的白，不知多少年了。它們被立起來，不規則排列著，算是座橋，下面是嘩嘩的流水。

書院泉養了一村生靈——除了人，莊稼、牲口、野生草木、飛鳥爬蟲……也都是飲著這眼泉，它所澆灌結成的蘋果，酸甜可口，摔在地上都不爛。用這麼清的水燒飯，喝樹葉煮的湯，吃小石子蒸成的餅，都心滿意足。

沒有一種生物，捨得不飲這眼泉；沒有一種生物，心裡不藏著這眼泉。而人們煮酸梅湯、蒸艾籽糕，都用它，用它蒸煮出來，那些食物就都多了一種敦實的香氣。

說起書院村的取泉水，又與其他有所不同——不必繞遠去取，泉水自來：四十公分左右寬窄，大約一個人身寬度的小渠，從源頭最清潔處一一分出，曲折流經每家門口，即便是偏僻一點的地方也不漏掉。渠太四通八達了，地道戰一樣，將整個村子分割成一個個小小的「井」字，像一盤棋了。水被當成家禽，圈養在房前屋後。至今，村人依然嚴格遵守著一則古訓，像是一條村訓，無人破例：每天八點前是取飲用水的時段，絕不許洗菜洗衣。

相傳，明代建書院時，建築也別具一格：廚房位於小渠旁，做好的飯菜放在木製托盤上，自動飄到賓客房內，撤下的碗碟放在托盤上，由另一條小渠飄回廚房……多麼精美迷人。這種家常風雅，讓人想起那著名的佳話——好像比曲水流觴更加風雅呢。書院村的人將日子過成了一首詩。

山氣剛，川氣柔，都好，在不同的時刻，喜歡不同的感受。這一刻，真喜歡這些小渠啊，它們本身就是一個溫柔的小國——國君是書院泉，它們乖順做著子民，按時勞動休息，安靜歡悅。這腳踏實地的真實，讓人放心的清淨，遠比虛構更讓人驚喜。捧一口飲，清涼，鮮洌。再垂下手，輕輕淌一淌時光的流轉，生怕把自己的影子驚動了。水光反上臉，一時間，覺得自己是躺在月光的芒上，順著弧度，蜷起身子，跟隨天象運行，隨同那星海，搖搖晃晃。

整個村子就是一大塊綠玉，讓人摩挲賞玩，捨不得離開。如果有可能，好想在這裡留下，做個村人，開墾明月，種上一百畝梅花，就用這小渠灌溉，一口氣住上兩輩子。不識字就很好。住在這裡，一定像住在春天下午的陽光裡，迷糊糊、熱呼呼的。唉，巴掌大的小村子，著實舒坦，離開時，也真叫難捨難分啊，簡直覺得自己是在這裡女扮男裝讀書整整三載，宿舍住著個「梁兄」，身後時常跟著個梳兩個大抓髻的小童，十八相送時，我會不避嫌疑，不顧羞澀，忍不住告訴他：我是女的呀！是你的祝英台……你要去看我，我也會再來。

昨晚，諸事畢後，一個人在住處煮了玫瑰茶。手指輕撫碗沿一周，聲音清脆，如寶劍出鞘。小小的花蕾是烘乾後又小心收藏的，輕，幾無重量，顏色是最正宗的那種玫瑰紅，有點黯。

水開了，等著冷下來。讀十幾頁書，將溫水注入白蓋碗，第一遍倒掉，第二遍倒半盞水，平端著，去窗邊，收一片月牙兒來，做銀元，開啟了玫瑰苞，一瓣一瓣，寬寬地舒展——花蕾開了，盛開了，羞澀地蓋住了大半個碗口，搖香時，恍如東風一夜百花發；水慢慢像淺琥珀了，波瀾不驚，吹一吹，有小漣漪，清香微甜沁出，熱氣漾漾的，使紅更紅，香更香，恆久不敗，竟讓人不捨得喝下，只顧捧著看花、聞香、喜悅、出神，水汽潤濕眼眉。一盞茶醉了一個大屋子。

書院泉就是那盞玫瑰茶吧。

靈岩寺

看到「幽」字，就見了靈岩。

「幽」，筆劃曲折婉轉，瞄上去就好看，《曹全碑》漢隸寫出來，像古井裡沉著寶葫蘆；字典裡則有「隱蔽，不公開」、「沉靜而安祥」的意思；組個詞也是「幽深」、「幽靜」、「幽美」、「幽夢」……總之，又美又靜又暗，不張揚，謎一樣神秘。正合了靈岩氣質：一朵空谷幽蘭。

單就字的結構組成來解——山坳裡，藏有「思」，也已將靈岩活畫出來。

不像花紅柳綠那麼簡單，靈岩寺需要思悟著來觀賞。因為靈岩寺的好是含蓄、向內的，又遠近高低各不同，正如新釀的清冽，陳釀的醇厚，滋味不一，需要細細品味。

靈岩寺的所在就是一大幽處——車在寬寬平平的馬路上駛著，突然路就窄下去，還拐下去，再下去，直到最低處，山都浮上來，寺出現了。可是，它那麼低調，讓人都懷疑是不是入口。然而直到進去，才發現裡面掩著一個真實的世外桃源——一條細長通道，兩側都被樹埋，先是塔松，再是黑松，跑向你，擁抱你，最後是一山的柏樹，裡面夾雜著八百餘株千歲古柏，在新雨後的陽光照耀下，閃閃發光，乾淨的清香，從樹上新長的葉子、及樹下去年掉落的柏籽和柏籽萼上漫出來。山穿著樹，樹蹬著山，彷彿樹動，山也動，像是畫在哪裡，又像是掛在哪裡……你走哪條山路，都覺得通向天堂。

靈岩寺始建於東晉，重建於北魏，興於唐，拓於宋，重修於明清，列「海內四大名剎」之首，現為「世界自然與文化雙遺產」。中國佛教史上的許多大事它都親歷了。

既然靈岩寺自成佛國，一切就都與佛家有了扯不清的關係。「一線天」南山峰下有石，狀如老僧，披袈裟，拄禪杖，講經說法。即「朗公石」，據說東晉時高僧朗公講到妙處，「猛獸歸伏，亂石點頭」，皆因此山「石靈也」。寺名由此而來。

整個山都是這樣的石頭，一層層鋪天蓋地，隨時要向下倒去的樣子。地氣從四面升起，茫茫無際的山巒托著萬物，彷彿剛被一種力量帶到此地，空中尚有耳語般的喘息。讓人感覺自己不僅闖入了一個空間，還闖入了一個時間。

石質的墓塔分佈在寺西，一百六十七位從唐至明的高僧在這裡圓寂。它們造型豐富，較之少林寺的磚塔更顯儀軌莊嚴。仔細看，除了風刀霜劍的痕跡和眾多手澤，它們還另有一層歲月的包漿。墓塔後，有石質基座上雕滿佛教故事的辟支塔，唐造唐毀，北宋再造，八角九層十二簷，不知建築師在科學尚不發達的千年之遠是怎樣測算設計的。

說到靈氣，說到古老，繞不過去靈岩寺的樹。欒樹、柿樹、淡竹、刺槐們爭飆高音，樹下又有蓬子菜、馬齒莧、薺菜、茵陳，以及從山上挖來栽種在寺院邊邊角角的迎春、連翹等，齊作和聲……眼看到所有深深淺淺的顏色撲棱棱展翅欲飛，真懷疑是那些石頭長出樹，也長出了鳥群和雲彩。

進寺門，又見一些奇特的大樹，棵棵都像身體裡住著神仙——菩提是佛家聖樹，在北方不易活，便以神似菩提的銀杏代之。院子裡有座宣德爐，周圍盡是合抱粗的銀杏，大都越千年，蒼遒如狂草。想著秋來葉滿地時，如蘇曼殊詩中所述「落花深一尺，不用帶蒲團」，該越發詩意吧。

銀杏之外，另一種青檀樹也記錄著同樣久遠的故事。門楣上的石縫中，山體一側的岩石上，多有青檀，受山石滑坡、牆倒擠壓而不死，全都皮剝肉綻，如荊條鞭身，透著倔強。它們的根鑽出地面後青筋暴起，盤繞成一團，幾公尺之外，仍見「龍頭」「鳳尾」。可以說，靈岩寺歷史最翔實的資料，就是「龍樹」、「鳳樹」這些有名的古樹了。它們是千年來靈岩寺一直活著的靈魂。

野樹或仙樹，或怡然、吶喊；或快樂、憂傷，皆為人心倒影，是「我」與「我」互不交會的剎那。偷閒與古木們相守半日，也算禪修的一種吧。

寺前右側有三泉，即白鶴泉、雙鶴泉和卓錫泉，相臨極近，所謂「五步三泉」。那叫做袈裟、飛泉、檀抱泉的，在方圓幾里地內，說不定什麼時候就跳出來，成池成瀑，帶著這座山數不清、禪意殊深的傳說，流布四方。

靈岩彩塑，當是靈岩寺詩眼裡的詩眼了。山再靈，水再秀，山水何處不相似？靈岩寺卻只有一個——因為世代有一無二的「海內第一名塑」。在這裡，刪繁就簡，正該水落石出，大美浮現。以彩塑為核心的千佛殿，與古樹、墓塔、辟支塔一起，織成了強大的氣場，比東部上山「白雲洞」、「積翠岩」那些景點的路徑更迷人一些。

一九八一年，文物部門維修羅漢像時，在西第十七尊羅漢像胸腔內壁，發現一塊小木板，墨書題記：「蓋忠立。齊州臨邑，治平三、六月。」治平三年為十六六年，正值北宋開始由盛轉衰。那一年，蘇洵去世，大蘇小蘇大哭奔喪，而司馬光一寫就是十九年的《資治通鑒》，才剛剛動筆……治平三年，蘇軾三十歲，八年後來諸城任密州太守。

治平三年，蘇轍二十八歲，七年後來濟南任齊州掌書記。

治平三年，曾鞏四十八歲，六年後來濟南任齊州太守。

治平三年，王安石四十六歲，明年入閣執政，醞釀新法。

治平三年，黃庭堅二十兩歲，明年中進士入仕。

治平三年，李格非十九歲，十年後中進士入仕。

治平三年，秦觀十八歲，十九年後中進士入仕。

治平三年，趙明誠十五年後出生。

治平三年，李清照十八年後出生。

……

思至此，無數與濟南有關無關的政壇文壇鉅子，裹挾著整個大宋，當即活轉，在眼前行動坐臥，與彩塑重疊融合，讓人不禁大歎光陰了。

在中國古代的文化序列中，對雕塑家從來輕視，很多時期不能對作品進行標記，致使雕塑家只能以下層工匠的面目出現，淪為無名氏，並犧牲了自己的個性、情感和審美觀，去做一些面目雷同的機械化製造。在這個意義上，靈岩彩塑是一次革命，而這位心有不甘的雕塑家，冒著殺頭之罪，留下自己的姓名和家鄉，也算是驚人之舉了。足可想像，那位名叫蓋忠的前輩，他怎樣立架、和泥、制胎、施彩……日夜不休，又是在怎樣酣暢淋漓、夢囈般的創作之後，用滿是黃泥和傷痕的雙手，劈木成紙，按捺住創造的幸福、忤逆的恐懼等複雜心情，平實記錄下一行史冊拒載的文字。

羅漢像身上的袈裟色彩鮮豔，雖曆千年而不褪色。即便現在的文物專家，都不能在個別剝落處重新繪製。你看，不過這麼一個小技術，箇中玄機也只有天知道了。

彩塑的珍貴在「幽」在「古」，更在「真」——沒有修舊如舊，更沒有毀掉重建。四十幾年前，「天兵天將」橫掃一切「牛鬼蛇神」，連泰山正面塑像全都毀壞——能砸的都砸了，砸不動的銅佛拖到碧霞元君祠，橫倒豎歪，慘狀萬千。進到後山千佛殿中，卻沒動泥塑——羅漢自保加天助人佑，才躲過一場幾乎不可能躲過的大劫，才有今天所見的原汁原味。何其幸哉！

我看到，心裡非常害怕——要毀壞是多麼容易啊，幾分鐘就能辦到，譬如說砸；幾年也可以辦到，譬如說用明亮堂的大燈使勁照著它們，加上隨著旅遊大開發的人流到來的污濁空氣、驟然上升的溫度、濕度……上千年、上萬年的存在，在一心想毀掉這些的人面前，是不算什麼的。

要不，毀其他吧，用其他的代替吧，去炸東面的山採石，去伐入口路兩邊的樹，蓋一座廟再蓋一座廟，再蓋一座，去吸引煙火吸引錢……去吧，去吧，去！只留這一樣，至少在這一代人、在我們活著的日子裡能保證看見它們而不至於傷心，傷心到有人因此死去，死去後也痛苦得像死去以後再死去，像很久以前的那個梁思成、那個林徽因，好不好？……唉，它像一個大秘密——說起來不過一把泥巴，不能磕不能碰，可各朝各代，歷經地震山洪、火災戰亂、蟲蛀蟻蝕、無數次的大殿修補，及歷代常有的滅佛運動，甚至粗心搬動時轉角處的偶然跌跤，卻依然完好，那讓它奇異保全的，是怎樣的一種力量？在哪裡？如何獲取？

……

這些讓人思想起來就心生敬畏，口不能言。

真該讓這奇異的保全繼續，讓它永不休止。

來看那些佛陀的得道弟子們吧——只見豐腴者軒昂，朗朗誦讀，清瘦者愁苦，鎖骨畢現，而怒者立目，痛者垂涕，智者低眉，思者仰額，驕者激辯，謙者恭聽……「人活一口氣，佛爭一炷香」，他們根本就沒想「爭一炷香」的事，卻比走動著的觀者還多活出了一口氣，鮮活無比。

老幼貧富差池巨大的四十尊羅漢，恨不得有四百種表情，臉上分開春夏秋冬——悲喜哀樂憂恐驚一時全至，有了情。正是人間萬象。

慈悲即有情。聖者當前，突然感動，不由人積壓已久的困惑開釋，心如天地空闊，燥氣戾氣褪去，妄想再不生起，一時忘乎所以——「我」不見了。似乎觸到了維繫呼吸最本質的東西，又似乎並未了然。

羅漢望向人世的樣子，就好像一樹樹照在高處的玉蘭花，明亮燦然。看著看著，竟恍若驚夢。

對於靈岩寺，我們想要的只是遠遠地望著它罷了。跟我們的祖先一樣望著它，這已經足夠了，為什麼要向它要什麼呢？

這世界無非兩種人：一種是惠天下，一種是毀天下，如佛魔有別；歷史也是，一段時期惠天下，一段時間又毀，所謂興衰無常。交叉的情況不多。想來浮生一夢，大醉亦是大醒時。覺悟的時刻便是娑婆深海、一朝到岸了：減貪欲，添智慧，愛人如己，向美向善，心下和平安穩，繼而勇猛精進，以惠天下。這也是佛家修行的終極目的吧？

靈岩寺就在這裡，以四時為器，滿藏了寶物，一千六百年沉默不語，等你來，一期一會。

柔軟的濟南

這是一座柔軟的城市。

它的形狀大致如一柄玉如意，平陰為頭，商河作尾；又像篆書的「心」字，對著世界捧出去。

它毫不尖銳——尖銳的事物在它面前不起作用：比如暴力，比如時間。它銷蝕一切，甚至銷蝕了時間；它安祥乃至慈祥，照顧著泰山南、黃河北的一切；它了無心機，還不重利輕義，甚至搞得有點顛倒；它柔軟以至成水，具有改變所有的力量。

這座城市是水做成的，就連名字，也由一條曾流經老城腹地的河流而來。它是濟南。

偉大的造物創造過兩個月亮，一個丟在天空，一個碎到了大地上。它們是濟南的泉。

泉中翹楚，該屬趵突泉吧？她讓水也有了直立行走的力量——你難道不認為，那樣熱烈、決絕的噴湧，是水的不認命的行走？當萬物合眼，靜靜地睡去，只有她，少女趵突，揣著滾燙的心臟，以及去到遠方的念想，倔強不屈，把一次次的噴湧，都變成了一次次的孤旅……她把這樣的潑命一噴，當成了一場淋漓盡致的抒情，甚或一場淋漓盡致的愛情，而就算再困倦疲勞，也會忍著，不抱怨不責難，不從天上落下來，一刻也不。猜想就算提出要代替她噴一會兒，讓她休息一下，她也不會答應。

看到她，會想起希臘神話裡的那個英雄西西弗斯——他甚至一度綁架了死神，使世間沒有了死亡，而被大神懲罰後，日復一日，向山上推著巨石，在咒語的作用下，推上，滾落，折磨摧殘，卻從不氣餒，如此度過了一生。

就這樣，一個會行走的泉，一個少女和英雄——趵突泉將神意搬進人間。

還有貴胄風度的珍珠泉，攤開一地的珠寶鋪子：串串「珍珠」歪歪扭扭，從泉底極慢地搖出——是這裡一簇、那裡一簇、間歇著湧的，很有秩序。看到這一簇，會想著那一簇。有意思的是，這一刻不知道下一刻哪個位置的接著湧，會猜，會思索，懸念叢生。好像一個大合唱裡的不同聲部，此起彼伏，有高有低，輪迴地唱個不休，讓人看也看呆了。

山東大漢似的王府池子則一點也不藏著掖著，就那麼大喇喇，在滿是四合院、獨門獨戶、紅的灰的白的……一窩房子中間，赤身全裸，與太陽你照我我照你，把一切都照得明亮、歡喜，好像連黑夜也罩不住它，在那幕布裡割開一道鼓出來——簡直是夜晚的一輪小太陽。它與大聲說笑、叫上一打啤酒、光著臂膀吃海鮮的人總是一起出現。

王府池子旁邊的「賢慧大嫂」騰蛟泉，又是多麼安靜，躲在一家房子的牆根下，清澈得像裡面沒有水。可千百年來就這麼被煮飯洗衣的主婦們舀來舀去，就是舀不完，如同底下埋著一個寶。

多讀泉水，會成聖人。跟許多泉一樣，黑虎泉也是以泉群的樣子出現。它們到底有多麼好，我們永遠也不會知道了。只知道，到這裡，就劈頭遇上了世界所有的光——黑虎泉群有十四處泉子，濕淋淋亮閃閃，如一副七言的對聯，夾著護城河這幅水墨長卷，成了老城的中堂。

而黑虎泉，一旦從深黑的岩洞不出聲地流到河道那一側，再口若懸河，「哐哐哐哐」，瀉入寬大的方池時，氣勢就雄渾得不像水、倒像山了。它靜和動得都完全徹底，就好像做隔斷的這條暗道兩邊，一邊是夏，一邊是冬；一邊是海南，一邊是內蒙；一邊是女，一邊是男；一邊是枯藤老樹昏鴉，一邊是小橋流水人家……那麼不同——由此所造成的巨大反差，竟在咫尺之近。

泉水到處可見，彙集其他泉群，最終流成了小清河——滔滔一條大河，白霧茫茫，綿延五百里，竟源自一群泉！這想法再不真實，也在史書裡漫捲不息。

去泉邊取水，同孩子們去泉邊戲水一樣，已經成了越來越多人生活中的一個重大樂趣，一個每天都要過的節日。不少附近的老住家一旦不得不離開，會專門到這裡，邊掉眼淚，邊裝一瓶水帶走，就為捨不得泉。遠處的人，挑著擔子、騎著自行車、開著汽車來取水，下雨下雪也不在乎。

許許多多人，以及他們的兒女、兒女的兒女……愛著同一個泉，都將愛著同一個泉，不會更改或減弱半分。這件事想想就幸福。

遠一些的百脈泉、洪范池、日月泉、書院泉……也各美其美，一幕幕崑曲大戲般，給這座城市添上不一樣的神奇。

其實，與名泉一樣，那些比小泉更小的小小泉也生出自己的好：沒名字，有著嬰兒般的眼神和呼吸，偶爾人來了，還有點害羞，要扯片樹葉遮住眼睛。它們常常在石縫裡躲藏著，有時乾脆就是一口井，淵默無聲，丟塊石子進去，才能聽到一聲應答。

多少濟南名士讚美過泉啊，他們關於泉的幻夢之說，像神樂在大地上吹奏不息。一定還有什麼，他們說過了，我們沒能記下；也一定還有什麼，他們還沒說。而人力究竟是有限的，最美的，還在事物本身那裡。

即使看不全那些泉——沒有人看得全——去看看曲水亭街上的那道水，去看看護城河，去看看源自老城區、直接奔入大海、世界呼出的那個驚嘆號小清河，也就眼花繚亂：河裡隨便一個位置都在冒泡……那就是泉。一條河就是一河的泉，就像一條銀河就是一河的星。一座城呢？

即使從沒看見過泉——沒有人沒看見過泉，只要在這座城市裡流連過一個小時——而即使如此，居住在這座城市的人，也從它們那裡悄然得到了惠澤。

說到泉，就得提柳。柳是造物恩賜這座城市的第二份禮物呢，黏在一起不可分，像油條和豆漿，鳥兒和飛翔。有水的地方就有柳。它們是這座城市幾千年來不離不棄的好居民。

當春天慢慢隆起小腹時，柳絮都飛起來，柳樹的心都飛起來，柳樹身上一切能飛的都飛起來。它們捉對兒，成球成團，悠悠長長地唱著歌……讓人不禁也為它們的喜悅而喜悅起來。

夏柳不用說了，那個綠啊——綠得要撲上衣襟來！沒有疆域地綠，沒有王法地綠，砸開枷鎖要自由地綠……讓人幾乎疑惑：柔若無骨的柳，它們要幹什麼呢？

到了秋天，即便深秋，就算過了秋分、霜降、小寒，直至大寒，葉子也不黃的——最多你看到它們綠中帶黃，黃中帶綠，金絲拂拂的，倒有點春天初始時那種鵝黃的味道，安靜又神聖。直到春節臨近，最冷的那一小段時間，它們才不慌不忙地落下，像展開著一樹一樹的鳥翅。聽老人說，最晚掉葉子的樹來年長葉最晚，比如石榴、棗樹，然而你看，過完年來不久，柳樹的「小乳牙」就又冒了出來。一眨眼的工夫，灰褐—棕紅—鵝黃—嫩綠—墨綠……它們就這麼變幻著顏色，安靜，清甜，略帶羞怯，而鐵骨內含，簡直都值得科學研究一番了。是啊，是怎麼回事呢？嚴寒裡仍不肯隨便就範的柔軟生命，這大地上最遼闊和最美麗的自由，究竟包含著何種意義？不得而知。

老去的柳樹也好看，鐵線垂懸有序，根根透風，藍天上垂釣麻雀，直接長成一幅倪雲林的畫。樹不無端被伐，沒有比這更好的事了。我們不知道，在柳的身體內部、某些時候，有沒有過疼痛和掙扎？怎樣克服或平息的？……我們只看到它的動人。

柳之所以動人，首先是因為：它是動的——隨風動，也就是合了大自然的律動而動，就是與風、與大自然、與造化的神秘擁抱在一起，合為一體；其次是因為：它是向下的，是垂的，否則，就失了馴順——柳枝多順啊，柳葉也是，又偏偏都逆了草木的一般規律，向上高著高著，忽而齊齊垂下，叫樹下的人聞見了粉頸香；第三，在這片土地上，它是靠水的——靠水啊，就是靠泉、靠河、靠湖，一靠著水，柳的好就加了倍，水滋養了柳，柳也涵養了水。它低下去低下去，就低到了水面，就挨著它了——從柳枝的縫隙裡看水，或從水面上看柳枝，人對話的聲音都會像耳語，尾音上帶上了法文單詞似的輕聲……當然，還有一點，就是——它們是站在了濟南的泉邊，濟南泉水組成的河湖邊，而不是其他地方的水邊，因此，一枝一葉、甚至周圍的一石一坡，都帶有了這座城市的氣場，不可篡改。它們也多麼熱愛這座城市，就算將它們移栽到其他的地方，想必也會傷心得南橘北枳變了模樣，想方設法逃回來。

柳同濟南如此親密——明明遍佈天下，卻似乎為它所獨有。也許，世上第一株柳萌發的時候，遇到的第一塊土地就是濟南，於是，它就為它而生。就像一個才貌雙全的好女子，明明豔冠天下，眼裡卻只有她的愛人，生生世世忠誠於他。

「百分桃花千分柳」，柳開的花不起眼，開花也不滿樹香，可我們還是覺得柳是個姑娘，披一片雲在肩頭，有著花一樣的氣質，將笑容撒得春色如大雪。一陣小風吹來，就能讓它動心。還在濟南做姑娘時的李清照當日有詩句：「柳眼梅腮，已覺春心動」，「柳眼」，說的是人，也是柳。去看吧，柳什麼時候都好夢一樣，待在那裡，排序整齊、半羞還半喜的細葉子，每一片都那麼美。

唉，美啊，美讓人知道，她從來不是什麼物理形態，而是一份內心的感知，所有的水波、樹影，都是無法被論證、卻可以被覺察的美。我們打開自己，她才迎面而來，住進我們身體。也只有她成為了我們的一部分時，我們才能接收到喜悅和慈悲，那真正支撐我們生命的東西。

為了這個美，我們應該順應宇宙的秘密，成為萬物的合作者，而不是拂逆不敬。在大自然盛景的莊嚴美麗裡，原本也有人的一份。

千姿百態的山河，支撐一個民族幾千年不斷更新然而總體不變的人情、品德、文化等特徵，投影於水土的背後。受泉和柳的浸染時間長了，一城的人差不多一樣地眉目清爽，忠厚和順，一樣地嚮往那種更為宏闊的情感，並堅持不做不敬的事情——他們將山川之形、星辰之理總攬一體，興泉興木，也把倫常之法、禮樂之格納入胸中，尚賢尚德：你問路，他們能把你送出好遠才不放心地放你走；你求水，他們恨不得送你一眼泉，連公車上都絕然不會讓老人站著。他們不理會一些不理解、嘲笑，甚至對污蔑也不做辯駁，只心裡知道：自己保有的，其實不過是做人最基本、最樸素的一點底線。

然而也跟他們的泉和柳一樣，除了柔軟，他們的骨頭裡更有鈣有鹽，有獅子和搖滾。於是，無論哪裡有了困難——西南還是東南，地震或者洪水，濟南人都奔在前頭，豁出錢財豁出命不皺一皺眉。

他們把這種柔軟和堅韌的複合體叫作善良，說這是人與生俱來的稟性，是生命體與生命體最結實的連結。

因此，這座城市獲得了美好之外的美好，力量之外的力量。

一滴泉一枝柳，一群「德不孤，必有鄰」的人，集結在一起，以天地為紙，寫著人間大美——詩眼是他們的心最明亮的那部分。他們將濟南寫成了一條溫暖而澎湃的詩河，流過過去和未來。他們將永不停筆。

看山筆記

†佛慧山

一直有人問我，既非佛教徒，也不是真正的居士，為什麼常常流連佛山？我想了很久，答案其實很簡單，無非是借那樣的環境做做夢罷了。古梅花下，只一個深呼吸，就穿越了光陰，想起一些不存在的美景。我迷戀這樣的錯覺：在未開發的山中，道路窄小，老樹合抱，吃喜歡吃的食物，穿乾燥的舊衣服，做自己喜歡做的事，或乾脆什麼也不做，有雨聽雨，無雨安坐，安而靜，靜而止，靜若止水，明澈得足以照山照水，照見自己和萬物，照見無。如此空過一天又一天，恍惚失神，於是時空交錯，遇上陶淵明、李青蓮、王摩詰、林君复，以致梭羅、米勒、繆爾、狄更森……就這樣，對喜歡的山，冬天看，夏天看，看到它好。這真是沒有辦法的事。

說起來，古代的時候，不懂佛理就不是中國人，近代差了點，可不懂佛理也不能算中國文人。看看中國繪畫史上，所謂的大家：吳道子、顧愷之、石濤、八大、倪雲林、蘇東坡，不都在做這事嗎？黃賓虹一生最大的理想就是把畫畫白，他已經仰著脖子看到了那個氣化的境界。而氣這種事情，有時是要依賴一點的。很久以前，見報紙登過一則消息，說喜馬拉雅山附近的村落裡有一座寺院，自從建寺以來，人們在寺裡只許談論生命、慈悲、安祥、寬容、和諧、真理等語言。日子久了，這座寺院便醞釀了一股很強的念波，許多病人走進這座寺院，疾病即告痊癒。所以，我們對佛山的嚮往、接近或乾脆住進那樣的山中時，內心特異的安靜和喜樂，並不是毫無緣由的。山水其實如人體一樣敏感，真心的喜歡和敬慕等，都是可以傳達和感知的。人與山水的相處，就是一種溝通，彼此交換能量，它們給予了我們溫情脈脈的照顧。

我們信任那樣的山，就像信任愛。是它們，以神人似的美，使一顆一顆的心更好更明亮，使愛更純淨，也讓人類自己糟蹋得千瘡百孔的生活，到最後還能保持一些樸實本真的魅力。

我終於見到了那座朝思暮想的山，一日之內，遭逢了一半雨天，一半晴天，上山走的是北路，下山走的東路，兩種山色看全了，運氣真是不錯：山是平緩的坡，寺是遺址，林子裡飄散著樹葉腐敗和新生摻和在一起的氣息；很多大石上一層一層的苔蘚糊住，綠著綠著就黑了，像潑上了一硯的墨汁；林子裡常常有黃白肥大的蘑菇跳出；雨後的小溪無聲流淌，水流不大，一節一節順山石下來，有時還鑽進了山石縫裡，嘩變成無數條小溪。

掬一把聞聞，有流經的青草味；在山路的轉角，可以看到山民分送平凡的食物與鄰居，門口紙板上，純稚筆體寫著：「純淨水一瓶一元（山下一元五角）」；不經意間，就可以遇見自家社區種著的樹木，如遇見故人……時時處處都是美好，生命中莫名、天真的愉悅於是由此展開。

因為身體不過是個旅舍，人生更是一場不可返程的逆旅，所以，不必吃好的，不必穿好的，也不必爭副處長，到這裡看看，到那裡看看，路過，啟程……就以此為業吧，以此為業，還有什麼比這更令人心動呢？一放下所有，到山裡去，我就覺得身體光明輕盈，覺得自己活得真像人。

雖然佛慧山的規模遠不及千佛山那麼聲名卓著，然而，它安靜又峭潔的形體和內在同樣深深地吸引我。我不能不去了。

一路行來，見路旁兩排曼陀羅又在開花了，沉沉的，滿樹都是花——從初夏五月第一次花開，到現在五個月，其間還開過，這花開得時間還真是長。到山腳下，看到兩三座孤零的山屋，應該是看山人闔家老小居住。院牆上，滿爬著主人種下的綠扁豆、紫扁豆，鋪了一地的大南瓜葉，跟地瓜秧糾纏在了一起，不知道他們到時是先收南瓜還是地瓜，又是怎樣的收法。還有灰喜鵲飛來飛去。到山下才知，沒有門票，也沒有導遊，和其他好小山一樣。不收門票，這在商業時代簡直是個奇蹟，在濟南就稀鬆平常了。如果就這樣，野著，不過度開發就更好啦——在山下的大牌子上，看到下一步要修繕景點，心裡略微擔心。

上山的路是條青石路，石頭有點殘舊，但很平整，很乾淨，邊緣滑，灰亮灰亮的。據說十五年來都是這個樣子，不曾改變。路極好——連村民拉在路上的橫幅內容都極好：「只看好東西，不看壞東西。」字體很孩子氣，語句也很孩子氣，竟大有禪意。聽父親說過，去一個地方，你一定要認為它美，不管看到的是什麼，你認為它美，那麼它不美也美了。跟這條標語可以互補——所謂的「壞東西」也大可一看，並一定也美。此前，我從來沒想過，一條路也會這麼美，清秀，婉約，野鶴飛在閒雲裡一樣，讓我們待在路上，忘記了來意。

路兩旁都是樹——山石骨相誠美，加上長年生長積累下來的草木灌木喬木，讓人眼睛不夠用。草本最多的有荊棵、星星花、雛菊、白茅草和狗尾草，時不時橫過來擋住去路，需要撥開才能前行。尤其是星星花，一朵一朵，圓圓的五瓣，如同米粒大的梅朵，有美好的小身體和白生生、香甜的臉頰，彷彿是我的孩子；更奇妙的是，它們再密密組成一個個拇指大小的花球，又像繡球花了，又像一群我們的孩子；更有數不清的柏樹和其他雜樹，低矮粗壯，從山石間奪勢而出，一盤一盤的，顯得生長極慢，如同躲過了四季。

樹木連同不絕於耳的鳥叫，將整座山包得很嚴實，有了些原始森林的味道。據一個朋友說，他們愛鳥人經常組織到這裡觀鳥，山上有縱紋腹小鴞、山斑鳩、珠頸斑鳩、灰喜鵲、大山雀、金腰燕、白頭鵯、暗綠繡眼鳥、棕頭鴉雀、金翅雀、棕背伯勞等等，幾十種之多，還有一種鸜鵒，當地人叫做「巧嘴子」的，繁殖能力特別強，簡直到處可見，恨不得嘬起嘴，一字一字教「你、好」，對著落在肩上的這一隻。然後，牠會不會一傳十、十傳百，教得一山的「巧嘴子」不說鳥語，光說「你好」了呢？……想多了，想深了，自己不覺抿嘴笑了。

葉子多，鳥兒多，多得都不像話了，不知是一山的葉子長出翅膀，變成鳥兒，還是一山的鳥兒飛上枝頭，定格做了葉子。因此，聽起來亂七八糟的，像一幫小朋友在開空中生日會，外行根本辨別不出到底是誰在叫——全混在一起了。想來地上的小動物也不少，因為我們沒上幾步呢，就已發現一隻野兔在附近倏忽出現，左右逡巡一番，小嘴簌簌抖動，撕扯咀嚼一點嫩草後，又飛快溜走了。路上還遇到一些小蟲子，比如竹節蟲，四肢細長，眉眼不清，有著好看的薄紗和細絨，一觸它，就收攏得緊緊，躺倒來裝死。怕人家踩了，捉起來放到樹上去，看牠好久了，還在裝。

順著石子路上到一半的時候，可望到對面很近的山谷，一個高高的斷崖上，長著許多核桃樹、花椒樹、山楂樹、毛栗子樹等，樹上空有整行的鳥兒飛過。隨即決定下山時穿梭山谷，爬上那個側峰後再走——要走很多路才能到的，一定是個不錯的地方。這麼一想，它就增加了三倍半的美。

繼續向上。轉彎抹角，又遇到一片黑松林，每一棵都有二、三十公尺高，看上去有幾百歲了。太老，也太集中的緣故吧，陽光到這裡都被嚇住，暗如黃昏。這裡的樹有所不同，也許因為過密的緣故，樹幹又高又直鑽進天空，樹冠在上部混打成一團。這一段山路也很老，廢棄了的，其實再朝南邊一點就有新砌的，我們誤走了這裡。石階殘損不堪，青苔毛茸茸，爬得到處都是，很溜滑，要十分小心才行。石階旁，是一層常年積攢下來的赭石色松針，厚可及尺（左右看看，發現山路兩旁的山谷裡足有成丈厚呢），抬腳在上面，軟軟的，像踩在厚地毯上，腳底升起一股股腐敗味，和松針味混著。此處鳥兒的叫聲很短促，似乎剛一發出，就被沉思默想的老松林給吃了進去。累了，我們在這裡坐下，歇了一會兒，看松林，聽山風。朋友打來電話，信號很差，蹲下也聽不清，只好抱歉而堅決地關掉。碰不到一個旅人。

山頂雲氣很大——雲這種東西真神奇，看到什麼都沒有，呼啦一下就上來一團，凶起來，放哪都不行。還沒驚奇完，它已經稀薄、散去，無影無蹤。難怪很多人用雲來形容人生無常。從山頂向下望，可以看到許多石階路旁邊，常有小土路叉出、合攏和穿過，濕漉漉的，有時出現，有時消失，牽連著一些過去年代的久遠時間。還發現一條有三、四公尺寬的公路毛坯，從那邊山腰上殺進山坳，一彎而出，橫陳在我們身邊眼前，一擺尾，爾後平行了一陣子，狠狠一折，寫成一個誇張至極的草書「之」字後，多出了一個連帶，復又上坡……再打量，見它向前、繞左邊山麓彎下去，不見了。

很奇怪，在山上看，濟南簡直是個山城，小山如包子，圓咕隆咚的，籠著煙霧，處處開鍋，山下的馬路高樓，則一條條一坨坨的，鹹菜絲或鹹菜疙瘩一樣……美味的大地，看上去有點可笑。

一路見了許多運石的人，背上墊了棉墊，雙手彎回去，扶著石頭，一次只能背兩大塊，從山頂採了，順著小土路，朝下面的半山腰小跑，腳下碎石「嘩啦啦」地掉，驚得我們飛快閃躲；又有人挑了水桶，自山下來，向著同一個地點會合。那裡是築新路的地點，遠遠望去，青石堆積，排排累加，像這座山新長的脊骨。幾個人和沙子、水泥，幾個人砌石、抹縫，配合得十分默契。另有姑娘用磅秤稱石重量——是以此來算工錢的——我不解，問了好幾句，那背石來的年輕人才有點不好意思地告訴我：「按秤分金銀」。他告訴我，他們沒有時間看古蹟，要工作。說這些時，他的臉一直羞得通紅，脖子也是，臉上的一層細絨毛，每一顆都墜著小水滴。他不停地擦去。

下山時，走過幾百公尺的山路，就到了半腰山澗內的古代開元寺遺址。遺址為一半圓形開闊平地，面積很大，上有摩崖造像和題記，足有上百種。據《續修曆城縣誌‧金石三》記載，寺址石壁上曾遺有「大隋皇帝」字樣的殘字。可知，隋朝時期佛家就已涉足於此。至今，唐宋以來的各代題刻，還完整地留存於崖壁間，需要一、兩個小時的時間才能讀遍，有所體悟。居然看到地上殘存有一點點鴟吻（沒有多珍貴，也許是前次重建之後的，否則早被取走），極樸素，半露在地面上。旁邊，開元寺模型在原處，玩具一樣小，黑呼呼的，像個豬。雖然讓人看了有點安慰，也有點難過。

風霜雨雪，戰火浩劫，古寺興廢，寺名更迭，所有的盛衰榮辱，一切活潑而流動著的生命，都可歸諸於無常，我卻只為它淡遠的傳說而來。它沒有天降花雨的絢爛和神異，卻有一種落了實的詩意，含而不露，吸引我深入細究——一時間，彷彿落入另一個時空，聽到老得看不出年紀的雲板僧，一板一板、叩擊雲板的聲音，將暮色敲碎。還曾經有過一群年輕的僧人吧？都一臉清秀，有潔白的笑容……此刻，只有風了。

遺址背後的北壁上，還殘存著一片上下鋪似的石屋，各自一立方公尺左右的樣子。很久以前，儒生們就窩在這裡讀書（也許還住在這裡？有沒有小小的紙屑藏在石壁中呢？）。石屋密密麻麻，狀似蜂窩，又簡陋之至，沒有門，風來雨來都擋不住，讓人懷想當日辛苦。明朝的大才子李攀龍少年時就曾與許邦才結伴，讀書於開元寺，我認不出，哪一個石屋是他待過的。

造物的用意真是捉摸不透啊，南面崖壁石隙下，一個半隱蔽的山洞裡，竟有泉滲出，為甘露泉，上壁有水珠不時滴落，如熟果墜地，泉下成潭，成清涼境。潭面煙霧如織，寂靜、荒寒，一直延伸到雲煙深處。不遠處，叢叢茅草中，一隻不知名的白鳥冒出，低頭覓食，卻忽然伸起長頸，扭過身來看我們，圓眼睛眨也不眨。我們和它對視，直到它覺得無趣，或許覺得人這種東西也不過如此，於是，「撲楞楞」左右飛快甩甩小腦袋，又鑽進了草棵。

甘露泉水純冽甘美，最宜泡茶，因此又名「試茶泉」——古時每逢夏天，這裡綠蔭遍地，曾有一個名叫「鷗社」的詩人群，他們「相邀汲甘泉」，然後「次第山茶供」，被文壇傳為美談。試想詩人們寬衣大袖，端坐在蒲團上，像端坐在大地的中央，烹茶煮酒，高聲吟誦，禪風細細，水流濺濺，而古木靜謐，眾草喧嘩，簇擁著一大片晃呀晃的、杯底的月亮……那情境真是典雅迷人。據說泉邊原多生海棠，枝葉繁盛，花開時節如火如荼，落入池中，成胭脂色，所以又名「秋棠池」。傳說過於美好，美好到讓人不忍心去辨別真假，而舊日盛況即便分毫不差，也確乎不可追了，如今的泉池表面有一層看到污濁的薄霧，風吹來就散去，然後再聚合……反覆不已。

我踏著濕滑的老台階，小心走下去，用手拂動水面，看光影徘徊，動盪不止，照耀四周，整個的世界都像含在這片水裡了。掬一捧，喝一口，不甜，涼涼的，從嘴巴到胃，再涼到四肢上——不是流淌，而是滲入。想著都有誰，還有誰誰，曾在許多年前，踏這幾級台階走下來，喝過這裡的水，看見同樣的事物，想著差不多的問題……心中感覺奇異，一時與古人同體。還可以看到，潭內有細如線的紅魚黑魚，潔淨得透明，忽而驚走，不知以什麼為生，也不知人間變幻——因為對食物需要的少，所以才這麼潔淨吧。泉池的上方用紅油漆寫有「愛泉如命」四個楷體小字，一副愛泉如命的樣子，沒有落款，不知何時何人所為。

其實這樣很好——老台階不要打掉，老樹們繼續生長，水底遍佈青苔的殘石就讓它仍舊躺著，甚至水面薄膜也不必撇走——幾百年前是怎樣的，就怎樣。誠實可靠最動人，景色和人是一樣的。

詩人們精神交流撞擊的智慧火花，如今只存於人們的想像中。可是，時間換了，那個角落還在。坐在相應的位置，有顆一樣隨四時而更迭搏動的心臟，向身體各處輸送一樣新鮮、不平靜的血，還能看到一樣的水和山，一樣的天光雲影，一樣的太陽升起又落下……景仰著這泉的一層光輝羽衣，我心裡感動莫名：無論如何，嚮往美，信賴詩與真，跟饑食困睡一樣，始終是人的本能。而那些許多年前的詩人們，他們當年的愉悅和我今天的愉悅沒有一絲的分別。

最顯眼的，就是跟古代史一樣古老的摩崖造像了——東壁上，錯落有致，座落著佛，衣帶欲飛，挺胸凸腹，看得到北傳佛教敦厚的影子，然而被塗成了金色，遠遠看去，好像一群皇帝，簡直暴殄天物。不過，還是能覺出整體造型的大氣和雕工的精美，可惜我們不能爬上去得以親近。除了一座不知何故倖免以外，其他佛像都在上世紀六〇年代被鑿掉了面目，只剩身體部位，可是石雕菩薩和羅漢，站立坐臥一如往常，雍容風采不減半分，神態安定寬仁，氣息潔淨如一滴水，讓人不覺得殘缺是件有損整體的事——這些神跡，並不因破壞而改變了性質，遠非當今拙劣工匠佛頭著糞似的斧鑿可比。一位年輕的軍人，立在那裡，閉目合十，對著那些沒有面目的佛。這情境也莫名地讓人感動。

事物穿過我們失去的那部分而來——我盡可能地走近，仰望著他們，不知為什麼，心中熟悉和親切，似乎他們是我前世的親人，今世又一一認出。大約是陽光的關係，眾佛都似乎繞有慈雲光芒。那座唯一殘留頭部的，看得出其豐口隆鼻的底細——他謙恭地站在那裡，彷彿正在聆聽萬物呼求，眼睛裡流露出淡淡的悲憫。

當年塑他的工匠，究竟怎樣忖度這種內斂的神情？又是如何將虔誠灌注到雙手上，賦予石頭靈魂，使他們如此動人？他也許就是他的供養人呢。在塑像的一角，有沒有哪一個技藝特別出色的，心有不甘地在哪個角落，留下一行細小的字跡，說明自己的姓名，以及家鄉何處？這座山不回答，只將這所有的一切問號都鎖進心底，由著它們枯槁成灰。

快到山頂時，見山峰北側壁上，有一座巨大佛龕，中間拱門書有「大雄寶殿」四字，佛龕外東側石壁上，存北宋年間鐫刻的方形密簷浮雕塔兩座，殘落了大半，只隱隱看得出輪廓，正大端莊。幸好沒有塗成金色——我想，因為是塔而不是佛像的緣故吧？但最好想什麼辦法，跟對博物館的文物似的，罩上層玻璃。我看得幾乎落淚——不因殘，只因美麗。

開始覺得美麗的事物一旦美麗就永遠美麗，真正的美麗其實是傷害不了的。也覺知世間名利榮辱、愛恨情仇，都如山巔雲、水中月，倏忽向生，倏忽向滅；那些心上閃現過的光華，那些對美的追尋與臣服，原也是夢幻泡影，而肉身沉重，如衣敗絮，行荊棘中，步步勾牽，今生是脫不了的了，可是我的心依然不能停息，面對美依然忍不住要戰慄——我本是世間癡人，只管純而不慧著，走自己認定的路，去遇見和讚美，迷失在山水和藝術之中，也就夠了——這條路上，有迷蒙的灰塵，也有綠遍天涯的旺樹，一應所有自然生成之物，此生，我就是為它們而來的人。

我看了這塔雕，更覺出「修舊如舊」的艱難——它們幾乎是不可複製了。因此，「修舊如舊」的宗旨最好還是：木頭的，不讓蟲蝕；石頭的，防止風化。至於看到破爛，覺得難看，打掉重建，想都不要想了。

轉到龕內正面，就見到傳說中的大佛頭了。

大佛頭雕於北宋年間，約有十公尺高，依山而鐫，天庭飽滿，下巴豐圓，然而神氣有點呆滯，遠不及佛下蓮花靈動耐看——仔細看，蓮座是原裝的。由於僅刻了胸肩以上，因此百姓中俗稱「大佛頭」。大佛頭香火很旺，我們在這裡小歇一刻，就見到許多上香人，來去不絕。佛像西側石壁，刻有明萬曆三十五年三月重修題記。東壁勒「大慈大悲」四個大字，也是明人題書。有疑似寺院遺址，略有痕。看護者兩三人，坐在松下，喝茶聊天。

是誰曾遊方至此，又駐錫於此，因慈生悲，因悲益慈，在這殿內度過無數個晨昏？他們最初離開家鄉、來在寺院的心情是怎樣的？又或者從來就沒有人在此修行，只是村民祈福的一個場所？……遺址早已無可辨識，關於這座消失在歷史煙塵裡的寺院恐怕也只能猜測了，像個蒙娜麗莎的微笑。

一座山，無石不成體勢，無樹則無胸懷，無水不活潑，無雲則不神秘，無佛則少靈氣……眼前這座山，不但萬全得好像假的，還有一顆潔淨的心。

我忘了一路尋來的辛苦，坐在樹蔭底下看它，心中漾滿清澈的孤獨。在這個交通閉塞的地方，它懸空而起，不言不語，含著無數的大秘密，存在了一千年。

青銅山

雨落了一夜，不知什麼時候下，也不知什麼時候停的，只是一睜眼，一院的水光。可是這擋不住我去尋找青銅山和鬥母泉的決心。

很不容易打聽出地點，到了青銅山下。據說鬥母泉是濟南七十二名泉中地勢最高的泉（最近據說發現了一眼海拔八百多公尺的泉，但還沒來得及下定論），崖畔的鬥母泉，海拔七百四十五公尺。抬頭看，見一條小路七彎八拐的，躲著我們走。既然來了就迎著上吧。我們揪住小路的尾巴，把它踩扁了，硬上。路上會時不時凸起一片怪石，有土壤的地方會突起一坨網狀的粗大樹根，坑坑窪窪不說，有段路乾脆被擠到崖邊，只好手腳並爬過去，然後找到不遠處朦朧中的下段路，接著走下去。

也許是雨後的緣故吧，一直都能聽到溪水嘩啦嘩啦的聲響，可以根據聲音的大小來推測溪流的深淺或水道的寬窄，以及距離的遠近。隔著樹叢草叢，還可以時不時地看到溪水閃爍著的光影。遇到谷底稍寬處，就會看到傍水的巨石，有大，有小，有突起，有平坦。有一處巨大平坦的石頭錯落有致地攤開著，水從石面上漫過，間或有些從斜置的石塊形成的石溝中穿過。上游不遠處的水突然遇到阻擋，或被抽去了腳踏處，形成了台階，那水就會挑起一大片水花，或形成一處小瀑流，一些楓樹葉子在岸上、凸出來的碎石上，像一些小巴掌，小風吹不動，另一些在水上，葉隨水走，溪水的聲音很大，不知是在抱怨，還是驚喜地尖叫，從頭到尾，一路都是這樣的景，這樣的聲音。

有時岸邊還有巨大石塊，彷彿裂開的谷底裡的石頭不甘寂寞，突然有一天跳上高處卻回不去了，只好突兀地留在那裡，與它的出生地隔著距離相望。涉過小溪，有些害怕地爬到對面的巨石上，迎風站立，讓那座寂寞的石頭快樂了一會，增加了高度，然後又縮回原來的樣子。風嗚嗚吹著，在耳邊，溪流聲反更清澈了。

泉水不出所料，是最好的那一種，至今還是一村人的飲用水，連上灌溉，這眼泉都可以說是這一村的「母親泉」了。因為門母泉處於茂密的山林中，山上有上千種中草藥，開花開得像吵架一樣。經太陽照曬、雨水浸泡後，泉水不僅甘甜可口，而且還含有豐富的礦物質和藥用價值。長期以來，門母泉百公尺之內不生蚊蠅，沒有小蟲，青蛙不叫。裡面有一段故事：據說皇帝曾在泉邊住過，這些小東西怕驚了聖駕，紛紛躲避，不敢發出一點聲息。傳說不能當真，卻足夠可愛。聽曾來過的朋友說，碰到過松鼠、山雞，聽人說話。我們沒見到。

這裡的溫度差不多比市區低十度。十幾平方公尺的泉池清澈見底，自山半坡崖壁的一個龍頭湧出，水流量不算大，但是長年湧流，細細涓涓的，只向下淌，溫柔地垂著眼睫，不抬頭，如同一個無比乾淨的眼神——那樣乾淨的眼神，該有多麼乾淨的心才能承載！泉池上面就是被收錄在《濟南市古樹名木志》的千年古樹，是本市唯一的一棵，名叫車梁木。樹極大，應該有二、三十立方的木材吧，葉子極其稀少，大部也已經死去，但活著的小部分，伸出去，像一隻手臂，看上去奇異地健旺，有點像光腳、赤背、活成人瑞的瘦老人，老了老了，又長出了新牙，景仰之餘，略微駭人——似乎是死去的那部分的生命，統統挪移到了這竿獨枝上，甘願自己做了犧牲。他一口氣活了這麼久，到底還是戀著他的泉，護著他的泉，不肯離去——他為了她，居然活成了一段傳奇。讓我們感歎，人在造物主面前真是渺小的。造物的奇妙在於，我們想明白他，猜不透他，可他自有用意。

可以肯定的是，造物從不傳授絕望。這讓萬物有福。

與鬥母泉正對著的是一座古色古香的建築——鬥母宮。一進院落，見三間大殿，青磚黑瓦，飛拱挑簷，籠著光。佛門半掩，大殿好像剛剛修葺過，殿內有幾位匠人正在繪壁畫，還很新鮮，少一些歲月淘洗，少一些氣韻。新塑的佛像也未著衣彩，素裝，倒別有一種柔和寧靜，思對一時，心下自覺清和許多。

殿正中，有王母聖像，殿內一側有散木搭起的床鋪，被褥陳舊，殿內有鍋灶盆碗，還有蔬菜米麵，鳥兒啄窗子，還以為是外邊來人敲門，十分有趣。

那些垂掛著的金幡，空氣中的旃檀香味，兩兩交纏成一種神秘又令人敬畏的意蘊，中間還聽到一種奇怪的聲音。不久，我們找到了那聲音的來源——聖像座下跪著的女人正把她的額頭用力地磕向地板，然後起來，再狠命地磕下去。她的內心正在承受怎樣的煎熬？我望著她顫抖的雙肩，猜想她眼中定是有淚的。

也許是我們從陽光裡來的緣故，覺得大殿很黑，像一座廢墟裡的空城。微光透過糊了舊紙的窗櫺，落到殿內的地板上。我看著一朵因歲月磨蝕而斑駁的彩繪蓮花，突然心痛落淚。轉而想雖歷千劫，依舊蓮在我在，應該微笑吧？

附近一位賣山雞蛋的村民給我們介紹說：「鬥母泉已經有五百多年歷史了，我們也不知道是先有鬥母泉後有鬥母宮，還是先有鬥母宮後有鬥母泉，但是我們村的村民都喝這水。這水好喝，還養人。」「這個泉也叫神泉，海拔這麼高，可從來沒乾過，而且周邊很乾淨。」「鬥母宮還能求子，聽說很靈。」

告別了鬥母泉、鬥母宮，我們沿盤山路繼續前行，草木夾道，野花開得瘋，各個美人臉，將我們來時乾乾淨淨的白球鞋吻上了一道一道的藤黃粉綠，而且越用手抹越濃、越用手抹越濃，最後死心，乾脆直接抵到就近的花朵上去，徹底染花了吧，像穿著彩虹走。我們身上充滿了花香。有一些雞腿菇，打著小皮傘，有一些松蘑，戴著小網罩，胖呼呼的，很喜人。還有一些長著紅腳的植物，細小的芒刺不時紮進白襪子，皺皺眉，心裡也歡喜——植物啊，它不知道它紮的是好人，還用這樣的方式表達親密。山邊不時有愁腸百結的小溪流過——它們在同一個節氣對這座山集體患上了相思病。其實，還可以在山間找到許多眼泉水，發出女孩子一樣細細的叫喊——美如此密集，讓我們再一次確認：美總是和美在一起。

天青，花多，樹稠，泉水也必是歡喜的吧？因為歡喜，所以清澈。據說鬥母泉東西五公里、南北三公里的範圍內，散佈有白花泉、南甘露泉、寄寶泉、小泉及以所在地命名的泉水十四處，另有季節性泉水十多處，潔淨明亮，像鏡子，或鏡子裡的物體，與塵世隔離。可惜我們沒時間去了。

山上的小東西真多，鳥鵲灌木，草蟲，草，還有純粹，誠實，信任……那些平常之物，卻像此前從來沒見過的東西，讓我們莫名驚喜，恨不得脫掉鞋子，赤足與它們在著的土地親近，並開始相信，萬物都有其絕大的美意，大美自孤寂。而一朵花一隻蟲子，輕易地就打動我，不僅在於它們的美麗或有趣，更在於它們直接地表達了我們的迷茫、喜悅，再現我們的白日夢。它們的一生，是我的一生。這裡所見皆古老事物，古老事物又都是嶄新的，而在古老嶄新的自然中生活，遇到什麼就看什麼，看到什麼都歡喜，多麼好。在此間，就算歸隱不得，做個放蜂人也是好的。

四周都是樹，樹既粗大葉又濃密，將偏東、偏南的陽光全部遮擋了，使得這午前時分也像黃昏，天日光透如同星月。有很小的群雀上下往來，如同會唱歌的雲——若不是它們發出嘰嘰喳喳的聲音，又太像落葉紛紛了。特別顯眼的是山楂，紅燈籠似的掛滿了山。中間夾雜有核桃樹，只是被打得剩不多了。走到背陰處，居然還看見了山梨，黃澄澄的鋪了一地，原來是果實熟透，自然落下，竟然沒人撿。過路的村民說後山更多。我們由於時間關係過不去了，也沒帶那麼張嘴。

上沒有多少路，就看見坡上很多都開闢成了梯田，有農民將羊像放風箏一樣，放上了山，還有農民正在收玉米——這個季節多是玉米地瓜，圓實可愛。我寧願將它們想成僧侶們出坡工作的成果。梯田的田埂上有許多柿子樹，下面的葉子鋪成厚毯，光禿禿的枝條上，掛著許多顏色鮮亮的大柿子，有些還落到地下，葉子接住了它們，一隻秋田鼠也接住了它們中的某個。看來是在樹上自然烘熟的柿子。附近村人的房頂上，曬著一些柿子皮，太陽照著，一片紅光，院子裡有很多大樹，有綠有紅，綠得紅得都要破了。所有的大樹上，掛滿了一嘟嚕一嘟嚕用玉米秸編成大辮子、相互連綴著的玉米——太多了，太重了，唐楷一樣肥厚圓潤，讓人不禁為那些本來很粗壯的大樹擔心。那些大樹都像黃金樹，接天連地，眉目如畫。就這樣，花濕潤，果實濕潤，花朵和果實生長在一起，植物和植物生長在一起，太陽好像落不下去了，大地蒸騰、鼓脹，有些腥味，一山的汁水飛濺，一切都在笑，不無分娩痛苦的歡悅，而兩個人坐在那裡交談，像一部電影……這情境多麼迷人，餵我喝下不帶一點雜質的蛋奶酒和蜂蜜。

唉，在我們平時到不了的地方，原來時刻在發生著許多故事啊，而田野的語言是生長，我們與田野對話的方式是凝視。凝視著，我們幾乎能感受到四面八方從植株的根部蔓延過來的、柔韌的力量，撲到了眼眉上。我看見它們帶著河流和星空，愛情和傷痛，死去的靈魂和孕育中的嬰兒，一路心急腿慢地趕來。

所見萬物，彷彿天生是直接從天堂上掉到大地中央的，沒有一絲一毫的陰影，每個角落都明亮似晶，無需摩挲，你馬上就被她的光華照亮得如沐神愛。此刻像童話，催眠般神奇，孩子都看呆了，張著小嘴。我們也眼睛發直，說不出話來，心裡滿是靜、美、愛和感激。讓我們相信，原來一切都是詩，詩的存在沒有必要；而總是會有現實的某個時刻，內心超強光亮，神他緣此而來。

如你所知，我已經讚美過多遍我愛著的事物（譬如植物），從不厭倦——愛著的，依舊倔強地愛著，不因它重複的美一再流過我的心，而遜色半分。

如果有可能，真想住在這裡。在光、鳥、河流、樹木，以及它們和我的友誼中居住，該有多好。一跟它們在一起，我就知道：我還能保持住我的純潔。

我們短暫停留，還得繼續前行。翻山越嶺，爬溝過坡，或有路，或沒有路，踏著亂石、半米深的高草，鑽過有著許多掉落的、烏亮滾圓儲籽的荊棘樹棵，在山梁上還冒著呼呼的大風，艱難但是高興。

另一個看到的人文景觀就是大佛寺了，它立在那裡，沉默又安穩，似在等我；我奔向它，觸摸它冰涼的身體。這座開鑿在隋朝末年的石窟，正中央是佛祖釋加牟尼的雕像，佛像近十公尺，軀體偉岸，造型豐滿。大佛雕刻並不十分精美，甚至有點粗糙，這反而有種特別的好。他的面部表情端莊，雙眼略向下看，目光如月光，又自然家常，如母親照顧著自己的孩子……他頭上梳著肉髻，身著披肩式長衣，衣帶飄然下垂，一卷一卷，流暢的衣紋皺褶清晰可見，似乎下一刻就要隨風飄起。

大佛像是有另外的眼界來看待著，慈悲而莊嚴，現出一種來自於雕塑本身的張力。它承天納地，歷經千年，躲過天災人禍，立在那裡——它路經了所有人的身邊，繼續為了我們，而留下來。

仰著頭，心敬慕得微微發疼。有一瞬間，我那麼驚慌，怕它們突然倒塌，消失不見。

看了它，胸膛裡就寬大得可以跑開馬，也什麼都不用朝裡填了——我們從沒見過，此刻眼前，比賺到自由還要自由。我們平時太慌忙，不知道原來有這樣一條路徑，可以經由這種自由，到達滔滔濁世藏在心裡的明亮天堂。

大佛左側是菩薩與供養比丘。菩薩手持淨水瓶和枝條，身著帛衣，下面的瓔珞簌簌滑落，微笑看人。她因溫柔過人而美，彷佛這山上永遠年方二十八的花。旁邊的供養比丘身披袈裟，雙手虔誠地捧在胸前，笑著側向主佛。右側石壁上還有七尊小佛，雕刻技法及造像風格各不相同。在大佛的左下面還有個山洞——菩薩洞，只能容一人透過的山洞，大概有十幾公尺，也算一個景致。

在由大佛寺回程的路邊，有好多柿子樹，與在鬥母泉村的柿子不同，這裡的柿子有很多合柿，同樣也熟得挺好了——走了這麼長時間的路，同行的朋友幫助摘了一個，很好吃，比鬥母泉村的柿子多一點面面的感覺。在經過一個小村子時，一位村裡的女孩子穿著鮮亮的衣服，拿了一束野花，一上一下丟著玩，在路邊叫賣柿子、杏子和翠綠的小甜瓜。她告訴我們，這裡一到雨天最美，雨水過後，青山更青，還有白白的雲彩，浸滿雨水的樹墩會躥出許多肥甜的蘑菇。女孩子問我們買不買柿子，我們說柿子太沉了，帶不動，她就說還有柿餅，不太乾，八毛錢一斤。女孩子笑得真好看，我們就買了三、五塊錢的，加上水瓶什麼的，已經提不動了。想起一路上看到還有很多柿子沒有摘，潦潦草草掛在樹上，壓得樹枝彎彎垂在下面，有的落到地下，有的一堆一堆爛掉了，生出酸溜溜發酵的香氣。會成了柿子酒嗎？

這裡距市區一個小時的車程。

太綠了，還籠著山嵐，山嵐是淡淡的藍色。遠遠看去，山像海。

山下有禪寺，有法師聲名盛，惜乎遠遊，不能見。而一位有尼師望著我：「你是書畫家？」同來友人應聲稱「她就是呀！」驚詫莫名，詢問何以識得？師父笑而不答。邀去法師寮房，得見墨寶，以及一條形體美好、顏色美好的大木魚。也算有緣人了——那些有個性的師父們，只讓有緣人進門，將沒緣人驅走。

告辭出門，師父合十相送。

登臨前，遠看翠屏山安靜沉默，並不知人間幾度風雨，天為席地為幕地睡在那裡，不慍不怒，也無憂無喜。走近了，卻見山路崎嶇，只能慢步登臨。眼前花草樹木色彩絢爛，明快者有之，清雅者有之，這些在其他地方經常見到，並無奇處。到了半山腰，忽然感到了自然中的深邃在牽引著我們前行——越往裡走，景色越是幽深迷離，快到石板路的盡頭了，已經全然是深山老林的樣子。偶然有開著機動三輪車上山砍柴的農民，「突突突突」地，從我們旁邊逆向駛過，滿載而歸。

到一個平坡上，忽然見到了飲馬槽似的一個大水池，還有一人多長的石鎖——翠屏山屬於八百里水泊梁山的一部分，相傳這石鎖是魯智深練功用的，形狀像大戶人家門前的拴馬石；稍前有兩塊立碑，看上去沒有什麼區別，可是分別敲一下，一塊發悶，是普通石頭的反應；另一塊則發出了清脆的迴響，有點像敲玻璃。是此山的一奇。

石鎖旁邊有一條半公尺來寬的土路，褐色，由於剛下過雨，凹的地方有點泥巴和水窪。小土路費力上坡，由西邊慢悠悠爬過來，又緩緩從東邊順下去。朋友說，那是牽牛牽羊來餵草的小路——他們小時候就是那麼做的：牽來，線留得長長的，拴在大石上，反正四下嫩草生旺，又有水池，牛羊都受用，自己轉臉跑開，爬樹上坡，掏鳥蛋摘果子燒螞蚱，嘴巴吃得黑烏烏的，野夠了，天黑透了，才想起回到這裡來，拉上肚子同樣滾圓的夥伴回家。其實，這樣的小路才是我想要走的。

轉過彎，有一位算命師，坐在一個水池邊，東、南壁為塊石壘砌——《平陰風物志》載：「泉曰朝陽」。向北又一彎，有寺廟，名叫寶峰寺。寶峰寺的上方，有一棵老榆樹，一半強旺一半焦，如一篇繁複駢文，生生給斬掉了三千字。老榆樹的具體生長年代沒人知曉，但從唐代以前就有文獻記載，因此，迄今至少已生長了一千三百年，胸前掛著標誌光榮的綠牌子。普通的榆樹是先長榆錢後長葉，它是先長葉後長榆錢，錢為單籽，大如銅錢，肥碩甜嫩。老榆樹樹枝、樹幹均朝西傾斜，暗合了佛家的吉相。此樹是翠屏山又一奇處。

寶峰寺為唐朝所建，舊時每年農曆三月初三是寶峰寺的傳統廟會，其時寺廟內外演戲說書，貨物紛雜，鼎盛一時，寺外有大灶，常年不動，笨石壘成，灶底烏黑。還有野草，純樸深靜，不增不減，在灶邊，半人多長，弓著腰。

出山門，等陡梯，循一盤一盤的路上行，過幾個現代仿古建築，峰迴路轉，大有可觀。此處山勢奇絕，峭壁上生有樹木，以檜柏居多，還有一些常見的草木，繁茂得嚇人一跳，它們隨意生長，密密麻麻不計成本地，長成了「噠噠」的馬蹄聲，像極蒙古袍花邊的「樗桃子」，老是掐不成雙數葉的「掐不齊」，一拔根鬚一大片的「拔根草」，還有一種「曲曲草」，摘一片，葉脈裡有新鮮的汁液從掐斷處流出，奶白裡透著微綠……擠在一塊，一團團黑雲彩似的撕不開，又很有趣。看見許多種子，落地的，草木上的，形狀各異，掂起來很輕。採了許多，小心放入我隨身帶的書包裡，書也有了秋意了。

想來種子的作用，即為一個即將萌發的生命貯備能量，為植物的能量集中地，也是全身最具靈性的部分——還是個大秘密。因為這些，我很想回去在自己的花盆裡，一種究竟，看到底能發出什麼樣的芽，開出什麼樣的花。這是不是美好得一塌糊塗的事呢？想想就偷笑出聲了。

還有一些野果子，叫不上名來，譬如一種杏黃、帶一圈子毛茸茸軟刺的，一種通紅光亮、圓溜溜的，都挺好看。展作家為我摘了幾個青酸棗和嫩皂莢果，嚐了，味道很鮮，只是核很大，差不多占去整個果實的三分之二。他說，每次五、六月，整山開遍玫瑰花，好看著呢。我們來的季節不對，初秋，開過去了。

滿眼的綠中，隱有一塊黑石，凹進凸出，造型特別，且青苔遍佈，上下兩疊，側刻「疊翠石」三字。名字俗，石也醜，整體上卻很吸引人，一下就注意到了，用手摸了摸。邢老師介紹說，每當下雨天，從這裡朝上望去，會看到一片雲霧，仙氣氤氳，還有處處泉水，飛流而下，所謂「一道岩縫一眼泉」——「水山」嘛，千百年傳下來，自然不虛。可惜天響晴，看不到，只見大朵大朵的白雲，開在淡紫色的天空上。不過憑空想想一山動起來唱起來，就覺得高興。

繼續攀登，就看到此行來的目的地——多佛塔了。說起來也是奇事——看塔高高立著，上鐫許多佛像，塔身還明顯西斜，大搖大擺地立在那裡，沒有任何的保護措施，譬如玻璃罩、遮雨棚什麼的，可不知什麼原因，佛像的眉眼輪廓、身體、動作，竟大致清晰地保持了原來的模樣——而很多類似的事物，譬如佛慧山頂石壁上的唐塔，不過是幾何圖案的簡潔浮雕，形體還小得多，卻早面目全非。真是想不通。

想不通就不想了——人活著，能想通的事其實並沒幾件。就這樣，時光很無情地，將它留在了這裡，促著所有的活物向前走；所有的活物都更替了不知多少代，這一座塔，卻還是原來的那座。一千五百年過去，只有它活了下來。

山頂主峰稱寶峰，上建「玉皇廟」，廟門在南，石砌拱形。廟分兩層，於門內沿石級可登。朱門矮小，門外石橋，橋側各有古柏一株，老枝縱橫，充滿時間感；門內為小院，看門人吃穿用度都在這裡了，煙火氣與仙氣並存。

這塔不知是何時何人所作？如此精到，堪稱完美，與古佛雕鑿風格十分協調。尤其值得重視的是，地宮內供養著釋迦牟尼的真身舍利子。按佛家的要義，真身舍利子在此，有如釋迦牟尼佛在此，淨心誠意地繞塔三匝，可獲得不可思議的感應。

唐朝也真是個不可思議的時代啊，似乎人人都是藝術家。古塔由青石構築，八面，密簷十三層，每層東西南北四面，皆辟佛龕，內嵌雕石佛像，有缺失，好在所剩諸佛大都沒有損壞，還是唐朝時候雕鑿之初的模樣，胖大美麗，和那個朝代一樣雍容慈愛。只有一、兩座缺失的位置，被施主還願給換成了彌勒和觀音，還是瓷的，讓人哭笑不得——今人太聰明，又急功利。

因此，道理雖明白，還是貴行履，貴形式，而不貴知見和內心。豈不知，神或外物，都依靠不得——你可以信任他（她），讓自己安定，這是一個基礎，從而借著世間的悲歡離合，逐漸發現這個世界的漏洞，卻只有自己，才能讓自己放下心事，一心好生活，對未來有盼望。這也算佛家的要義之一了。

西面第一層，安坐的是主佛像，他結跏趺坐，有著波紋般被吹動的衣角。而面目豐隆，正大光明，將每個人都照成了佛掌裡的小人。

在玉皇閣上仰望多佛塔，橙黃的日光照過來，溫暖安謐，層層古佛，各個如生，真是美啊。不一會兒，又晚霞斜映，無物不紅——人也紅。晚霞消失的最後一刻，雲飄水流，山似剪影，塔似剪影裡的剪影；巴掌大小的黑蝴蝶，在黑暗裡時起時落，彷彿是場默劇，與夜揉成一團，分辨不清了。而一山蒸騰起的小葉艾肥皂莢香，松針柏子香，風香……手挽手，努力地香，只為聽我一句讚美。

年與時馳，意與日去，生命像地平線，悠遠地消失，傷感卻又自然，若悟性不達，或達得太過，將何以堪？

仰望真是一種讓人著迷的角度，如此便一切俗務都不見，只看到了虛空。而有些事物，彼此之間是有感應的。至此，想起一則不知哪裡聽來的歌，頗有《好了歌》神韻：「居山好，居山何以好，起時日高睡時早，山中軟草以為衣，齋食松柏隨時飽，臥崖龕，食枕腦，一抱亂草以為襖，面前若有虎狼到，一陣風來自掃了。居山好，居山好，名韁利鎖斬斷了。一日一餐四時衣，慈悲喜舍忘記了。居山好，居山好，七情六欲參空了……」想著想著，就癡了。

看到這山、這佛塔，就像看待久遠的朋友一般。沒有生疏或者膠著，是如此的不偏不倚，恰到自然。是相看好處卻無言的自然。也許正因是安靜之地，才有連番美景疊出，一派清涼心境。真是件美妙的事啊：不足百里之外，就有這麼一座山，讓人心滿意足——相信吧，世界對於肯清淨下來的人，會呈現更多的福報。

說到底，它們不過是普通的石頭，卻因吸取了日月精華，沉穩而具有了強大的氣場。用自覺的心性凝視，此刻帶來最大的寬慰：一切生命（石頭其實也是生命體），對其自身的機遇及其自身的意圖，都保持開放；其自我和本質，交匯於上蒼恩賜的光亮中，得到了成全和庇佑，因此獲得喜樂，以致永生。

一個又大又紅的太陽，從那裡慢慢墜下去了。塔下院子西邊的角落裡，有上香的壯婦，燒爐膛一樣地燒著一把高香，香氣繚繞中，聽見我們的動靜，轉身仰望，嘻嘻笑著，粗眉，不規則的窄額角，倒瓜子形、通紅的大臉，純樸動人。一種類似追溯的意味被呈現——那是大地之上自然人的本來狀態。看到這樣的人，就很想哭。

出閣來，遠處的燈已開始三三兩兩亮起來。我拿起院裡的掃帚，掃了幾下，刷刷有聲。院裡四處可見鼠尾草、白茅草，風吹來，彎腰而圓挺，顯示著生命的茁壯和力量。大自然提供了關於生命本質的跡象，供我們閱讀，也是值得感恩之處吧。身處山野間，深靜無邊，會體會到山的寬廣，有大的氣度與渺小的人類形成交流，而人類在自然中被接納，也就從另外的角度給人的存在提供了證明。

扶著掃帚，突然產生了一種莫名的感覺，心裡空曠，再無旁騖。一時間，這座山是我的，一山的林林總總是我的，我也是這座山的了。清新中帶著柔軟的微苦——看那山下，還有什麼可以記得？還有什麼可以忘記？

要離開了，心裡清楚。可是，似乎一下子走不出來，石頭，石頭，石頭，石頭……那個神所在的世界，此時真如時間經過，不留我住。

必須抽袖離去了，而我的心，還在那裡。

下山時，天色暗沉，我不停地回頭，風逼出眼淚。

一路都在想著不知什麼人的一句：「誰與青山在，天花落紛紛。」

濟南四季

†春

地氣一動，人們就開始常說一句話了：濟南春脖子短。

濟南就是春脖子短這一點不好。可是，是不是也正因如此，人們才更珍惜它呢？珍惜它的表現就是：無論是誰，擠出一切可以擠出的時間，在萬物生發極其集中的一段時間裡，放下手中的工作，收拾自己的身體和心成一座空房子，準備專心去裝一些植物來，那些世界上最好的好物。哦，驚蟄開始了——是誰，失手打翻了一杯隔夜茶？某些不明所以的東西在到來，白色的煙團包圍了四野，各處瀰漫著蠢動的腥澀。於是，春天的到來成為了一夜間的事。早晨一睜開眼睛，就見空地上無端多了些濕漉漉的印子，小小地凸起像魚兒吐的泡泡，這兒一團，那兒一簇——是蚯蚓活動筋骨的痕跡。接著，迎春不知道誰仿效誰，模樣差不多地爭著挑出了黃燈籠。然後，很多很多的愛和力量甦醒了，整個大地，寂靜中充滿響動。

不少人會不由感歎：多好啊，和我小時候的一模一樣啊。如此看來，很多時候，我們自己勞煩得過了，面對這些，才想起來歎息「蝸牛角上爭何事」——原來人生在世種種辛苦，各種計較，目的不過只是要回到以前某一年記憶裡的樣子：看看花，聽聽水，給予自己行走的自由，想像的空間——如此而已。這座城市深諳此道，踏實，清醒，不做高調鳴蟬，只歇不做；也不做塵網勞蛛，只做不歇，它張弛有度，火候拿捏得恰到好處。

濟南的好植物很多啊，以至於沒處盛沒處擱的，非要將一個已經很大的植物園改成「泉城公園」，在不遠處又建了一座更大的「植物園」。而你去到三十分鐘、二十分鐘就可以到達的南部郊區，一下子就可以看見，到處都是新翻的泥土，喧騰騰的，黃色夾著褐色，一道一道的，摺扇一樣，打開來，滿是虹彩。

城內城外的小山們就不用說了，積攢了一冬的綠啊，這時說什麼也憋不住，一股腦地全都傾倒在山坡上，沒有了疆域。漿果，灌木，蕨類，草木你推我讓絞出了汁，連石頭也被這綠泡軟了，就要興致勃勃開出花來。而滿城的柳如煙似霧，沒邊沒沿地蒸騰、洇染開來。到小陽春，柳絮都飛起來了，柳樹的心都飛起來了，它們成球，成團，追逐嬉鬧，如同一群白衫少年——它們飛奔在半空裡，不肯再回到凡間。這時候，你被柳絮煩惱著，也歡喜著，走在柳絮裡，像走在夢裡，一切都不真實起來。

相信吧，無論有名無名，戶口在城裡還是鄉間，植物都是這個世界上的非凡之物。而濟南處處有水，自然也處處有植物，處處的植物都生長得水潤純良，像一些美好的人。

就這樣，隨著雨一次次的返回，大地寒氣散盡，變得整個香噴噴的，遍地花開。在街上走著，會生出一種小醉的感覺，精力集中不起來，腦子也有點懵。花都開得發酵了，像給大地吃了什麼藥。這種日子，在屋子裡根本待不住——你會一整天一整天泡在戶外，捨不得回家。

這叫你的眼睛和鼻子也閒不住。因為自從迎春和連翹開了門，花朵們的拜訪就從來沒斷過——黃花朵還真是一種急性子的顏色啊，率領著顏色家族眾姊妹，用百公尺賽的爆發力，一刻也不停地前進。她們的潔淨讓人簡直想一朵一朵、一瓣一瓣展開，在上面書寫詩篇。她們多有耐力啊，所謂開到荼蘼，也還是向前奔著——春至而梅、而櫻、而海棠；春深則桃、則李、則丁香；即便春去，還蜀葵，還蔦蘿、還薔薇……花朵開了又開，開了又開，將身體裡的呼號都給喊了出去。那些大都有著草字頭、木字邊姓氏的小號們，一百萬、一千萬支地演奏香氣。

與香氣結伴而來的，是一群群的蜂子和鳥兒——鳥兒用不同的語言對歌，在枝頭跳來跳去，從早到晚都能聽見它們的歌唱。頭角黑黑、遍身黃嫩的蜂子，金粉閃耀，裙擺被陽光照透。

春天裡還發生著許多美好的事。比如說，蓮。在這個季節的尾巴上，濟南大大小小的池塘湖泊裡，蓮葉平水冒出，小小的葉子，羞澀地抿著嘴唇，打個哈欠就長成了小大人。他們舒展開來，平鋪下身子，躺在水水的軟床上，恨天恨地地等待起來。其實，不必著急，到不了夏天，白腰雨燕低低掠過水面的時候，他們這些「綠衣人」所盼望的伴侶——「粉衣人」就來身邊了，垂著眼睛，紅著面孔。在花下，人們的說話聲兒也溫柔起來；過了戀愛年齡的人，又想戀愛一次。

而對著蓮微笑的人、出神的人，也一樣，都是有福之人了。

✝夏

濟南的夏天很熱，像模像樣的那種熱，路邊的芍藥花甜美到了慘烈的地步，這河邊、那河邊的楊柳也是綠得快冒火。在陽光下，種種圖像都發出響鑼般的明亮。

而濟南自造十萬層的清涼，可以抵禦那熱。

想想濟南的四周，哪裡沒有泉吧，這些可愛的泉們，它們表面上看著各自過著日子，互不相干，私底下卻是打斷骨頭連著筋的親戚，泉套泉，泉生泉，泉泉不息。坐在趵突泉邊的長椅上，柳枝一大把，都拂到了臉上，癢癢的，看陽光折射到池底，石子被有放大鏡功能的波紋漾得一會兒大一會兒小。水碧透，無詞無語，只偶爾花瓣落下，打下一個個環環相扣的句號。渴了，到杜康泉接上一瓶「杜康」——如果你有足夠大的胃口，盡可接上嘴巴，喝掉一眼泉，然後再附贈你一眼泉——反正我們最不缺的就是泉，也許不用喝，嗅一嗅滿園的松柳清香，燥氣就全被擠走了。也可以乾脆坐在白雪樓前無憂泉邊，或漱玉泉邊的白色大石上，雙腳浸在冰涼的泉水裡，抬頭看對面的小孩子踩出、潑出、用水槍滋出的水從面前飛過，低頭看彩色的魚自由嬉戲，一條兩三尺長的「潛艇級」黑色大魚在池裡慢悠悠來去，警惕逡巡……這瞬間，世界萬象都不在眼裡了。

夏天的濟南還有樹——東，有龍洞，古木足有上百種，綠意深厚，天地都被遮蔽，常常還要拽上大霧來裁成這強壯大綠的花邊；中，有泉流匯集而成的大明湖鎮在那裡，荷花開也香，閉也香；白天也香，夜裡也香，很多人會在長椅上睡去，到淩晨也不想回家；西，有大峰山、五峰山，其實還有容易被人忽略的臘山，等等，都佈滿了樹木和高草，裡面掩藏著的泉，隨時擋住去路；北，一條大河縱貫在那兒，還有數不清的楊柳罩著，朝高高的黃河大堤上一坐，風一來，簡直哪裡也不想去了；南，就更不用說，南部山區，那是一城的水源啊，涵養全部的泉，還有樹。一架大山就是一個軍用水壺，有點歪斜地懸掛在那裡，東南西北風搖一搖，就「嘩啷」、「嘩啷」，傾倒出水流，百年千年過來，不乾也不枯，在旱季涓涓細流，在雨季飛揚成瀑。

在城市內部，那些著名的街道上，也是不缺濃蔭的——南外環前幾年栽的樹都長起來了，還被稱作「月季一條街」——月季的香本來已經出色，何況再「一條街」呢？在那裡散散步都能散成花仙子，玉函路卻又「薔薇薔薇處處開」，一遍一遍地，塗滿夏天，重瓣的熱烈，單瓣的清寂，紅白粉輪番著來，像這種植株自己的專場演出，其驚豔程度可與前者比肩；堤口路靠近人行道種著特異高大乾淨的白蠟樹，樹齡都有了幾十年；英雄山路兩邊是整齊劃一的雪松，一棵就價值十萬多元，可見有多高大俊逸；緯二路上的法國梧桐，直徑兩個人都摟不過來，六、七層樓高，一望就是兩排綠巨人，都能在其中排演童話劇了；而馬鞍山路則足足有六排種類不同的高大樹木！藍豔豔的閃著光，有的居然是上世紀五〇年代的「作品」，堪稱經典——像這樣一條馬路就趁六排大樹的豪華氣派，在全國來講都是不多見的——包括汁水多、草木多的南方。

於是，一切都密集起來，一切都接續著春天，加深了春天的色澤，並沒有分開來的樣子：花兒繼續開，鳥兒繼續唱，山繼續綠，西沉的太陽繼續西沉，在湖邊的小池塘繼續在湖邊，繼續蓄滿心事，天空繼續飄著雲，如孩子們繼續快樂。而群泉活潑，草木單純，一片水，一片葉子，一片片都是清涼的小世界，令人安心。濟南簡直是躲藏在水底、葉底和快樂底下，過夏天。

即便夏天裡溫度突然飆升，人們也都篤定安然，因為毫無疑問，雨就要來了，不管是隨風潛入夜，潤物細無聲，還是劈裡啪啦雨打荷塘，明朝的一場徹涼是無疑的，而泉們又會漲上幾公分。這個城市每天例行的天氣預報上，會比其他地方多一個特別之處：「趵突泉水位情況、黑虎泉水位元情況」，它們的漲或跌，都讓人牽掛。

就這樣，在夏天，人們會看到許多讓人愉快的事物。一株一株挺拔入雲的銀杏、懸鈴木和白楊樹，一條街一條街抬頭不見低頭見的黑松和雲杉，不慌不忙地結縭連枝——這些街道，橫成排，豎成列，以經緯線命名，是全國或全球獨一的吧？又簡易，又好記——再大的路盲也不用怕，不必看太陽，橫著豎著數一數：一、二、三、四……心裡就清爽了。走在街道上，感覺像走在地球儀上，很是奇妙。

靜美而富饒，濟南的夏天，方舟一樣泊著。一切都安然無恙。

†秋

到了秋天，我們常常被這座城市異乎尋常的顏色所震驚。

這是爬四周小山最好的時候了，大地在收穫，萬物在沉穩採集、鄭重捧出，對人類發出邀請，一切都豐肥厚實起來。在這些散落在城市邊緣、鑲著柏樹藍郁花邊的小山上，果樹已經結果了，山楂、柿子、核桃、櫻桃……密密麻麻，風吹果落，香隨風送，它們的葉子則先青綠，再嫣紅，為山體抹上了一層又一層油亮油亮的顏色。一棵樹就是一座島嶼，座座「島嶼」在天空下，既輝煌燦爛，又溫柔安寧，呈現著大千世界的秩序榮光。讓你一時相信，許多的美，在我們看不到的地方，在自然中，細水長流地秘密流傳。

說到濟南的秋天，就不能不想到一個地方叫「紅葉谷」，你去了兩次都不曾見到想像中漫山遍野開爛的紅顏色——時候不對。但是記得那裡有一面牆一面壁的薔薇，雪堆似的，嫩粉暖白，開得不留餘地，像放學時大江一樣湧出大門的孩子。山色為之改。

花紅也是真的。城中有座佛慧山，古來就是著名的賞菊地點，到這個時節，滿山滿坡的，都是菊花，自由奔放，沒有半絲扭捏，開得很徹底，恨不得連葉子也開出花來——其他季節也看不出這座山的不同尋常。可是，就是秋天這個按鈕一揿，它就開花。那些小小的白花朵黃花朵，有著異常潑辣的生命力，前赴後繼，柔軟爛漫，要一直開到整個深秋過完——整個秋天，整座山，會排山倒海淌著香氣，將世界全部的美展露在你面前。

當然還有河流。河水不見底的地方，水藻四季長青地綠著，濃，密，長，沉甸甸，且永遠動著，腰肢細軟。是那種仁愛富足的綠，無論魏晉不知有漢的綠；兩邊河沿上依然是樹：柳樹、楝樹、烏桕樹、山楂樹，霜降之前，奔跑著的孩子一樣活躍；在小清河兩岸，還有許多栽種不久的白楊和銀杏，它們的活潑是相互傳染的，過不了幾年，又是一大片的葉子，綠綢子一樣，蓋住了河面。

與小山上一樣，有河流的地帶都埋伏著看不出實際面積的樹林，只是樹種有所不同——白楊的闊葉一團一團雄強的煙黃，銀杏的扇葉半圓半圓鶯豔的明黃。它們本來就是這個季節的主人翁，點染得處處國畫、油畫、水粉畫。可是，畫家如果真的住到這裡來畫，多半是要吃虧的，因為畫出來的風物必定太像假的，不能服人——看過畫的人，會懷疑作者將半生走過地方的所有好物都集中在一起了。難怪《馬可・波羅遊記》裡，提到濟南時，那個見慣大世面的義大利旅行家也忍不住說：「……這地方四周都是花園，圍繞著美麗的叢林和豐茂的果園，真是居住的勝地。」

有花有葉有果實，有蟲聲，加上螃蟹肥，喝酒的日子便多了起來，況且，秋天本身就是一個大酒甕，會私藏許多酒：桂花酒，蘋果酒、老白乾、女兒紅……抿一口，就會覺得把整個秋天都喝了下去。在七仙泉邊，在甘露泉邊，在白雲泉邊，在自家院子裡古井模樣的無名泉邊，人們把秋分霜降白露，全當節日過了——他們借著一點酒意，從李太白的癲狂、蘇東坡的曠放裡，下載兩個月亮，一個放飛天上，一個浮水上，將四處邊邊角角所有都照到，再左右前後，甩著臆想裡的長袖子，在大片玉白色鵝卵石、青磚石鋪成的路上來回走走，就各個走成了詩人——濟南的秋天因為有這些泉的涵蘊，自有一番人世飽滿的自在。

我們熱愛這個季節，以及這個季節的這個城市。它們共同有著一個龐大的氣象。我們從這裡望去，就君臨了整個東方的詩意。

顯然，悲秋是個永恆的話題。在中國人的眼裡，秋一般帶給人悲涼的感受，比如到了深秋，雨會一場接一場地下，天氣涼一些，再涼一些，終於枯寂荒寒。我們看到，生命繁花凋謝前的斑斕，其實就是絕望——這個洞徹，也許因為我們感悟到個體生命與時空的抗爭，無非一場無懸念無意義的遊戲。

人人都是滄海一粟，「一粟」能讓滄海變回桑田嗎？不能；「一粟」能避免生命過程中深長的倦意嗎？不能。然而，如果選對了一個地方，一個有山有水、有眾多植物、有敦厚人心的地方，去盛放自己秋天的思緒，那麼，那份酸酸的悲涼也就被釀成了微甜的喜悅。這個地方，無疑最好是濟南。

✝冬

濟南的冬天雖然沒多暖，但還是比別處要好得多，至少風就不多——濟南位於濟水之南，北面黃河流過，形成了一個獨特的「V」形，生活在這樣一個城市裡，感覺安穩，滋潤，被庇佑，會有安全感。

況且，濟南的南北西東，皴皴點點、大大小小都有山，或漫長延展，或獨自成城，擋住了西邊、北邊來的寒流。於是，萬物睡下大地歇，不大也不小的濟南城在冬天，就像一個還在孕育中的寶寶，舒服地躺在子宮裡，吮吸著泉汁的甘甜。這個寶寶裡還套有許多「寶寶」，一環一環，無窮無盡——所有的生命組成一個整體，人類以及與人類共生共存的所有，一同受用著造化的這份惠澤。

而造化安排四季，一個不多，一個不少，一季有一季的道理，誰也不能代替誰，真是美妙。就說濟南的這個季節吧，味道全變了，好像一面好好的白牆壁，撕掉油畫，換上了一張水墨——秋去冬來，美也換了形式。

那些小草甸也和柳樹一樣，遲遲地不肯皈依季節，從新綠到蔥綠到翠綠再到墨綠，墨綠很久，然後定格在黃綠上，直到最冷的日子，才一夜間老去，卻潔淨輕盈，仍像一大塊玉，安靜又神聖。老去的柳樹也好看，柔軟的鐵線垂懸有序，根根透風，在藍天上垂釣麻雀——麻雀雙腳蹦跳的樣子多可愛呀。老去的白楊樹就更有趣了，巨大的鳥巢突然顯現，讓一棵樹變成一個家，深褐淺褐，草啊細木棍啊，被鳥兒唾液黏得結實，看著亂七八糟，實則非常精巧。鳥巢跟樹長在了一起，不遠就有一個，足有兩三百之多，如同一封封寄向人間的家書，平凡，然而神奇。也足可想像，裡面暖和和的，盛有五、七百個鳥蛋，天藍天青地睡在裡面，到春天就是五、七百隻小鳥兒，通身清潔，微濕著絨毛，伸長著脖子，張著小嘴，露出嫩黃的喙，給那老鳥兒要吃的。小草甸即便老去也並不乾硬，小麵包似的擱在那裡，毛茸茸的，帶著糖霜。

而老去啊，實在不是什麼可怕的事呢，那是時間在沉澱，在積攢力量和迸發的歡樂——如果你見過春風是怎樣將綠從小草甸萎掉的根底下吹出來，就該為了小草甸的老去而鼓掌。

大明湖也經常忘了結冰，大霧茫茫，日夜蒸騰，襯得湖心島成了仙境。還有一種鳥，一到冬天就成群結隊地飛來湖面，老濟南人叫它們「老等」，因為似乎光知道定那裡站樁，等著魚。看著傻呼呼的，眼卻雪亮，「老等」看上的魚一個也跑不了——有時候，你會看到一排「老等」站在那裡，長喙，縮脖，眯眼，乖順地低垂黑翅膀，露出豬油白的圓肚子，一動不動，像一排安靜的黑白鍵等著你去按。

大大小小的泉池，更加起勁地，嘩嘩嘩，冒著熱氣似的白氣——在西郊，興濟河畔，森林公園的千畝林海附近，以及東郊的遙牆，北邊的商河，真的都有溫泉呢，一年四季溫呼呼的，像有個好老人邊打著盹，邊不停地煲著一個咕嘟嘟冒泡的鍋子，爐裡的火小小的，可是不滅。

下一場雪總是好的。一下雪，人們就紛紛從自己熱騰騰的小窩裡鑽出來，急匆匆，奔向街頭。相互問候的話也成了：「下雪了。」「下雪了。」臉上帶著笑。一場雪後，世間所有都泛著一點天空似的淺藍色，像一張張日報，公開發行，坦白於天下。

說不清哪一天，天上忽然熱鬧起來，泉城廣場，植物園，金象山，小清河兩岸，小山包周圍，黃河大堤……一切寬闊的地方，不論哪裡的天空，都飛滿了長著翅膀的「彩雲」，順著風向，在藍色的大幕布下「啊啊」齊唱。鴿子被一時間冒出的景象嚇呆了，只會「撲楞」一聲，從這邊枝頭，到那邊的屋頂，大得誇張的「鷂鷹」，「蝴蝶」，「畫眉」，「蜈蚣」……都在天上飛著。

其實真正飛著的，是手裡牽著長線的人呢——小孩子滿頭大汗，小孩子身邊壯年的大人滿頭大汗；小孩子牽著長長的線跑，大人跟著小小的孩子跑，他們的身體和心都跟著那風箏飛上天去了，後來就不知飛到了哪裡。平展展的大地也被他們迅速的來來去去，踩成了弧形。

老人放風箏哪會如此毛躁，他們穩穩坐在小板凳上，掌握一股極大的力量而不動聲色，像是一尊佛。

這時，春天已經不遠了。

新大明湖一角

在我們的視覺經驗和文學經驗裡，還沒有過這個新大明湖的影子，可它的確成為我生活中不可分離的伴侶。

所謂「伴」、「侶」，就是「我沒有你就是半個人」，就是「兩口人組成『對』」，你和我相互給予溫暖和安慰。它給我的就是這樣的感覺。慚愧的是，我還沒有什麼可以給它。也許這篇小文權當代表我的心。

我喜歡這裡，多是因為它安靜（雖然每天早上都能聽到許多鳥叫聲），還有許多草木。岸上水中，抬眼就見到了。低頭又是書。似乎世界全部的安靜，都安頓在這個角落。真是好得不能再好了。

這個地方說起來挺小的，不過是城市北部的一個景點，一個景點的一小部分，似乎哪天被風吹來，落到了這裡。

說到底，人和熱帶植物、耐寒植物也沒有多少區別——世界很小也很大，每個人都會有適合自己的一個小生態，水土相宜，磁場相吸，讓他（她）在裡面如魚得水。在立春之後陽光漸漸多起來的日子裡，有著大把的時光讀書。而如果我不離開濟南，這個季節，就會每天都從家裡出來，到這裡讀書，散長長的步。我的工作勞累，需要這樣的散步。唉，不一定非要在大溪地或拉薩呀，如果你覺得幸福，在哪裡看一切事物都美好，那麼，這個小生態就是你的天堂，倒不必管別人怎麼看怎麼想。

一到這裡，我的勞累就全部跑到它裡面去了，它消化了那些勞累，像一個神奇的的機器，將勞累全部轉化成了愉快，其他的事物和意念都消失了，只有愉快。我脫了殼，步伐輕鬆，在這裡走一萬步也不覺得勞累。我甚至得寸進尺地，想得到它的一間房子，哪怕很小、僅能容身也可以，一個房間也可以，只要光線明亮，窗外能看到高大的樹木，這樣，就可以和我的舊物，和書們生活在一起。旁邊就是水，半夜臥床讀書，會聽到水聲甜美，感覺自己是躺在木筏上；地板就用沒有敲打過的石頭鋪，要留有縫隙，以便讓蕨類植物在裡面長出來。

此外，我還想有幾束鮮花，百合或小蒼蘭，都可以，每天切下一段莖，換水。要一隻貓，一隻狗（貓可以任意在我的床上睡，狗不可以），以及兩三雙舒服的平底鞋。還要一個筆記本，用藍色雛菊印花小包袱包著，筆記本要很大，紙張要白，讓我可以用鉛筆在上面寫足夠愛、足夠喜悅的詩，還要有一台電腦，用來寫隨筆和小說……當然，這是不可能的，但想想已很喜悅，和得到了它沒什麼區別，就像愛著一個人，不必在一起，甚至不必說，心裡彼此有，就是合成了一個。

這就是那個免費開放的大明湖南岸，它有多麼大就有多麼美。我起意要來，鞋子也歡喜等待。

我一般都從新大明湖的東門進，那裡有我家直達的一條公車路線；有時也從北部入口進，因為這邊有好吃的：片狀的鳳梨、哈密瓜、冰糖葫蘆、蓮子粥、棉花糖、葡萄乾……都可以買到。有時我會帶著這樣的午餐，在亭子的台階上鋪上自己平時書包裡隨身攜帶的布，簡單美味地吃一點，然後再接著看書，累了就散步。

進了北門，直走二十幾公尺，就是北渚橋，過橋即西走，五、六公尺之外有個雕塑，造型是母子，母親眉清目秀，長裙拂地，顯出細腰的對襟中衣，中袖溫婉，腕上挎竹籃，裡面盛有幾節新摘的藕，另一隻手指著一個方向，口裡喃喃說著什麼，眼神疲倦；兒子不過六、七歲的樣子，頭戴一頂柳條編的小「帽子」，脖子裡帶著長命鎖，身穿肚兜，短褲，急得要哭，身子使勁朝母親所指相反的方向傾斜著，腳邊小狗也使勁叼扯著他的短褲一角，朝著他想去玩的地方，小腦袋高昂，眼睛緊盯著女主人的眼睛，極力幫著說服她，遂了小主人的心願……大概是母親帶著孩子，從大明湖采了新藕，要回家去，好備晚飯，而孩子一出來就野了，滿目的新鮮玩不夠，因此和母親有了紛爭……就是這樣吧。雕塑生動傳神，自是高手所為。

那個亭子是我很喜歡的「據點」：一面臨水，兩面半探入水，這樣一來，整個亭子幾乎是半個湖心島的感覺了。

喜歡的，無非草木：亭子左側是水草和睡蓮，密集沉重，岸上高處是紅葉樹，一片一片，都是詩人的心臟；矮處是灌木，春意深濃，擁擠瘋長，是奔跑的孩子腳。深紅蔥綠，錯錯落落的，總歸逃不出這兩種顏色。稍遠處，生著些白皮松和美人梅，還有全身沒一個雜點的黑色小雀，常在此處活動，一口一個，邊啄食玉米粒大的紅色小漿果，邊看人來人去，像人看風景，不懂畏避。偶爾有些很大的梧桐花旋轉著，「啪嗒」、「啪嗒」重重地落下，給綠草地添一點點白和紫；右側橫擺一隻小船，風吹過來就微微搖動——左搖搖，右動動，很慢，很漫不經心，睡著了一樣。右岸上則滿栽成片的修竹，繁茂成林，夾有幾株垂柳，也有杏樹，沒有花兒，葉子正好。這就是亭子名字「一竿亭」的由來吧。

亭柱兩邊有一副對聯，用石綠顏色的楷體寫著，有幾分顏體風骨，憨厚而不乏豐美：「杏花含露團香霧，竹影輕雲拂綠煙」，正應了景。

其實四下還有許多植物，被掛上了標牌，名字和習性都寫在上面，像一本迷你版小書。剛來這裡時，甚至不捨得全部看完，心裡分開次數，一次只允許自己看一種，看著一種新植物，就在它旁邊待上一分鐘，或者幾個小時，讓它們認識我，我也走入它們的內心。正要開花的，會乾脆看上一天——看一個完整的開花過程是讓人著迷的事情呢。我常常捨不得告訴任何人這件事，就像恨不得天下人都知道這件事。

阿姨們常常在那裡話家常，她們高興地說笑，拍手，唱歌唱戲，不會影響我，就像一隻七星瓢蟲落在我的書上，更能增益我閱讀的癡迷——我會因為她們在而讀書更專心，更有效率，就像我爸爸，身邊越有小孩打鬧越睡得香似的，呵呵，這個也遺傳。有時我會抬起頭，笑眯眯地看她們，她們也笑眯眯看我。阿姨們頭髮幾乎都白了，皺紋褶子一大堆，可是童心有趣，比你我都強。她們很會唱，老的新的，什麼都唱，身板直，表情豐富，聲音洪亮——沒有麥克風，就用嗓子硬喊，但有自己的京胡、手風琴兩人小樂隊伴奏。如果不是有人說「時間到了」，阿姨們可以一直唱到喉嚨冒煙。一般情況下，她們如果不唱「在那遙遠的小山村小呀小山村，我那親愛的媽媽已白髮鬢鬢」我就不會抬腿走。時間長了，她們看出我不喜歡這首歌也就不唱它了。

阿姨們晚上也來這裡跳舞，在這裡，一進南門處、超然樓下面和朝西一點有著「魚鳥自由」區額的雕塑群迴廊那裡，各有一個舞群，所配伴奏樂有民樂、西樂，不一而足，想來喜歡跳哪個類型的舞就可以選擇哪個團隊。那天晚上，磊子帶著我和大衛，欣賞各個跳舞隊的舞姿，走一陣子歇一會兒，數著念著，踏遍了總共的二十八座小橋，看它們的倒影，以及被彩燈照得如同佈景、遍佈岸上的樹叢，還有水裡的黃薑花……多讓人高興的一種植物啊，它們一大片一大片，比人還高，花開得旁若無人，粗枝大葉的樣子也極可愛。很多花都謝了，將岸邊水面鋪得滿滿的——之前十幾天，也曾來過，那時花開得極好，又豔麗，散發出同它們的體量、顏色十分相配的香味。

站在那裡，深吸一口氣，就不想走了——覺得是在夢中。它們座座樣貌風格氣質，完全不同，巒有些古揚州二十四橋的味道。特別棒的是，在某座橋邊，居然還精心保存了一段古牆，上面長著幾棵不知什麼年代的老樹，似凌空逾越而來。牆不倒，樹不伐，沒有比這更好的事了。

當然，不能苛求同古人一樣的技藝高超。何止技藝？心性不安然，什麼還能做到那麼好？哪裡還能找出人與自然相互吸納的能量場？心性的不安然，又何止一個城市？一個國家或一個民族的精神、脈絡、氣息是不能割裂的，重建或重續，都會顯出手忙腳亂、力不從心之象。血脈不通還算是好的，就擔心縱然妙手也難回春。好在我們的新大明湖不是那樣，否則我會放棄它，到遠處去。

當然，也有戀人和遊客喜歡這裡。昨天我就見了一對大學生模樣的戀人在亭角，依偎著看腳下睡蓮，而他們旁邊，一對新疆的小夫妻正在起身，向西邊走去。新疆女頭上緊緊裹一條五彩閃亮的頭巾（大概是防曬吧，也可能是習慣），露著羚羊似的大眼睛，臉蛋紅撲撲，讓人憐愛。

緊挨著亭子西側的，是一小片池塘，也許是大明湖裡的水隔出來的吧？否則怎麼會那麼明亮？死命地亮。每到盛夏，裡面就開始睡上了莫內的睡蓮——是莫內的睡蓮啊，是那些渴望奇蹟的睡蓮啊，上面映著梵古的旋轉天空。仔細看吧，大師們從來沒有抽象過（他們一定看到了我們所不能看到的景象），他們不過是忠實記錄了他們所感受的真實——大師們的眼，看到的說不定比我們所以為的真實還要真實些。

而「抽象」這個詞，不過是後世強加給他們的荊冠，又不能跨到後世來拼命，不戴也得戴了——它們客觀存在在那裡，肥嘟嘟的身子，穿著精神抖擻的小圓蓮葉，尖尖角，深紅淺紅，光影閃爍而有所不同，胸膛裡揣著大師賦予它們的魂魄，安靜得像空氣。小鴨子有幾隻，不拘方向，胡亂游，有時鋪開翅膀，貼著水面，撲啦啦「飛」上一兩公尺，還常常頭朝下，直直地一口氣悶下水去，不知是覓食還是遊戲，到很遠的地方才冒出來，抖抖腦袋。如果你來旅行，正趕上夏天，再加上運氣好，還可以看到蜻蜓呀蝴蝶呀什麼的，很好看很憨厚，聲音脆脆地，落在蓮瓣上，瞪著黑豆子做的小圓眼，說悄悄話，濕潤忘情地擁抱……每當這時，我的心裡便妥帖安祥，用眼神撫摸它們。看著看著，有時就睡過去，一會兒再醒來。

佩索阿不旅行的著名宣言是：「我遊歷自己的第八大洲。」我在莫內的池塘，就是這個感覺。

偶爾，唱歌唱戲的阿姨們不來，比如下雨時。如果不是很大的雨，我會來的，即使來不及吃飯。因為睡蓮好看，雨中的睡蓮更好看，愛戀地紅著臉，撒嬌鋪滿一池塘的羞澀，像倒扣過來整個遍灑晚霞的天空。這種小花朵其實並不柔弱，在過去的漫長時光裡，它們是得了神諭的，自身光明，照耀四下，雨敲在上面，溫柔眠歌，硬是可以當音樂來聽——如果你願意，可以聽成那段著名的甘露《聖經·詩篇一三九》滴水樂，讓我想起許多美好得不能再美好的祈禱文。

這樣看著雨線，悠長而無力，充滿水汽和縫隙的間隔。會用雙手的拇指和食指架出一個取景框的模樣，對著睡蓮和其他。然後，就想留在一個個框子身體鬆弛、內心安靜的生命裡，不再出去。如此，遠處的山，近處的水，植物，小蟲子，我，就沒有了什麼區別，也沒有了老幼雌雄之分，全軀體透明。所有的，我們都會不朽。

還有那些橋，雖然雕工粗糙，但臥在那裡，還是覺得平常而美麗，讓我著迷。「拱」、「梁」、「亭」，各式都有，活像一些愛情片段，不盡相同，大致相似，從書裡用紅線給劃出來的段落似的，吸引著我的視線，讓人想起斷橋相會、草橋結拜、魂斷藍橋、廊橋遺夢……總之，是些優美又憂傷的圖景，讀一千遍也鮮麗如初。遠處的明湖，有彩色的小船往來，後面跟著兩三隻鴨子。大概是在撈水草——水草的生命力太強，不小心就撲啦啦炸開一片。

靠在椅背上，有一搭沒一搭翻袁枚的《瓶史》。抬眼時，不緊不慢地吃一點東西——假如待得時間夠久，須準備下午茶，就是幾片麥餅、一瓶牛奶、一碟蘋果派之類：如果有這麼好的地方待著，一天的飲食也不外乎此了，似乎剛動了吃點什麼的念頭，就已覺飽足。

此刻，拒絕一切似是而非的聯繫，十分冷淡，感覺豐富層次變化的、一天中的四季，而我所牽掛的人都在他們該在的地方，做著他們的事……心中不再有一點的要求。一切俱足。

這是我所知道的、浮世最好的時光。讓人想起，里爾克說：「除了在內心，世界是不存在的」。我好喜歡這個人的詩，還有他的玫瑰。

不遠處，常常有攝影人不小心將我捉進了鏡頭——沒關係，一報還一報，我也偶爾寫到他們。大家並不相擾，卻相互弄進作品裡，也是一種歡喜緣吧。光這麼想想就心裡美得抿著嘴笑了。好喜歡人和人之間心靈的溫度啊。

奇怪，在這裡，我常收到爸爸的簡訊，比平常收到的都多。比如，他老人家去川鄂旅行，來簡訊說：「這裡街上有許多紮小辮的小孩亂跑，像誰呀？」我就笑笑地回：「哈哈爸爸，像我呀。」想起我們父母兄妹團聚在一起度過的許多日子了。

這是我一生中最想做的事，這是我最好的安息之所。在這裡，就覺得過往很容易就錯過去的森林、山脈和青草，得到了補償；很容易就想起《雙城記》裡的話，多麼美好的一天，沒有什麼可以再使我傷感。

就像此刻，古老的事情，一直都在發生，幾億年前的陽光落在眼前，彷彿從來沒有移動過，恍若溫柔，又分明忠誠。而時間變得悠長，耐心緩慢，無窮無盡，是個金色的沙漠，浩浩蕩蕩一無所有，卻存了地老天荒般的安寧，刪掉開始，也省略了結束。有什麼倏忽而來，又飄然而去，過去未來，重門洞開，回頭、瞻望，看無數的燈打在路上，美麗明亮。永生大概也就是這樣。

相信，如果一直過寧靜簡單的生活，人的改變就會很小。

我來到這裡，就進入了它的詩歌語境，任憑它將我納成一枚詞語，安置在裡面。我們對對方完全信賴，將彼此交付在彼此手裡，彼此都像被對方清洗過似的透明。這樣真好。

在濟南看黃河

某一年的臘月二十九，我們開車心急火燎地回家過年。雪下得蠻大，風也呼嘯。我們搖上窗子，打開暖氣，還覺得寒氣直逼進玻璃。

剛出濟南城區，便到了黃河大橋邊，車子開始慢行。遠遠地望過去嚇了我一大跳：只見橋的兩邊幾乎停滿了車，吉普車、小轎車、大卡車……一字排開，車上沒有一個人，連繈褓裡的孩子也給抱了出來，都在那兒凍得瑟瑟地——看黃河呢！

說起來慚愧，別看濟南就在黃河邊，我真的沒有專門來看過黃河，最多是經過時看看水漲了還是退了，也就那麼一說，一分鐘過去後還是該睡的睡，有時乾脆就是過黃河也該睡的睡。可是這次不同，受感染的我們，也下車來看黃河——看看這些人看黃河的什麼。

只聽這些早忘記自己的家在哪個方向的、可愛的人們，在我們左右，操著東南西北腔，臉龐紅豔，額頭放光，興奮地大叫大嚷，有的忍不住指指點點——都有點捶胸頓足的意思了。帶孩子的，就一個勁地大聲講解；帶老婆的，就緊緊擁抱；老一點的，竟起了顫抖……激動啊，所有的人瞬間齊齊被同一把「槍」擊中，像一介赤子，一個完全不諳世事、只知道投向媽媽懷抱、尋求安然甜睡的孩童，漫天飛舞的大雪和滿世界撒野的北風，都不能阻止哪怕一點他們的激情。他們站成一畦畦玉米和高粱，斜斜地、有點雜亂地群塑在那裡——長在那裡，以一條河為中心，沉醉在直撲臉面、波浪夾帶的泥土之香中——這條河在大地的中央，向四周鋪開了它的磁場，最高端的雲朵和最低處的石粒，也張大眼睛，對她深情遙望。

他們一定和我一樣，並不是專程來看她，或許就在前一刻，也一樣因為長途疲憊而昏昏欲睡，向南或向北，心急車慢地駛去。一方方車窗如同一方方小手帕，以陽光閃動之勢，在彼此超車或交錯而過的瞬間，就已經在揮舞著「再見」兩個字——作為互不相識的人們，他們被關在各自巨大而擁擠的城市裡已經一年或者更久，如今在時間上無始無終、空間上無限廣闊的天空下，有了片刻的相遇，閃現，消失，註定永不再逢。生命的匆促和命運的強大都在這一極短的相遇中了。可是，為什麼呢？這種命定，在一條河面前，被清脆地打破。他們共同的愛情、眷戀、悲傷和歡喜，同時如紅血迸發，遮天蔽地。

而她，黃河，這個土裡刨食養活一大群孩子、一雙大手大腳怎麼洗都洗不乾淨的農婦，經過迷霧、雪山、森林、谷地、墳場、麥田、荷塘、暴雨而來，經過鑽木取的火、山火、野火、塘火、營火、燈火、磷火、戰火而來，經過沉重、粗糙、神秘、深邃、簡潔、率直、理想、勇氣、悲憫而來，踉踉蹌蹌，跌跌撞撞，不顧一切、捨棄一切地奔跑而來，疲憊且奔放……也許黃河景色究竟如何在此刻並不重要，黃河幾千年來大浪淘沙沉澱下來、金子一樣厚重的歷史淵源和歌唱一樣的浪漫思索，才真正是觀河的靈魂所在。

說實話，那種震撼，是一個人一輩子中見不到幾回的。到這裡，你才能知曉「炎黃子孫」四個簡單漢字裡藏下的深情。不到她的身邊，誰也不會想到，一條河對於自己如此重要。她一直埋伏在自己的潛意識裡，毫不覺察，可早晚有一天——比如這一天——她噴薄而出！

是的，那些來自海南或西藏，黑龍江或新疆的人啊，他們一定從小就從教科書上看過黃河的圖畫，跟著老師齊齊地朗讀有關黃河的詩篇；一定在聽到那首叫做《黃河》的大合唱或者那支叫做《黃河》的鋼琴協奏曲時，就恨不得撲到它的大浪裡去；一定在國家慶祝生日或者遭遇災難時，不由得想起這條名叫「黃河」的大河，或者乾脆沒什麼緣由、在夢裡巨浪排空過無數次這條形而上的大河……黃河在所有中國人的心的辭典裡，有個至高無上的稱呼：「母親河」。黃河是中國人共同的血脈，它渾渾濁濁地一往無前。

是的，像母親一樣，滄桑，慈祥，無論多少年，都從心上流過，永無止息——這樣的人或河，只有一個。她美麗得讓人心折，溫煦得讓人心疼；也蒼老得讓人心驚，辛苦得讓人傷感。如我們所知，黃河有的部分已經斷流，像疾病纏身，慢慢死去，而永遠不肯死去的，是那一顆母親的心。

也許濟南這塊地域，在以往幾千年的歲月裡，經歷了太多的變遷，身上印滿了疤痕和屈辱的血污，但是沒有關係，母親就在身邊——濟南是黃河她老人家膝下最忠厚耐苦、好脾氣、不遠遊、親力侍奉的老大。

如今觀黃河，在濟南有著得天獨厚的優勢：這裡的黃河右岸河段，河道彎曲狹窄，豐水期水流湍急，遍佈大樹的堤防，稱百里黃河風景區。人多時，長堤上觀河人潮竟達萬人之眾。中心景區內有二十四節氣、二安詞意漢白玉浮雕、歷史故事彩繪；翠竹園、紅楓園、銀杏園、杜仲園、鵲山、華山、主題雕塑、春秋齊魯兩國會盟台——濼上臺、觀瀾亭、大禹石雕群、治黃功績碑林……它們滿載著自己獨有的話語，一個也不能少地排在那裡，似乎是黃河一夜之間生出來的——既不高蹈，也不市井，像裡面攝有奧黛麗・赫本鏡頭的黑白默片，雖然年代久遠，但比任何一個當代的「小明星」，都更值得為之傾倒。

想來長堤迤邐，懸河其上，山色空濛，湖光映射，會是怎樣一幅圖景——南望端肅千佛明湖照影，遠近群山深紅淺碧；北眺莽莽田疇鶯啼千里，繽紛落霞顧盼神飛，白雲蒼狗、家國情懷一股腦地在胸中驚濤拍岸，捲起千堆雪……是的，所有的一切都很美，而其間最華麗的風景，是那條河流——當然是那條河流。母親她是那樣老然而芳華絕代：哪怕給她一片魚尾紋樣的河灘，她還是美得令月亮沮喪、令星星睜大眼睛。

唉，說的就是如此這般的魔力：雖然我們素日彷佛站在坑裡，為填飽肚子，如豬狗般忙碌，有時歡喜，有時哀愁，太得意忘形或太焦頭爛額時，都把她忘了，像忘了睽別已久的故鄉，像丟失了自己房間的鑰匙——或者乾脆在生命太平庸、日子太平靜時，在那些絕大部分的時間中，都把她忘了。可是這一刻，甚至不用看，站在那裡，閉上眼睛，聽一聲她粗聲大嗓的呼喚，你就淚流滿面。

後光

一直還記得初來濟南的情形——在泉邊，那麼多人！簡直看不到哪個時辰泉邊沒人！泉的水是綠的，因為清，又是嫩的。像綠色家族裡最小女兒的天真。多綠、多清呀！我們像沒見過水一樣看傻了。

外地人在驚呼，當地人滿不在乎。

濟南夏天也熱。可是，有這麼多泉一潑，再熱也願意過夏天。

孩子們在黑虎泉群這裡撩水玩，有的還提著小桶、小碗這些工具。有的沒帶，就試探著借。不一會兒，剛才還陌生的孩子就成了好朋友，咯咯地笑。

有朋友說我書裡提到的青石板沒見過，猜測是我想像出來的。想像的哪有實物好？但沒見過不等於沒有，他們顯然錯失了這一親近濟南的機會，這真遺憾——豈不知在珍珠泉，真有這麼一段面積不小的青石板，將這裡那裡的泉連接起來，供人享用，體會「清泉石上流」。我的孩子直到現在還願意每年夏天去那裡，和我一塊兒脫了涼鞋，清涼汩汩漫過腳面……不看、不聽而是深切體認，那水的純淨原初和隱秘蓬勃。還記得朱熹老先生的那句詩嗎？「問渠那得清如許，為有源頭活水來。」濟南的水是活的，才如此清、如此綠、如此嫩。可以洗心。

這是我們濟南獨有的好，應該讓更多的人知道——我每寫一本書，都不去考慮讀者是成人還是孩子，它要安放的是人內心那個乾淨、柔軟的地方。每個人內心都有類似的地方，浮躁的生活經常將其遮蓋住，我寫書的初衷就是要讓人重新感覺到這個地方。

當然，來提水的人才是濟南與泉最親密的人。

一眼看去，來提水的人對泉是滿不在乎，穿個背心就來了，晃晃悠悠騎著自行車就來了，鋁壺是癟的，塑膠桶是以前裝油的——然而你知道，他們其實是太在乎了，在乎到你說一句泉不好或濟南不好，他們就急——跟說娘不好一樣。濟南的泉如同佛教徒心中的佛菩薩，是有後光的。娘在孩子心裡也有後光。

泉就是這座城市的「後光」。似乎佛的庇佑，也像娘的偏愛。

你可以說人為的什麼東西不好，可泉是天然的，山和水天地所造，你說它不好不公平。大自然沒有不好過，只有人堵住了它、移動了它、砸碎了它……傷害了它，它本身一直那麼好。

是人有時候不好；是有些人不好。說的是有意破壞泉的人，無意的不算——那些耷拉著腿，在裡面嬉笑打鬧的，我認為也大都因為太喜歡泉了，一時只想著親近它沒想到別的。如果不在泉水的上游，影響人家提水，就原諒了吧。

泰戈爾來濟南時，說：「我懷念滿城的泉池，它們在光芒下大聲地說著光芒。」我們應該讓這光芒一直「說」下去。

如果一片地理空間可以換算成一段歷史，那麼，這些泉，這些提水的人像歷史中的背景，沒有聲音，像風景中的大多數事物，彷彿不是風景的一部分，不存在地存在著，完全地質樸，簡淨，沉默。文明疾行的人類，已經很少這樣，按部就班、雷打不動進行每一天的提水了，這麼慢，這麼重複，這麼不時尚又這麼固執，一生如一天。就像我們將喜愛的詩在心裡默念過一遍又一遍，之後，一字一字地抄下來。彷彿抄寫只為表達喜愛。

這個「範兒」，是濟南獨有的。

一想起這個，就會為一群一群泉的安靜而感動，為在泉邊提水的一群一群人，他們的不為外界喧擾所動而感動。他們提水不息。

如果一件事很多人前赴後繼做了許久還沒厭倦，那一定是有珍貴的什麼在其間了。類似信仰。

好吧，既然他們以堅持不懈的提泉水來表示對這光芒延續的保衛，那麼我願意以堅持不懈的寫泉水來表示。

酒綠燈紅，不如天藍水清。因此，我們都願意圍成一圈，跟隨在泉後面，像花童提起新嫁娘的裙子，默默護持這光芒下的光芒——讓她在日光下如神，在月光下如仙，一直，不變。

尋找晏嬰

古代封地是特別有意思的事：它們將某個人從彼地搬運到此地，扎下根來，這個人就整天思索著搞基建、寫詩詞，忙得不亦樂乎，留下一大堆軼事趣聞和辭章墨蹟。於是這個地方就成了奇妙的地方，這個人就成了「人物」。白居易之於杭州、柳宗元之於永州等，就是鮮明的案例。

要說的這個人還真是個人物——他叫晏嬰，春秋時期齊國名相，一生歷齊靈公、莊公和景公三朝，輔政五十餘年，奉行「意莫高於愛民，行莫厚於樂民」「意莫下於刻民，行莫賤於害身」（見《晏子春秋》）的政治主張。意思是：「沒有比愛護百姓更高明的想法，沒有比讓百姓快樂更寬厚的做法。」「沒有比苛刻地對待百姓更低劣的了，也沒有比敗壞自己的德行更不值的了。」

晏嬰日常吃的是「脫粟之食」，穿的是「緇布之衣」；上朝坐的是「弊車駑驪」；住的是「近市湫隘囂塵，不可以居」的陋室。總之，簡樸得好傻。即便如此，一遇災荒，他還會將自家糧食分給災民。

不僅「戒得」，他也「戒色」。景公見其妻「老且惡」，欲以愛女嫁他，他堅辭不受，說：「去老者，為之亂；納少者，為之淫，且夫見色而忘義，處富貴而失倫，謂之逆道。」——他拒絕美色和富貴，怕的是忘義失倫，逆了天道。

晏嬰留下了晏子使楚、僕禦、諫殺燭鄒、二桃殺三士等許多故事散佈四方。後世司馬遷非常推崇晏嬰，將其比為管仲。與其同時代的孔子也曾稱讚他：「救民百姓而不誇，行補三君而不有，晏子果君子也！」意思是：「扶助拯救百姓卻不自誇，言行裨補三位君主的過失卻不矜功自傲。晏子果真是君子啊！」

晏嬰之於齊河的意義，實際上早已超出了地域所限。齊河的中心位置，是晏嬰的封地晏城，太陽高照、平平安安、一片土做的城池——黄河像它的護城河。

「土」好啊，在中國的五行學說裡，土曰稼穡，土性敦實，土是萬物的歸宿，是厚道誠信的象徵，「坤厚載物，德合無疆」……正合晏嬰本色。景公時，晏嬰任職三年，有好多人不滿，上至達官顯貴，下至平民百姓，包括其手下和身邊左右的人，告他治理不力，沒有政績，還存在這樣或那樣的問題。齊王召見他說，我也無可奈何，雖然知道你有本事，但眾怒難平，只有罷免你了。晏嬰立下軍令狀，保證能讓齊王在全國聽到自己的好名聲。

三年後，果如其然。齊王高興，要提拔重用他。這時，晏嬰向大家說，過去三年，我盡全力為老百姓做實事，修路築橋，還下大氣力整頓社風，那些懶惰的人怪我勞民傷財，那些行為不軌的人不喜歡對他們整頓；因為審理案件時不聽權貴打招呼，他們來這裡，我也從不迎來送往，弄高規格接待，他們對我意見很大；身邊左右的人、還有親戚求我幫忙，我總是公事公辦以致他們得不到好處，所以也非常反感我。整整三年都是這樣，誰會有好名聲呢？

後來三年，我萬事不管，一心對上遷就，忙於應酬，也不做什麼事，身邊的人有要求，我都盡力設法滿足。三年下來，天下人都說我是好官。其實，前三年要懲罰我，那正是我應該受到表彰獎賞；現在要提拔我，正是我應該受到懲罰呀！——晏嬰說得對啊，不作為就是犯錯誤，要受到懲罰的，而不是不作為就算好官了。

難道做一個這樣的官員很難嗎？他只要遵守「誠實守信，言行一致，知錯就改，有責任心」（見《小學生守則》第九條）就是了，即起碼的厚道誠信。只要他永不背叛，哪怕知錯就改，世世代代記住他。

除了主項「土」，晏嬰的性格裡又有「火」在——火曰炎上，火性燥熱，是一種升騰迸發燃燒的過程，是熱情的象徵，使得萬物鼎盛。晏嬰因為有熱情，有熱愛，對百姓才不遺餘力，施以惠澤。

同時，晏嬰又很「木」——木曰曲直，木性條達，生長發散舒展……木是生命的過程，是真相的象徵。區區一件小事，多麼生動親切，就像昨天才剛剛發生：他做事，他言說，忙碌奔波，都是為促使自己的國家朝著好的方向發展。晏嬰的努力換來的是齊國的富庶和安定，兩千多年逝者如斯，可你看，直到今天，仍到處都有「晏子」字樣出現在這座城。無數事例證明，多少所謂正史與史實相去甚遠，由於誤記或有意的毀譽。但每次都會一一改正，該剪除的剪除，該砍的砍，然而，該以血液澆灌長大的，以血液澆灌長大。歷史歸根結底是由人們書寫的。

其實，晏嬰不缺的，還有「水」——水曰潤下，水性寒涼，是一種滋潤安靜消亡並重生的過程，是智慧乃至勇毅的象徵，是萬物衰退到極點並重新開始之時。春秋末期，正逢亂象四現，此人沖在第一線，以矮小之軀捍衛了國家的尊嚴和百姓的平安，不可謂不智慧勇毅。

當然，最可貴的，是晏嬰握有「金」——金曰從革，金性肅殺，是一種收斂肅降的過程，是紀律的象徵。而五行又有「土生金」一說，因此，晏嬰一生中無數次黑下臉來，玩命死諫，放棄自己的利益，也不怕得罪親人親信，恪盡臣子之道、父母官之職，還是基於他的厚道誠信。

「行者，順天行氣也。」我們希望看到這世界順天而行、太陽高照、平平安安的氣象，我們渴望一個厚道誠信的人，一個真正堪稱「人物」的人，一個對上不媚、對下不欺、對家屬嚴管、對百姓真愛、退休那天敢說「我無愧於心」的人，盼望他同時兼有仁義、智慧、勇毅、慎用權力、不說大話謊話只行善事實事並長時間堅持不變的特徵……這不應該成為奢望。

桃花城記

清晨，我們自都市的霧霾中出發，好像奔赴一場婚禮。

談笑中，路邊桃花漸漸出現，空氣越來越清，心情越來越柔，語氣都似乎越來越芬芳了——詩人桑恆昌先生帶著高豔國先生和我，四月裡，去參加肥城桃花節——豔國與我是同學，他十六歲起跟著先生學詩，我十五歲時先生為我編了平生發佈的第一組詩；豔國與先生情同父子，家父與先生是同學，先生的女兒桑桑姐，則是我二十幾歲開的第一個報紙專欄、時任齊魯晚報副刊編輯的責編……集結這奇妙的緣分，雪白頭髮的老人，偕詩人「兒子」和曾為詩人的「女兒」，急急趕路，奔赴「家族」裡極盡盛大的一場「婚禮」。

桃花是詩人家族美麗的女兒啊。自幼開始練習唐寅的《桃花庵歌》行楷冊頁，我夢裡也記得那些神仙似的句子：「桃花塢裡桃花庵，桃花庵下桃花仙。桃花仙人種桃樹，又摘桃花換酒錢。酒醒只在花前坐，酒醉還來花下眠。半醉半醒日復日，花落花開年復年。但願老死花酒間，不願鞠躬車馬前。車塵馬足顯者事，酒盞花枝隱士緣。若將顯者比隱士，一在平地一在天。若將花酒比車馬，彼何碌碌我何閒。別人笑我太瘋癲，我笑他人看不穿。不見五陵豪傑墓，無花無酒鋤作田。」詩人躲進一片桃花，變成了鋪天蓋地的美好傳說。

不要說古往今來為之吟詠的人上百上千，戲裡唱《桃花扇》，散文中更有《桃花源記》為桃花立了正傳，灼灼其華，照亮一部文學史。好花因好詩而流芳，好詩因好花而千古，桃花就這樣，帶著她一車一車、珠玉寶貝的「嫁妝」，嫁給了肥城這片好土地。

然而桃花又不像她的外貌，並非不食人間煙火，她上得廳堂下得廚房，除此之外，還很賢慧，塌下身子，走下畫卷，一次次地做「田螺姑娘」——她的枝葉果根都能入藥，可治療一些形而下的疾病，如疥瘡、頭癬、瘧疾、腹痛、水腫，也可美容：現存最早的藥學專著《神農本草經》裡說，桃花具備「令人好顏色」的功效。

就這樣，讓人難堪、不好意思和疼痛的，她都好言安慰，輕輕撫摸，讓人愉快、讓人感覺身外諸般美好的，她都一股腦地端給你，不帶一點矜持。真應該向桃花學習蓬勃，學習美，學習達觀和善良。

不見桃花城，就像《紅樓夢》中林妹妹的出場，對賈寶玉來說，是久聞其名而未見其人，見了桃花城，才知道陌生摻著熟悉的那種感覺——看詩歌裡是桃花，詩歌外是桃花，城裡是桃花，城外是桃花；眼裡是桃花，心裡是桃花；山嶺上是桃花，山腳下是桃花，山腰裡還是桃花，看花人隔著幾步，相互就全然不見，說話的聲音也縹緲起來……真的如畫卷不留白，像戀愛不讓人喘息，分分秒秒都想著融入其中，與桃花共醉共纏綿，直到將心丟失在裡面，忘了來處，也不想醒來。

桃花長在溫帶，天性溫柔，面色緋紅，半羞還半喜，正符合愛情的味道，因此，有一些端莊的詞語，「桃花粉」、「桃花妝」，也有一些妖嬈的詞語，「桃花運」、「桃花眼」——你看，善寫愛情的韋莊一提與舊情人相見，僅說了兩句「依舊桃花面，頻低柳葉眉」，整首詩就端莊、就妖嬈起來，就像那個武俠小說裡的桃花島主，方正之外，添了諧趣。

肥城側倚泰山，面朝梁山，再給女性氣質的桃花添了幾筆雄奇，雌雄同體了，如你所知，人間好物大都是雌雄同體的，如此才淡妝濃抹總相宜。所以，桃花城的氣象裡，既帶有一絲甜美，也兼噴薄而發的動勢，如流淌的大河，澎湃有聲。

城中的桃花是這條「桃花河」的上游，緘默不言，處處出現，又處處小寫意，多有克制，並不遍地橫流；也像初戀，東一句西一句、欲揚先抑、欲說還休地說著閒話，但每天都說，每時每刻都想著；城外的也還如同「桃花河」支流匯入，在車上看過去，一片紅雲飄過，又見一片湧來；還似戀愛的順利進行，慢慢地瞭解了她的好，她的乖和不乖，暗暗盼著有進一步的親密，快要忍耐不住；而一旦進入城郊十萬畝的桃花園，則完全是「桃花海」了——沒什麼支流，沒什麼忍耐，只剩下驚濤拍岸卷起千堆雪，以及全情的擁抱！

是那麼美——那麼豐美，竟需要有農婦爬上樹去，摘下多餘的花朵，謂之「疏花」，摘下的花朵裝在袋裡，香香的，在路邊以很低的價格被販賣，沖水喝，或曬乾填桃花枕，或者乾脆灑在魚池裡，看小魚唼喋、為了一片花追逐打鬧吵吵嚷嚷，都很有意思。不像多情的林妹妹，那麼淒苦那麼傻，一根筋地作了長長的桃花詩，再哭哭啼啼，將落花像裝身體和愛情雙重的疼痛一樣，裝在袋中埋起來。一直笑眯眯的農婦們，穿梭於桃林中，不停勞動，像開在裡面，也像枝頭的花朵，又精神抖擻，又不管人間變幻，滿臉的光。

是那麼美——那麼柔美，似用涮過的毛筆，抹上，暈開，在紙上來了又去——來是馬蹄清脆地來，去是黃鶴杳渺地去。在近處，逆光看上去，花瓣幾近透明，暖暖的，一朵是一朵，有各自不同的質感與獨特的表述，卻全嬰兒的眸子般清澈，連葉子也不必來遮擋，與條條看花甬路上的一百個「福」字相映成趣，讓人恨不得長出一百雙眼睛，一朵一朵分頭去細細品賞；遠遠地看，像看到了一大片夢，迷迷離離，水汪汪的，混沌蒸騰，關山飛渡，盛開的細粉，打苞的深絳，半開的嫣紫，全心全意，眾志成城，合成一場《歡樂頌》的大合唱，有時鋒利高亢，有時鈍重低沉，此起彼伏，首尾相銜，一些花朵來勢洶洶卻不夾攻擊性，另一些婉轉曲折餘音繞梁久久不去；碧桃粉白，花桃淺綠，垂枝碧桃則深紅、灑金、淡紅、純白地亂開……層層覆蓋，簡直是上天裁給這座城市獨有的裙子。

大地上有很多、很大的美好事物，且不可動搖，是因為人與人、人與其它生命之間，存在相似的、優雅的精神準則。我們天生喜歡花朵，是因為大自然美的教育，而詩歌永不消亡，是因為總有讚美、慈悲、熱愛、安祥等字眼的照亮。我們需要她們，就像神說要有光。我們由此明白，是什麼在真正生出力量。

花樹下，人人都成為了詩人，在無始無終的光芒裡，暢飲喜酒，桃水流觴，為天下最美的花事獻上誠摯的祝福。

在植物中間（韓國紀行）

✝香氣

《槐花》

當車行駛在濃郁的槐香中的時候，我才發現，我們離家已經很遠了。

一下飛機，我們就看到了一條大紅標語「歡迎來自中國的書法家代表團！」，字是漢字，繁體，用憨厚端莊的黑體寫出，一行十多位書法家迎接在那裡，兩位白髮的長者在最前面，兩位優雅的女士手捧鮮花，躬身微笑。我向後縮了縮，還是被一位女士趕上前來，被問候：「您好！歡迎您！」真後悔沒事先學一句韓語的「您好，謝謝您」了。

唯一有點安慰的是，我在來參加第九屆中韓書法交流展的前一天，寫了一整天的字，捎帶著畫了一些國畫小品，用雪白的信封裝好，封面上寫上了各自的內容，可不可以抵一句「您好，謝謝您」呢？直到這時，手上還有一塊墨蹟，用洗手乳、肥皂、洗衣粉、消毒液都試過了，還殘留了幾絲在紋理裡。我用手偷偷擦著墨痕，心中略感歉意地想著，聊以自慰。

語言雖然不通，但被水原書法家們真摯的情意所包圍，我的歉意很快就被沖得沒了蹤影。

帶隊的兩位先生是第二次來韓訪問了，他們與老友們一一擁抱，輕聲問候，與早成好友的車基礎東先生互稱「同志」。生硬的漢語、韓語觥籌交錯，光影閃耀，那情境讓我眼睛濕潤。

幸好友誼是不用翻譯的，槐香也一樣。我嗅著熟悉的氣息，直到坐上被打扮成婚車一樣的接待客運，還是一望向窗外，就看到飛速閃過的雪白花朵，一串一串的，跟我們搖鈴致意。就算走過了長長的仁川大橋，槐花還是沒完沒了地香著。

《薔薇》

特別有意思的是，韓國的薔薇也是到處開的，街角、牆上，隧道裡都有，只不過它們不是我們國內常見的粉紅粉白，而全是玫紅色。因為顏色好看，女書法家們以此為背景，為我拍了不少照片呢。她們一點也不偷懶，不敷衍，只要見我露出喜歡的神情，就馬上提出為我拍照，弄得我都有點不好意思表示喜歡了，走過了許多地方，真累啊。

說起韓國的書法家，總覺得女書法家特別多，也特別友好。幾天下來，她們輪流當值，每天都幾乎保障了兩個人陪我——因為這次出訪，只有我一個女性，卻也受到了極為安妥的照顧，不得不說，接待方用心良苦。

看書覽和參觀國家博物館、民俗村時，因為語言不通，基本是瞎看，走到哪裡看到哪裡。可碰到陪我的女書法家，她們總是連打手勢、帶簡單漢語地告訴我，哪一幅是她的作品。有的乾脆拉上我的手，朝著自己作品所在的展廳就跑，也不管記者正採訪和拍照。每次看我笑眯眯地欣賞和評點，她們就高興得直拍手，摟著我的肩，請人拍合影。好像是我無話不說的閨蜜。

她們的作品出乎我的意料，大部分寫來十分認真，幾乎全部都是臨摹中國傳統法帖，韓文的倒是很少。我用中文念出，或讚揚哪一筆好時，女友們的眼睛就都張得大大的，用心聆聽。讓人一時覺得，作為泱泱文明中國中的一員，是很值得驕傲的一件事。

我們如果能保持好我們自己的東西，就會受到尊重——我們的書法以及其他的傳統文化，乃至禮儀，只有全力維護，盡光大之心，才不會被搶走。

《韓國松》

女書法家宋仁子是個十分和善的大姐，微胖的身材，精緻的妝容，以及目光所觸永遠掛著的微笑是她的三大標誌。要知道宋女士已經五十幾歲了（這是她主動跟我說的，還加了一句「我是個奶奶」），看起來卻十分年輕。我想，這和我們書法養心有關吧？

宋女士精通英語，粗通漢語，我只能用英語夾雜著漢語和她交談。她從婚否一直問到了年庚，倒也完全不忌西方禮儀禁區。如此一路聊下來，到參觀華城行宮時，宋女士已經親熱地攬著我的腰說「我們是兄弟（姐妹）」了。

另一位接待我們的女書法家很瘦弱，沒有多少腳力，平時也常去行宮、八達山等，卻步步不落地陪同，主動為我拍照，真是難為了。

在走下八達山時，我看到了幾棵松樹，足有三四丈高的樣子，樹冠很高，挑著些濃密的葉子，之下枝葉稀少。樹幹直直的，長出了白樺的風度。

宋女士告訴我，它們叫「韓國松」，樣子天然如此，卻也是經過了粗略修剪的，因為水原市臨海，偶有強颱風來襲，修剪去蔓生的枝葉，就可以避免被颱風吹倒之災了。她說去年那場颱風好大，吹倒了許多樹，她的居住地就折斷倒伏了兩百多棵大樹，接著補種上了。其實，在一九五三年朝鮮戰爭爆發時，所有的山頭還都光禿禿、黑蒼蒼的，滿是戰爭瘡痍。當時的政府曾因國外人士來訪，面子上過不去，用綠油漆油遍了很多山。後來，政府從美國貸款，買樹種植樹，才有了今日蔥翠的樣子。

她說的應該是不虛的——我們當天下午遊歷的八達山，放眼望去沒有一塊裸土，一層一層，樹木是打著滾長的。

這個民族真是有骨頭啊。看看眼前胖呼呼的可愛宋大姐，再看看高高伸向天際的韓國松，心中感佩。

而我們的書法之旅才剛剛開始。

✝共同的根

《熱愛》

韓國重視書法的程度，實在出乎我的意料。也許是第一次來這裡的緣故吧？會覺得書法幾乎是這個國度賴以依存的食物之一。在水原，街頭的招牌時時可見，用書法書寫的漢字，或敦厚，或俊逸，是顏柳風骨。在首爾，我們也看到，本來人不算多的這個城市，開有許多家書畫、筆墨店鋪，還有多到讓人躲不開的扇子攤——扇子都是規矩的扇面寫法，或隸或草，背面當然是山水或花鳥。不止一家的店主人，在自家的門口現場書寫和作畫，穿著韓服，粗粗望去，倒像穿著漢服。

就算到了國家博物館和民俗村，還是到處可見書畫條幅和對聯的影子。尤其是在民俗村，幾乎每一幢建築的每一個房門，都貼有對仗工整、漢字書寫的對聯。唯一的遺憾就是，上下聯基本都貼反了——當王先生發現這一點時，我不禁笑了：有點可笑，也有點可愛。不管怎麼說，就憑那份對中國書法及其姊妹藝術的熱愛，韓國人也是值得我們友善相待的。

這種熱愛自然也體現在了對我們的特別友好上。當驅車去往他們的書法基地——書法博物館時，到處可見紅黃兩色、中韓兩種語言對照的歡迎彩旗，一對一對高掛在街頭欄杆上，密集得像不斷聲的鼓掌。而中韓書法展開幕的當天，更是到處喜氣盈盈，人人盛裝，各個微笑，像迎接一個盛大節日一樣，有幾百人到場。水原市的市長正在歐洲訪問，由第一副市長頂上，開幕迎接和剪綵，以及隔天的筆會，全程陪同和觀摩。

《敬慕》

在這個過程中，水原市政府和書法家對書法和中國書法家所流露出來的好意，讓人印象深刻。六月九日下午，離筆會開始的時間還很早，水原市的書法家們就已紛紛到場。他們將現場書寫的場地準備得十分周到：兩張不小的桌子拼起來，鋪上墨綠色的氈、筆筒、筆架、筆洗和薑黃色的大鎮紙都擱得整整齊齊。幾刀上好的宣紙在後面閒置的桌子上一疊疊排列著——我仔細摸了摸，應該是來自中國的宣紙，雖然我們在首爾的書畫店裡不止一次看到韓國紙，有的也很好，很細膩，還有鮮豔的紅綠顏色，但覺得還是用平時用慣的宣紙更好一些。韓方朋友顯然也考慮到了這一點。

筆會時間一到，韓方書法家們紛紛聚攏在了我們身邊。他們看到我們割紙、疊格，取筆蘸墨，在寫字的過程中，幫我們朝上提紙，拿廢宣紙給我們蘸字，防止暈開去。一切都十分默契，又十分美好，因為，基於同一個對書法的熱愛，我們擁有了與一般友情不一樣的友情。

幾位女書法家圍繞在我身邊，趙容淑，黃善熙，李金玉，還有她們的丈夫，用生硬的漢語說出他（她）們想要的漢字，寫下他（她）們的名字，以及筆名——特別可愛的是，他（她）們無一例外，都有筆名。譬如趙容淑的筆名是覃娃，黃善熙的是冬草，李金玉的是西邵……都很好聽，很詩意。

因為在這個過程中，金玉她不斷地幫我做事，所以，我也不斷地對她說：「Thank you」，最後她在我又一次道謝時，對我說：「Thank you, Thank you, Thank you」，嗔怪我多禮。我知道，在這種不見外的嗔怪中，我們彼此更瞭解，心裡也更溫暖了。

✝普通生活

《街景》

這次旅程，除了藝術上的收穫，還有就是近距離地接觸普通的韓國民眾，特別讓人愉快。

一早一晚，站在街頭，看人來人去：也有十一路、三十五路、三十六路公車，在賓館前的馬路上駛過，有神色各異的人吃著早點趕路，有小小的女孩子，穿藍白的制服，兩個三個，你推我擠上學去，也有一家三口，穿居家的圓領大背心，商量逛商店……讓我記起，以前擠車上班的日子，在父母膝前的日子，孩子還小的日子。一時恍惚——看哪裡都有人和路，哪裡的山也是山，哪裡的水也是水，人都披著一張黑、黃、白皮，在同一個大太陽底下，一樣地吃飯工作，一樣地悲恐驚喜，操著不同的語言，輾轉於山水間，生滅不止。

水原市不大——其實整個韓國也不大，從水原到首爾，跟濟南到平陰差不多近。草木見縫插針地種，遊覽車就在馬路上行駛，跟卡車、轎車為伍。馬路和人行道中間常有綠地，綠地常有一小片樹蔭，人們就在綠地上席地而坐，有一家人的，也有落單的年輕人，一心看手機簡訊，有點可憐的，是白髮的老人，一個人拄個拐杖，光著腳發呆。

——韓國人極喜歡席地而坐，就算在山上亭子裡，也是統統脫鞋，不分你我地亂坐一氣，高高低低的鞋子排成一列，等在那裡。

一個感覺：韓劇中的人和景是不能全信的——都是精挑細選，和有意迴避。回程的路上才見到一名真正的美女站在路邊，急忙指給前座的董超岩先生看。而小眼塌鼻大餅臉才是大眾本色。其實，也並不難看，民族特色嘛。僻靜處，雜貨鋪子路邊攤也不少。讓人愉快的，是禮貌和修為。是這些，叫小眼塌鼻大餅臉、雜貨鋪子路邊攤漂亮起來。

就算在旅途中，也時常見到躬身行禮的陌生人——不要與其眼神碰到，碰到就是那一套。會替他們累，豈不知習慣成自然，就像盤腿而坐一樣，早已習慣，改變了倒一定覺得難受。然而，坐遊覽車游華城時，遇到一個抱著小孩的女子，卻「大為不同」：我和陪我的兩位女書法家上車時，她一再表示：這一排占下了，請坐在對面。如此行為讓人詫異。然而一會兒，一位足有一百九的「墨鏡男」，率領著七歲、五歲、三歲不等的三位縮小版套娃式「墨鏡男」上了車——原來這是不可分割的一家人呢。

女子與我的兩位同伴攀談起來，不時對我們表示歉意。其實不必費勁，我看著那麼溫情可愛的一家，早已「原諒」了她的「無禮」。我們合照留了念。

《紀錄片》

因為在國內見的全是偶像劇，所以，在下榻酒店，稍作整理後，我就在看有關韓國民眾生活的紀錄片，更真實，也更有趣。然而，比偶像劇更美，也更詩意。

晚上的一文件紀錄片跟我們的「東方時空」近似，推出的要麼是各界精英，要麼講述百姓故事。一位女企業家的事蹟吸引了我：她開一家高級酒店，與客人喝茶，打高爾夫，視察工作，或精美套裝，或盛裝韓服，以及有條不紊的談吐，都顯示，她是標準的職場女強人。讓人有點感動的是，她還親手製作大醬——鏡頭是冬天，雪野茫茫，一個個巨大的醬缸埋在地下，只露著破瓦盆半扣著的缸口。

女企業家邊介紹她的獨特製作手法，邊用戴著長塑膠手套的手，伸進去，捧起稠呼呼、看上去很噁心人的大醬。可以看到她的毛衣袖肘起了球，可見得不是作秀。這時的她衣著樸素，粉黛不施，卻是一眾鏡頭中最美的。倒是她在做頭髮時的樣子看得不是特別舒服：妝容濃重，頭髮被揪得一仰一仰，理髮師還在身邊一圈一圈地轉，可她手裡的報紙一刻也沒離開過眼睛，多少有些矯情。

給我最好印象的，是這樣一個人、一件事：

一位老人，頭髮掉光，著灰布衣，騎三輪車——這和我們常見的某些好老人差不多。老人以收廢品為生，車上裝滿紙箱紙盒和瓶瓶罐罐，兩隻大白狗一左一右，為他拉車，老人則在後面緊跟著，上坡時動手相助，推上去。這和我們見過的國內類似報導事件也有些相像。

然而，更讓人喜歡的鏡頭出現了：老人經常去一座山上，山上樹木很多，綠意十足。老人親手製作了許多鳥巢——可能就是收廢品所得製成。都是韓式房屋形狀，大小不一，居然還有一座縮小版的涼亭，和人上山休息用的別無二致。鳥兒們居然也只那裡閉目養神，似通老人苦心。老人還用塑膠瓶製作了鳥兒的餐盒，橫向插有一根小木棍，鳥兒一啄，木棍咕嚕嚕滾動，麥粒出來，鳥兒吃掉。還有小棍子插著個蘋果或梨子的，也擱在樹枝上，是鳥兒的零食。這樣「高精尖」吃飯的，大鳥居多，小鳥兒們則多在地上，吃他撒的。一群淺灰色的小鳥兒，毛茸茸、圓滾滾的，膽小而活潑，抬頭低頭，吃飯嬉鬧，十分可愛。

老人做完事後，就在旁邊的大石頭上盤腿而坐，閉著眼，兩手平攤在膝上，極似和尚坐禪——連光頭都像。小鳥兒落在他的頭上、手上、肩上，可能表示感激、親熱，更可能將老人看成了它們中的一員。

這是我喜歡的人。這是我羨慕的生活。

穹頂

我們沒有創造這個世界，我們正忙於削弱它。——（美）比爾・麥吉本

†從青海湖到日月山

太陽照著世界每個角落，卻給青藏高原另外放了一塊打光板，光從四面來，嘹亮暴烈，晃人發暈。與此相對應，天空闊臉迎門地藍著，青稞杆在被秋天遺棄的土地上安靜自守，時間與空間飛速游移，戾氣全消，車輪運轉中，最溫柔的得以現身，俗世暫時遠離了我們。萬物和諧，呼吸平穩，一切旁若無人，皆與榮辱無關，散發出生命之初的氣味。

就在那天邊上，連接著一痕剛洗過冷水浴似的藍色。它那麼冷而乾淨。你會覺得那是一湖雪。二十幾雙眼睛搜尋著它。這痕水無邊無際，像個海。

越走越近的山峰，如同沉重的漢賦，頂端的薄雪空靈成日本俳句，似乎瞬間就要化給這冷藍。它閉緊嘴，像沉默，含住冷，含住怨言。它緊成、冷成那樣，讓人生出用拇指和食指捏住，遠遠丟出去的慾望。

來的時候是淡季——最好是淡季，這樣一來，遊客的氣息就不會破壞它本身的氣息，也不會熱烘烘消解掉這層冷。而這個時節的曠野住滿神祇，很多樹葉從濃綠變成殷紅，從淡綠變成金色，還有些葉子落了，我們在不同的地方，見到了同樣美麗的厚厚的落葉——它們與去年的舊葉重疊在一起，深深淺淺蓬鬆著。紅荊在結籽，「紅姑娘」結了紅果。四野漫起類似雄性的甜腥，光影在石頭間起落，海鷗用鳥語翻譯靈動的哲學——這些被享樂思想所忽略的美好本質，被我們以虔誠之心打造得光亮無比。

車圍繞它，從北向南，從東到西，看到的都是它，彷彿時間無邊無際不可抵達，前無古人後無來者。一個團近三十人，像一個人一樣孤獨。路兩邊沙漠和草地交錯，沿途山上、樹上，處處可見經幡，此地人眼裡，山山水水，一草一木，皆有生命，皆有靈性。山是聖山，湖是聖湖，都有無邊法力，可佑天下蒼生。也不時有大群信徒樣隱忍的犛牛或綿羊在馬路上迎面走來，客運側身而過。車子不能停，只能看著一直在遠處的冷藍，和很久才出現的油菜花的大呼小叫——旅人可在車窗裡跟著大呼小叫。這轉瞬即逝的絢亮，像短暫的人間歡愉。偶有大漠孤煙，扶搖直上，是這片大地細微的呼吸。

我們這麼喜歡這樣的「不能停」，像馬一樣長嘯出聲，簡直比在現場還要充滿激情——面對洶湧而至的風光，似乎只用眼睛和心臟即可行走。

青海湖落落寡歡而堅強如斯，如同一種譬喻，似乎一切都能被風吹走，而它不動，執意將生命基因儲存的無意識記憶喚醒。十三萬年前開始的地質運動頂起皺褶，造就了青藏高原岩石乖戾的冰峰，以及無數黑暗山谷、荒漠、草原、河流……儘管驚心動魄的凸起和凹進早歸於平靜，大地的演變已難以察覺，可青海湖岸邊還遺留有當年的石子，經過無數日月的沖刷，光潤美好，無一雷同，像夜晚盛開的曇花或月見草。

假如大陸一直渾然一體不升不降，假如那次大陸板塊的碰撞不是發生這一板塊和那一板塊，而是發生在其它板塊之間，那麼，廣大的青藏高原及整個西部地區，會是森林蔽日、沃野萬里的平原景象了，亞洲大陸的文明形態以至整個世界的文明形態，譬如中華文明、印度文明、兩河流域以及希臘文明一定會沿著另一種歷史軌跡演繹至今，形成另一類文明融合的歷史……這種想像讓人對時間有著異樣的不解和吃驚。

日月山也是如此這般，與我們的車擦肩而過——這片土地，儘管只是一段聲色沉寂的通道，卻都與那個風沙中走過的女人相關。

許多時候，文字是極其無力的，特別是在史料記載上，兩三行就說完了，聲音、顏色、氣味被剔除，剩餘的，只如地平線一樣貧乏的官方概括。除非讀者有足夠豐盈的想像力，將自己帶入傳說，還有可能還原一些鮮亮的細枝末節。然而，再如何靈動的想像也無法把我們送回，去體察那磅礴而細膩的情境。我們趕不上那些千古傳唱的故事了，患著舊疾的瑪尼石，無賴地黏在一起，試圖說出什麼。送嫁的親人，荒涼的古道，羌笛將她的未來吹得前路未知。

風卷塵沙白馬住，縱然萬般不捨，她終究是要走的——從文成、金城公主，到崇徽、太和公主，所有離開故土的新娘，都再也沒有回去過。沒人能抗拒得了帶有宿命因數的感召，也沒人能阻擋那些最短的發生和最長的歎息。

天氣真如歷史樣詭譎，剛才還深情柔軟，一會兒，大風來了，強暴本就乾瘦的格桑花更加趔趄低頭，低得要入土為安。青海這地方有趣，將所有美麗的花都稱作「格桑花」。名字裡埋藏的是一顆能省心就省心的詩心，又有巨大的想像力埋伏，如同國畫「留白」。

十六歲的文成公主，她高挑美麗，正如一朵盛開的格桑花，千山萬水，隻身離開大唐故土，嫁給面目模糊的松贊干布，以及未蔔的命運。密林，深澗，老虎、豺狼等惡獸的威脅……其中必有的尖銳、狠毒都泯滅不見，只剩下這些死文字在我們十六歲的歷史課本上活過來，化成不知什麼，繞在這塊土地周圍。

和親這種事情，源於唐代薛延陀向朝廷提的一個建議，太宗同意了，特別提出：「北狄世為寇亂，金薛延陀倔強，須早為之所。朕熟思之，唯有二策：選徒十萬，擊而擄之，滅除兇惡，百年無辜，此一策也；若遂其來請，結以婚姻，緩轡羈縻，亦足三十年安靜，此亦一策也。」（司馬光《資治通鑒》）還說「朕為蒼生父母，苟克利之，豈惜一女。」（《舊唐書》《北狄・鐵勒傳》）於是，在長達兩百九十年的唐王朝統治時期，歷任帝王都能以和緩的方式解決民族矛盾與地域衝突。

「和親」，旨在「和」。這個「和」就是化干戈為玉帛，秋風掃落葉的狠毒化成春天般的溫暖。儘管那麼多年裡，免不了和親與戰爭並存，蘿蔔與大棒共處，有個體的犧牲，有無奈，極至的喜慶與極至的悲哀交集，然而人、事都得看大處，那個出發點還是值得為它點個讚。

她在那裡，一直都過得安祥嗎？陌生的丈夫是否對她有過笨拙火辣的眼神？是不是也有因委屈而暴戾的時候？到老一樣有張斑駁的臉吧？歌聲可還如嫁時透明果實般明麗？腥香的酥油茶是否喝得習慣？「青海和親日，潢星出降時。戎王子婿寵，漢國舅家慈。」「一去紫台連朔漠，獨留青塚向黃昏。」「故鄉飛鳥尚啁啾，何況悲笳出塞愁。青塚埋魂知不返，翠崖遺跡為誰留？」……我們反覆吟誦從盛唐而來的句子，看那時的太陽照著今天的臉龐，河山在心頭劃過，直到蒼涼蜂擁而至。這條曾馬蹄噠噠的路，銜接了千年的時光——千年吶，千年，多麼遠！遠到一想起，就要寒毛乍立。用命運寫下歷史的人，以及用筆寫下歷史的人、寫下傷感詩句的詩人……女人和男人，都是死人了。

而據說是那新娘摔下寶鏡的青海湖呢？由於氣候變化和人為因素，注入青海湖的水量迅速減少，湖面每年都下降十幾公分——平均水深是二十一公尺，一公尺等於一百公分，也就是兩百公分。每年按最慢的下降速度來算，……也就是說，不到兩百年，青海就要失去她的眼睛。思想至此不免輕聲歎息。

羅布泊乾涸了、居延海乾涸了，還有中亞的鹹海——由於周邊居民大量攔截注入其中的河水和乾旱，那世界第四大湖也已近乾涸。

是自然規律，就像人都會死。可是，我們的第四代子孫，看到的青海湖就是不知叫什麼名字的鹽鹼灘或戈壁灘──沙坡頭騎一次兩次駱駝有意思，每天都騎，很費勁，在那裡一走，就絕望得感覺永遠走不出去了。能否延緩一下的速度呢？讓我們的第六代、第八代子孫還能面對它歡呼，還能在這個刻著「青海湖」的大石前嘻嘻哈哈拍照留念……能嗎？至少不要迅速加速吧。我們對大自然的情感，很像愛情或深厚的友誼，是個相伴相慰藉，難以割捨。

遠處的山籠著雲霧，近處的瑪尼堆青白刺眼。就在這兒，在高原中央，在由關外吹來的長風裡，忽然覺得《塞下曲》和《敕勒歌》們是悲傷到骨子裡的詩。人生對任何一個人、任何一個事物來說，都是茫茫大野，來去未知，而幾百年後，我會在何方？你會在何方？他（她，它）會在何方？我們的喜怒與愛恨會在何方？

我們為善為惡所結的果實會在何方？

†宗教感

青海湖邊，經幡被風扯得嗶嗶作響——這些成串成串拉掛在亭子或樹間的彩旗，印滿密密麻麻的藏文咒語、經文、佛像、吉祥物圖形——布、麻、絲綢，方形、角形、條形，有序地固定在門首、繩索、路邊的樹枝上，飄蕩搖曳，構成了一種連地接天的氣場，沉甸甸地悲愴——畢竟是有信仰的民族，輕鬆不得，然而在這沉重中又昇華出一種清明的東西來，像抬頭看到的西北天空，被酥油燈的光明洗過的，與俗世的混沌不同。

在日月山，另一種隨風流轉的物件是龍達。兩座亭子之間的平台邊，一把把的小紙片漫天飛舞，如精靈般，時而衝向高空，時而旋回地面。一名藏民喊：「索！索！索！……」牽犛牛的這位偶爾也嚷一嚷嗓子。就是他告訴我，這種一寸大小的小紙片，叫做「龍達」。

「龍達」的藏語意思大概為「運氣」，通常由男人登上高山揮灑，讓晨風將它們帶到遠空。據說「龍達」剛傳來時，照搬漢式，作為給死者的祭品而火化，後來就不再燒了，而是讓「馬兒」乘風歸去，成為一種祝願命運吉祥如意的形式。「龍達」正是翻蹄長嘶的駿馬，駿馬上空是飛騰的鯤鵬和氣盛的青龍，駿馬腹下是猛虎和雪獅，繁複婉轉，耐看。喜歡這種從祭祀到祝福的小紙片，所以一直看它們飛，看得紙片恍然活物。這種載體讓祝福不但很近，很真實，還很溫暖和活潑。

想起此次行程中的寧夏，我們去過西北最大的一座清真寺，白色金色的外觀，特別安祥。禮拜前，我們照規矩脫掉鞋子，圍上在門外自選的圍巾，包好後，才進入大殿。大殿內滿鋪地毯，繡著紅花，紛繁美麗。地毯厚軟，如母親的懷抱。抬頭望，見金色集束，攢攏成穹頂，圓而高直，直至中心尖尖，與天空無限接近的樣子。一切潔淨美好，讓人在仰望中，感覺被布匹包裹的身體是新鮮的麵包，塗著黃油，等待將自己敬給神靈。

外出的日子裡，時時處處都有宗教氛圍的籠罩，在寧夏，它是抬頭不見低頭見的白帽子黑頭巾；在青海，它是菩提塔前五體投地的磕長頭和轉經輪。天地大塊一座廟，靜天流雲，做了它的牆壁和窗戶。天高地闊本就容易讓人老馬識途一般，生出宗教感，何況再疊加上一路常見的行走、遠遁、放牧、死等讓人愈加迷惘的因素？

除了安撫的作用，宗教感還是最好的武器，它替野心家積攢力量，不費一兵一卒，便讓人繳械棄營，自動投入其建立的黑暗機制。千年以降，宗教感就是用縉紳階層和民間這兩條腿走路的，走得虎虎生風不亦樂乎。那是最大的罪人。他們明知不妥而知罪犯罪，罪加一等。

另有一種人，是有「信仰」的，卻生就的精神侏儒。他們生無大願，胸無大志，唯願日子順風順水，信徒的無知、簡單卻也輕易成為罪惡的獵物——他們因無知而盲從，損壞了辨識力，那最大的罪人於是趁虛直入，戴著面具，坐在其叩拜的前方，以神自居。「侏儒們」不辨真假，不知神位已被篡奪，仍祭以百倍的景仰，淌著熱淚……那是另一種的罪人——不作為就是犯罪。他們犯下罪行卻不自知，然而罪不可恕。

沒錯，當代人是以群論的，每個群的開頭，都是一個或兩個，懷著不被允許的竊喜，時間一長，便成堆成山，做起那些事像早起如廁一樣習以為常。

每個人都似罪魁禍首，每個人都可以推得一乾二淨。說不上哪一位或哪一群確切的元兇，你我他，大大小小，人人都參與其中，成為同謀。舉目但見人墮落成鬼，從不聞誰脫凡升仙，人類聯手共同寫就的歷史順著一個不可逆的方向倒下去，像女人絲襪被勾到，「嗶朗朗」一路拆散，幾乎無法阻止。

†虛弱與悲憫

人到中年以後，遇到一些大事，譬如曾有的負債，尤其母親的離去，因此時覺疲累，無奈，難受，較之之前的生龍活虎拔苦為樂，有了忐忑和唏噓。我曾醉後大哭，也曾自閉三年，停掉唯一的「小靈通」，不與任何人聯絡。心底邪惡的部分被激發出來：母親剛走那時候，買布時，曾拿拖布直戳賣家大爺的胸口，還罵罵咧咧——以撒那種不知找誰算帳的無名火。有時竟希望世界毀滅，大家一起完蛋，不再忍受痛苦。

我有一對朋友，夫妻二人事業發達，女兒爭氣，日子過得風生水起。忽然有一天，丈夫早上醒來，驀地意識到：自己原來已經五十幾歲了！思來想去，悲從中來——還沒好好活過，怎麼……最後他搖醒妻子，如實告知自己的情緒。妻子也如夢方醒。兩人竟在一個平常的清晨，抱頭痛哭。

這有點荒唐，也有些悲涼——如同站在青海湖邊和日月山上我們所感受的一樣。然而卻是人對自身發覺的悲憫。你覺得時間快，你覺得不自在，你覺得人如樹葉隨風過浮世。

想想小時候，印象裡曾有種莫名消失了的馬蹄燒餅，底焦皮酥，麥香飽滿，很像青海這邊的一種餅——倒似乎在那邊死掉轉生到此地；還有在坡頭看到顏色比山東所見濃重得多的蜀葵——她也好像從那邊抹了胭脂遠嫁到這裡來。那些嘴裡無時無刻不哼著歌的日子，像是夢裡，或從沒有過一樣。而遠嫁北地的母親，十年前擁有了一個不叫青塚的圓土堆。經歷過許多之後，就算我們普通人，也可能會在某一天有所頓悟：宇宙廣大，存身寸土；人生太快，恍兮惚兮。

人能經歷的，不過一點點；人能駕馭的，也不過一點點。小時候特別失望：牛頓啊歌德什麼的，最後竟皈依了神學！現在看，也許恰為最正確的選擇。就是那種博大的宗教感，讓人丟棄了科學與詩歌，也加固和昇華了科學與詩歌——因為越來越自覺無知，越來越覺得不可把握，茫然無措。不知往何處去，而終要到那兒去。

然而有了這對自身的悲憫，及由此衍生的虛弱，就更需要有些什麼，來作為支撐，譬如愛，譬如寬宥，譬如平等，譬如奉獻和隱忍……那些如同青海湖、日月山一樣，非但美，且有著美好淵源、來自一個遙遠地方的事物，人才能平衡自己，恢復力氣。相信吧，相信一定存在不滅明燈，照亮亙古就有的茫然，變迷為悟，轉染成淨，慧光不受阻，明善與非善，生出智識和勇猛，加持眾生與自己。世界給每人開了一朵花，需要的，只有找尋，然後安頓自心在其中，香氛恩惠周圍，也護佑了自己。而行走在香氛之中的人，慢慢會成為香氛的一部分。

†蓋一個穹頂給自己

我住的這條街，位於城鄉結合部，是濟南市為數不多還沒進行舊城改造的地段，村莊裡的房屋還在瘋狂增長，外來人員還在不斷租用入住，而馬路上，仍沒有幾個紅綠燈。就在我們唯一通往大馬路的街道上，依舊熙熙攘攘形成著市場，幾乎將街道整個壅塞掉，而將整個村子沖走。

街道與大馬路相交的十字路口，就在今年八月份，剛剛又發生了一場車禍，這在我們這裡是件大事，緣由和細節很快便傳播開來：高級轎車主人的父親是「李剛」和「李雙江」似的人物，當時速度驚人毫不避讓，出事後態度仍強硬無禮——死掉的，是個與姐姐一起放學回家的七歲男孩，姐姐輕傷，當場嚇暈。轎車負完全責任，因為孩子走的是斑馬線，法律明確規定：在沒有交通信號的道路上，機車要主動避讓行人。然而，機車的主人，他不怕，他不怕撞死人。他什麼都不怕。

孩子的父母是賣包子的，出事瞬間，正在路口朝東大約十公尺之外的地方揮汗忙碌。之後不久，包子鋪關門，孩子的父母和所剩的女兒不知所蹤——沒辦法再在那個地方待下去了——孩子的血潑在那兒，是針，刺瞎大人的眼睛。

我們這兒，建了一座全市最大的建築材料大賣場，不遠處，又建了一座差不多同樣規模（目測也許還要大）同樣性質的大賣場。另有零零星星同樣性質的賣場樹苗一樣冒出長大。原村莊的樹木卻一再被砍伐，幾乎所剩無幾。大馬路是近幾年修建的，每次樹苗被栽種之後，就會很快死去——人們會拔起、弄斷，然後再在那兒擺起攤子賣東西。形成了連綿不斷的馬路市場。而一到傍晚或晚上，就被斂走秤桿和推車……出現過數次雙方互打的事情，各有勝負，沒有收場的意思。一次，與出車禍差不多同樣大小的兩姐弟，在媽媽的攤子被收時，女孩男孩拉住車子不讓運走——女孩閉眼大哭，男孩雙手扯緊媽媽的小桌子，一聲不吭，眼裡卻射出那樣的眼神……你知道那是什麼樣的眼神。

在很多地方，還有那麼一群群的人，天理昭彰般掘地三千尺，在一個世紀內就決心狠命用光一切——礦產，以及江河、土壤、森林、福氣……供自己的一介肉身所享用，根本不考慮兒孫的死活。大自然在痛苦。大自然難道會有痛苦？——一定有的。它沉默不語，不像人那麼會聒噪，不一受委屈就跳，但它與人一樣，也會病，會消瘦，會死去。

等大自然死了，人類還會遠嗎？

可人啊人，同類之間難道就十分友愛嗎？自人生出，這世間哪分得清絕對的對與錯？只有血光或淚光、戰爭與和平、戰爭與假和平輪番上演，「完美的蒼蠅」們不再碰壁，各自獨霸一方天空任意馳騁，嚴格的理想主義者在現實的大地上卻始終走得跌跌撞撞……此次出來，在原子城參觀圖片展：上世紀五〇年代，旅美科學家郭永懷一把火燒掉自己多年的研究成果，毅然歸來投身建設，小導遊講到「這把火」時，我眼裡瞬間湧滿淚——一是作為一個案頭工作者，心裡清楚那多難做到！二則，作為一個力求純潔者，心裡清楚他如果來到今天，會被看成傻子，或許還被誣「作秀」，因為「完美的蒼蠅」已然太多，「蒼蠅」糞土「英雄」的事情早見怪不怪。

在另一個維度，神和神一定有過對話，越來越卑劣的我們，再無可能獲知內容。

生活是具體的，似乎遠離神意，然而神意它當然無處不在，人類如此驕傲、自私，妄圖駕馭世界，卻被無限膨脹的私欲所駕馭——我們的眼睛變成遠視眼，對眼前撲面而來的異常和苦難視而不見，只要能多賺錢就覺得一生充滿意義；我們身體內的筋骨將被自己抽出，化成鞭子，這自虐終生的刑具。我們已經活成了這般模樣——父母、子女，以至祖先、後人乃至自己都不會滿意的模樣。我們什麼都不怕！我們什麼都要！我們唯我獨大，我們惡行相向，我們顛倒了黑白……我們活成了我們皮袍下的「小」，我們沒臉再嘲笑我們在校時嘲笑過的阿Q。

傳說裡，東西方都有一個造物主，他（她）塑造萬物，前無始，後無終，極顯著又極隱微，且無所不知、無所不能。不同宗教的最高的神，稱呼不同，歸根結底皆為人們在自己有限的想像力裡創造出來的具象，統帥所有的，其實另有無形之手，順昌逆亡；萬物（包括神靈）之上，另有神秘之眼，佛祖、上帝或真主，及其對立面的阿修羅、撒旦或魔鬼，也都在其洞察之中。任何所謂的高智慧生物（就算他們創造了高科技成就）都無法按自己的意願剝奪這世界——只有增益這世界，才有獲得祝福的可能。

人這生物，無非是與星星一樣高也與塵埃一樣低的過客，與萬物一樣，靠獲取能量維持生命延續物種，也終將遁入時間盡頭的虛無。所有的能量，都是借來的；借來的東西，要還。宇宙的能量，自有它產生的緣起和運轉傳遞的軌跡，那些傳遞給人的能量，對個體，反射到我們的身體和本性，就是生命活動；對群體，反射到社會，就是發展形態。我們——人，與我們雙手建造的這個外部形態之間開始了無底線敗壞——被我們虐待的大自然漸漸連乾淨的空氣也不打算剩給我們了，大國寡民「利己主義」的基因突變，以及飛速崛起的舶來品「物質主義」，交合而成的毒瘤出乎意料地兇險——這毒瘤在時代的陰寒體質中瘋狂增殖，滲透組織，直至主體變異得敏感、脆弱、痛苦，及至萎縮、潰爛……。

佛教教人普愛眾生，伊斯蘭教教人敬主愛人，基督教教人愛人如己。人可以不皈依宗教，卻不能沒有宗教感——須敬畏大自然，更須彼此相愛，護弱扶小。最好結結實實蓋一個尖尖的穹頂，加在「豕」字上，安祥蓄養，美意生發，變身一個溫暖的「家」，而不是扣一個禿頂的東西，在「豕」——人本身退化為一群凌弱欺小、只懂搶食的「豬」——的上面，成為一個冰冷的「塚」。

在塔爾寺，大家在所見每座佛前閉目合十，因為那種情境中，心裡不自覺就想有所禱告。佛像很多，我心裡祈念的都是自己的老人和孩子，直到最後一座。這是我們此次前來所見最大的一座，佛像在維護中，只能在縱橫的腳手架間隱約看見佛的一小部分。不知為什麼，光影憧憧裡，恍惚想起遠在千里之外和數月之遠的、濟南那個七歲的孩子，他的紅領巾曾搖動如經幡。

離開之前，因不願被同伴看見自己的眼睛，我慢行幾步，在沾滿一元紙幣的祈福壁上，仿效著黏了一元，為那個孩子。

其實，也應該為同樣無辜而被侵害的事物——當人禍摻和進天災，業障積攢成孽障，高於眾神之上、無形穹頂下的那雙眼睛就要張開。

三

家書

月光光，照地堂

記得清代詩人袁景瀾有一首長詩《詠月餅詩》，其中有「入廚光奪霜，蒸釜氣流液。揉搓細面塵，點綴胭脂跡。戚裡相饋遺，節物無容忽……兒女坐團圓，杯盤散狼藉」的句子，讓人一看到，就無由地想起兒時和您一起、我們一家人團坐吃月餅的情景，媽媽。

其實，那時的月餅很硬，簡直可以當鐵餅扔出去，餡子也無非是青紅絲、芝麻、冰糖、瓜子、核桃仁、花生米……這些婆婆媽媽的內容，品種挺單一的。也許是人們太重視這個節日了吧？簡直是把當時食品店裡能買到的好玩意兒統統包在了月餅裡，外表夯實，內餡豐厚，跟個純樸善良、不太會打扮的村姑一樣，聞起來，卻似乎雜點桂花啊、月季什麼的清甜味道。當然，月餅裡也有小巧的，皮也更白淨些，有的在正中間點著一個大大的紅點；更有甚者，在月餅中央印上「嫦娥奔月」的、雖然造型粗獷但一派喜氣洋洋的圖案，一層層酥軟的皮裡包的全部都是「陽春白雪」的白砂糖——那時的白砂糖，珍貴程度應該不亞於現在的德芙巧克力。您平時就經常在剛蒸好的喧騰騰、熱呼呼的大白饃饃裡夾上一勺白砂糖，每一遞給我，我就一溜煙地跑出去炫耀——能饞得滿大街的小孩集體流口水呢。

想來應該是我六歲的那個團圓夜，無論再清苦都能把日子過成一朵花的您，中秋節更是不讓孩子們委屈著。爸爸抱著不足兩歲的小妹，一上一下地拋著逗她玩，您則屋裡屋外地忙著：把吃飯的大圓桌搬出來，月餅、橘子請上桌，再把折疊椅排排好，然後朝地面灑上水，仔細清掃過，最後將寬大的竹涼席鋪在地上，展開一床厚厚的花被子當墊子，丟上一個大枕頭……嘿，我沒等到您拿毛巾被出來，就已經在上面打了好幾個滾啦！

我們機靈可愛的狗狗「瓦爾特」也沒閒著：中秋節當天，我們家剛請人在院子裡磨了一個灰檯子，還濕著呢，它一會兒瞅瞅時任一家之主的媽媽，一會兒瞅瞅檯子，好像在說：「不是怕我踩檯子嗎？我要踩啦！」當您緊張地看牠時，牠就縱身一躍，輕盈地跳到檯子那一邊，再得意地朝您望……三番兩次，成了一個互動的遊戲。您被牠的滑稽樣子引得咯咯笑，我們也全哈哈大笑——真的，直到今天，我也沒見過那麼通人性的狗。

月餅是用刀子分切開的，按人數切成五塊。哥哥分到的是最大的，然而吃得也是最快的：他三兩下就把月餅填到肚子裡，然後就開始直盯著我的那一塊！我被他盯得感覺月餅簡直快要自動飛到他的喉嚨裡了，害怕地老朝您身後躲。

這時，您一邊摟我在懷，一邊把她自己的那塊隨手遞給哥哥。哥哥想接又縮回手。您摸摸他的腦袋，溫柔地說：「吃吧，孩子，我不喜歡吃月餅——餱嗓子。」於是，還是個小男孩的哥哥坦然無比地將那一塊又吞了下去……現在，在超市看見很多貴的、好吃的水果或點心，都會想媽媽吃不到了，而闔家團聚的場面，今生今世都不會再出現了。什麼都沒有了。媽媽像那晚的月亮不說話。

多好啊，您親手一棵一棵栽上的、密密地排成一圈牆的那一院子槐樹，被清風吹得嘩啦啦地響，月亮明明地照著，我們全家人依偎在一起，品嚐著月餅，爸爸講著月亮的傳說，您微微地笑著，望著我們……直到夜闌，我沉沉地在地上的涼席上睡著了，朦朧中，您費勁而輕悄悄抱我進屋時，朦朧中孩子心裡也滿漾著夢遊一般的幸福……那樣的日子，一晃眼都過去了。

當時只道是尋常，誰會料想人生不相見，動如參與商？只有溫暖，與記憶比肩而立。如今媽媽您走了已經整整一年零五個月，到另一個我所不瞭解的世界裡過新的生活，而我，再也沒吃過比那一夜更香更甜的月餅。

那些永遠不能知道的

媽媽，您好嗎？

您也真是的，去年連續給了牛兒三把大雨傘。還老絮絮叨叨地說，孩子只有一個奶奶，歲數還那麼大了，疼不了孩子了，孩子沒個親近的人，只有這麼一個姥姥疼……有時聽起來真煩。

您知道那雨傘有多大呀——撐開來感覺簡直有天那麼大（想來媽媽認為您的外孫很壯，塊兒很大，需要的傘也得大吧）！都是藍色的。媽媽從哪裡得來的這三把傘？還沒有什麼商家標記，乾乾淨淨的傘面，我猜肯定不是贈送的（我也從來沒問過——難道是專門去買的？）。

而且今天我也不明白媽媽您為什麼老給孩子寶藍色的傘——是因為孩子特別喜歡藍色？或者怕我這個「馬大哈」弄丟？

不知道。您不說。

前幾天回家，看到半個月不見的爸爸頭髮已經花白——以前他是多麼得意於自己六十幾歲的人發如墨染啊。爸爸那麼才華橫溢，妙語連珠，而且氣度非凡，走馬燈一樣參加社會活動，那時媽媽和我們都笑話他：「就喜歡這個——愛炫耀，愛出風頭。」現在，媽媽您剛走了半年多，爸爸已經深深地彎了腰，儼然已是一個頹唐、憂傷和沉默的駝背老人，看起來比奶奶還要老。

爸爸謝絕了一切社會活動，成日家悶在屋裡，做飯、洗衣，伺候九十歲的奶奶，再不摸紙和筆，簫倒是一吹就到半夜、凌晨——客廳裡新添了個譜架，上面凌亂不堪地夾著厚厚的一疊譜，最上面的一張邊上右下方已經摩挲得微微發黑，還翹了邊。我仔細瞅瞅，是《一剪梅》——媽媽的名字裡有個「梅」字。我把這一張輕輕放到了最後面。

爸爸把日子過得破頭爛耳——真的是破頭爛耳：地板是髒的，冰箱裡空空如也，前陽台東一隻西一隻丟著很多鞋子，廚房裡碗筷堆積如山——心裡不禁有些埋怨您：都是媽媽慣的，爸爸每天就是寫字、作畫、吹簫，壓根不知道什麼東西在什麼地方，並且把這裡的放到那裡，那裡的放到這裡，全部亂了套，把那麼整潔、雅致、舒適的家弄成了這樣！您瞧，他連最基本的生活能力都不會，您那是愛他呀？那是害他！

於是，我和妹妹馬上做了基本分工：她帶爸爸出去，幫爸爸買東西，我在家裡給爸爸包水餃，需要包很多很多，一層層冷凍起來。他們出去了，除了奶奶在她房間裡睡覺，只有我自己在後陽台忙著。安靜得不得了，那一刻讓我恍惚覺得我就是媽媽——媽媽您在是絕對不會讓我和麵的，您總是對三十幾歲的我說：「你和不了，去看書吧」。

然而問題來了：麵和好了，餡調好了，我就是找不到擀麵杖（我們這裡叫軸子）。半天的時間，我恨不得把廚房和毗鄰的陽台翻了一遍，還是沒有找到。而陽台外面就是媽媽常去散步鍛鍊的小公園。本來我們父女三個小心翼翼，不敢惹對方難受，於是，說話、做事都按部就班，甚至還故意說些輕鬆的話題，笑聲在房間裡迴盪著。

什麼都不提起。似乎一切都平復了。似乎誰都不怎麼傷心了。

可我就在那一刻爆發了——就那樣，我張開到處摸索弄得髒兮兮的手，對著小公園放聲大哭，靠了牆，朝窗外的空氣舞著抓著喊著：「媽媽，您把軸子放哪裡了？啊，您放哪裡啦？！告訴我，您說話呀，媽媽！……」

那一天，我們是用茶杯軋的餃子皮。

媽媽，您到底把軸子放哪裡了，媽媽？

您知道我們從來不曾遠離（家書）

親愛的媽媽，您好嗎？

先報喜好不好，媽媽？

今年我仍舊勤奮工作，按照自己的工作節奏來，不受外界干擾。破例做了個您一向喜歡的、更人文化的書評單元——知道媽媽不大樂意讓我胡寫瞎寫，雖然寫起來要更費勁些（老去買書讀書），可是知道您更喜歡這樣的女兒，費勁就費勁吧。從十五歲在《黃河詩報》、《詩刊》發表作品起，您就對女兒寄予了多大的希望啊，可我這個貪玩不用功的傢伙，一直讓您失望，您雖然不說，可我知道，您還是希望我這個少有才名的所謂才女，重新出息起來。過年回老家（小妹說現在只要填表，「籍貫」那一欄，她都改成全填寫那個小小的村莊名字，那個我們原本陌生的地方，因為您現在生活在那裡——那裡樹木蓊鬱，原野蔥蘢，是個多麼多麼美麗安寧的好地方！）我會給您帶去幾篇，您瞧瞧您還滿意嗎？

毛筆又挑選起來了。我們父女三人要結集出版一本四體字帖，分工合作，爸爸連題跋都準備好了：「三人四體百字銘，一門兩代書法家」。所以我現在在加緊工作。妹妹那個小丫頭，雖然忙著專業技術考試，也抽空練了兩下子呢。您知道她曾經是全省最年輕的書協會員呢，書法多有力道呀，放著都白瞎了。這下不遺憾了吧？什麼事都管的媽媽？哈哈。

公司上軌道了。為了帶我們出去玩，今天牛爸對我說：「要不，早點給員工放假？」於是，大後天就會放假了。好玩吧？牛牛的期末考試成績今天剛出來，不是第一，但也差不多（男孩子裡第二）——嘿嘿，媽媽，知道您最心疼小外甥，一定很知足啦，會說：「很好，很好，別逼孩子，叫他放鬆！」放心媽媽，我不傻，不逼他，放心。

下面報憂，媽媽。妹妹燙了髮，倒是挺好看的。但是那天晚上，我們在山師東路著等在健身房打網球的妹夫時，妹妹突然說：「姐姐，你說，我燙了這個頭，媽還認識我嗎？如果不認識了怎麼辦？……不認識了我馬上改回去！」那一刻，霓虹燈照著她的眼，照著我的眼，直到上車回家，我們都沒有看一下對方。是的，總有一天，容顏轉換了身軀變形了，聲音會嘶啞頭髮會雪白，到時候我們要憑藉什麼來相認呢媽媽？……媽媽，認不得了怎麼辦？

不是不去旅行，去了，媽媽，一路也是很有看頭的。到故宮時，我猛地停住，對他說：「我不能看故宮——媽媽最喜歡故宮……」他慌極了，馬上拉我朝外走：「不看，我們不看！……」媽媽，您擔綱唱戲的青島棧橋、一步一步登上去的泰山……怎麼去呀？沒法旅行怎麼辦？

還有，媽媽，那天我送妹妹到大門口，她停下，明明沒什麼事，卻躑躅許久，才囁嚅著說：「姐姐，怎麼辦呢？自從媽遠行後，我總是感覺很孤獨……」「常常覺得世界上就我一個人，因為沒有媽媽在身邊。」我接下去。然後，妹妹孤獨地走掉，我孤獨地上樓……爸爸沒有說，可我們知道，爸爸、哥哥也這樣……媽媽，孤獨怎麼辦？

其實，想起來，我們姐妹十年前不該遠遠離開您，去到外地工作——雖然這個「外地」不過百里之遙。掰著指頭算算，媽媽，從那時起，我們總共見過幾次面呢？而且都是來去匆匆，跟候鳥似的——天冷、天熱時，到您的懷抱裡尋找溫暖或沁涼——是的媽媽，媽媽夏天是空調冬天是暖氣，全世界的動能加起來也抵不上一個媽媽的能量，任何時候到家都是筵席、歡笑和甜睡……媽媽是節日。

又是節日中的節日——春節了，媽媽，像一個走丟了的傻瓜媽媽，您，懵懵懂懂走到哪裡去了呢？可不可以商量商量，回來吧？梁園雖好不是久戀之家，回家來，讓我做一頓從來沒給您做過的飯，讓我帶您去您所想去的任何地方旅一次行，好不好，媽媽？

或許，媽媽，不用為難了，媽媽，不用為難。不回來也罷，因為，您知道，我們知道，媽媽，就像我們從來不曾遠離您一樣，您從來不曾與我們遠離……。

媽媽，我們永遠在一起

劈裡啪啦的鞭炮聲已經漸行漸近，店鋪裡串串喜慶的大紅燈籠也都掛了出來。媽媽您離開我們已經一年又十八天了……。

✝大年夜：逃離

媽媽，您能原諒我的懦弱嗎？我堅持沒有和您一起過我們能在一起過的最後一個年。媽媽，大年夜，您一定為了讓大家開心，在劇烈的咳嗽聲裡，掙扎著看春節聯歡晚會吧……媽媽，我不敢看晚會，正如您去後，我不敢看排球、乒乓球比賽，不敢看有關奧運的任何消息，因為您是那麼喜歡體育、那麼盼望能看上二〇〇八年奧運會；我不敢看新的電視劇，因為媽媽您看不到了；不敢看舊的電視劇，因為媽媽那是您看過的，每個鏡頭都經過了您美麗的大眼睛……媽媽，我要逃，我要逃，我只要去看南方那靜謐的夜，那淺白的溪，我要逃離北方喧鬧的年，以及那樣深邃、夜一樣黑的、無邊無際、大水般的憂傷。

小妹淚汪汪地問：「那我怎麼辦？姐姐？」媽媽，我顧不上她了，我要逃……媽媽，跟我逃走，去那陌生的地方，去開心地玩耍。媽媽，我們一起玩個遊戲，頑皮地逃離他們——爸爸，哥哥，小妹……那些傻瓜一樣悲傷的傢伙。哈哈，媽媽，我們們歡天喜地地過年！這個冬天：滿大街都是孔雀藍的羽絨服。

媽媽，您那件孔雀藍的羽絨服多好看呀，往年的冬天，您不一直最喜歡穿它嗎？可是，媽媽，您走後的冬天，怎麼滿大街都是孔雀藍羽絨服呢？真的，在所有的地方：小巷里弄，學校門前，廣場上，站牌下，超市、菜場……在熙熙攘攘的人群裡，我總是一眼便能把那件衣服挑出來，就像一眼便能在密密麻麻的紙上把我要找的一個詞挑出來……並且，很想去親親那個穿著者的臉頰；並且，貪婪的眼光可以把那人送出很遠很遠……媽媽，您看我反應那麼迅速，一定會笑著說：「別看七個月就出生了，不光不傻，還挺聰明呢。」

就像突然發現滿大街都是孔雀藍羽絨服一樣，我也突然發現報紙上，關於不足月嬰兒的報導那麼多：有的癡呆，有的肢體殘疾，有的孱弱不堪，有的被父母遺棄了……當年所有人都建議把「一攤牛糞」的我丟掉，您堅決不肯，沖了麥乳精，用湯匙的小頭，餵養當時只有一公斤、不會吃奶、不會哭的我，如今成長得什麼零件也不缺，甚至勉強還算好看、成才……媽媽，我從來沒有因此而專門感謝過您艱辛的養育——我本來以為歲月靜好，日子遼闊，就那麼長長遠遠乃至永永遠遠地過下去了……在這裡，新年來臨之即，輕輕地說一句：媽媽，謝謝了。

†姥姥

小妹教孩子說的第一個詞是：姥姥

媽媽，您最放心不下的牛牛很乖，考試成績昨天出來了，很優秀。穿得還是您做的棉襖，很暖和，您放心。您往年給他的壓歲錢，他都精心地收入一個皮夾，放在自己書櫥最深的一個抽屜裡，大聲宣佈：「沒有我的允許，誰也不許動！」我問他：「除了爸爸、媽媽，還有誰一樣愛你？」牛牛毫不猶豫地回答：「姥姥、姥爺、小姨、舅媽……」媽媽，您看，在他小小的心裡，您須臾不曾遠離，永遠不會遠離……天天開始學說話了。小妹一遍遍地教他：「姥姥」、「姥姥」、「姥姥」……天天會叫姥姥了。您聽聽，好聽嗎？

哪裡有通靈人，能告訴我您現在的情況？如果有，現在也請一定提供資訊給我，據說都在偏僻的地方，可是在哪裡呀？我拜託朋友打聽過，還被朋友罵。我聽說過有些真的很靈，有的是騙人。太想念了，能見一面也好啊。爸爸那次說只要您能回來，活一分鐘，「我現在就死！」爸爸當時滿眼淚水。這是那個年輕時候，用他的名字領一回感冒藥都會覺得晦氣而發脾氣的爸爸啊。看見影像出現就可以，不用說話就可以。

一直到今天，媽媽，我也是經常想：其實您不過只是去做一次較長的旅行罷了，只是要很久很久，只是我們不再能總是去看望您了而已，可是，媽媽，正如小妹說的：「媽媽不是離我們更近了嗎？每時每刻都在想：看孩子的時候，洗碗的時候，坐車的時候，讀書的時候……姐姐，真的，我現在都有特殊功能了，能一心二用。以前只是給媽媽打電話哇啦哇啦說的時候想……。」

那次發表《媽媽好像花兒一樣》，許多讀者來信來電話（您知道我有報紙公開的電話、信箱）安慰我。得知消息時小妹正在上課，課間出門到報攤上，把所剩不多的七份載有那篇文章的雜誌全買下，課上發下去傳看，「上面有我媽媽……」教英語精讀的小妹，用英語細細地給大學生們介紹她的媽媽，結果全班都哭了……還有，媽媽，您一定能看到女兒的努力了吧？您去後第三天，我就應約寫了一個追思某畫家的稿子，兼想念您；還有，寫了十幾萬字……您還滿意嗎？媽媽您美麗無比的笑臉永遠照耀我前行。

†永遠在一起

您還記得嗎，媽媽？在您和我們共同揹著那個大苦難時，我們山南海北地奔波，做了多少我們原本不信的事呀！

五臺山上「請」來的大窩頭裂了，說是「神都笑了，好兆頭」。我們笑了；去某城請老婆婆看，說您「還有三十年的陽壽」。我們笑了；到各個路口灑米，說是非常有用，哥哥和嫂子到處都灑了。我們笑了；阿姨讓換掉家裡的碗筷，說是非常有用，嫂子把所有的都換了。我們笑了；打聽到有種「神藥」治好了一個人，哥哥一秒都沒有耽擱，到人家家裡核實、氣喘吁吁地買到。我們笑了；

打聽到有種非常神奇的菌菇，火速請朋友郵寄，巨大的一箱菌菇按時到了。我們笑了；打聽到上海有種五百五十元一片的瑞士藥，妹夫火速送來了。我們笑了；打聽到石家莊有種瑤藥很有效果，哥哥和妹妹按圖索驥買回來了。我們笑了；打聽到北京有一種美國產的八百元一片的新藥，哥哥和妹妹買回來了。我們笑了……從西北求來一句經文，說念一千遍即可痊癒，爸爸（後來我們才知道，那時爸爸的血色素只有幾克，這也是您老埋怨他在凳子上坐著不照顧您老迷糊沒精神的緣故。特此給您說明）馬上虔誠打坐，孩子們隨著虔誠跪下，包括十兩歲的圓圓，我們念了整整一晚，何止千萬遍！……我們笑了多少遍就哭了多少遍，念了多少遍就想您多少遍，媽媽！

如果用兩個字可以來形容那段歲月，那就是：地獄。

媽媽，我們一家都是所謂的高知對不對？我們怎麼不知道那起不了什麼用？可是，能怎麼辦呢？只有堅信：一定能好！……您現在病一定都好了，對吧，媽媽？正思索給我們準備什麼年夜飯呢，對吧，媽媽？……媽媽，您知道，您和我們都是不喜歡表達的人，我們從來沒有對彼此說過我們是多麼地彼此愛著，即便在那時，在您躺在病榻上時，我們甚至沒有在您面前掉過眼淚。

其實，在得知病情的第一天晚上，那次我睡在小妹家的客廳沙發上，在黑暗裡，我跪下來，喃喃反覆念叨：「老天，請你減去我陳劍霞二十年的壽命，增給我的母親劉紹梅！」我跪了幾個小時，媽媽知道嗎？後來，很久以後，有幾年吧？小妹和我偶然談到，她說：「姐姐，一樣。那一晚上，我在臥室裡也是如此：跪在地上，反覆求過老天爺了：『老天爺，你讓我明天出門就撞上汽車吧，撞斷我一條腿，給我的娘增加十年的壽命！』……」我們哭哭笑笑，說起，其實還祈禱了、許願了：「如果全家人都去掏廁所，一輩子，媽媽能活下來，會毫不猶豫、快快樂樂掏一輩子」「讓我犯個大罪，抓起來送進監獄吧，打我吧，只要能換我的媽媽活著」……媽媽您能知道嗎？能知道孩子們──孩子們和爸爸──多麼愛你嗎？沒說過啊，也不掉眼淚。

到如今我們說話時仍是怕提起又想提起：也不知道那樣做到底對不對？媽媽可以原諒嗎？能知道我們其實很心痛很受不了嗎？我們是怕那種分別的意味，影響了您的心情。可是媽媽，很想啊，很想您，想得常常對了空曠的房間喊：「媽媽，我想你呀（小妹居然也是如此，沒有絲毫的差別）！」很想當您的面，對您說：「媽媽，我們無比愛您！無與倫比地愛，比愛任何人都愛地愛」，很想再讓您摸摸我們臉，很想再看看您的笑，也很想讓您再聽聽我們叫您的聲音，再聽聽您的聲音，一輩子不絕於縷的聲音。

聽見了嗎，媽媽？在墓前，在曠野裡，我用我最高的分貝呼喚您，就是想穿透厚厚的地層，請咫尺天涯的您再聽聽我叫娘的聲音，也想再努力喚醒一下我日漸生疏的叫娘的聲音……小妹把一句話打在自己手機螢幕上，作為開機語，一天二十四小時、兩天四十八小時、三天七十二小時地亮著那行美麗的宋體字：「我們永遠在一起」。

您永遠地，住在我們左邊胸口這個地方。

媽媽，我們永遠在一起。

媽媽好像花兒一樣

昨天晚上我又夢到了您了，媽媽。

媽媽，在夢裡，您和我一起在公車站等車。您拽拽我的衣角，幫我整理整理書包。車來了，人很多，我們一起朝車上擠。可是突然，那售票員不讓媽媽您上車……恍惚中您似乎在打電話，可就是發不出聲音。於是，我大聲地叫媽媽！……可是您還是不能像往常一樣，溫柔地答應。我知道，都知道：媽媽您已經走了，您已經不能和大家一樣在這兒生活了。您不能再答應——哪怕我們把喉嚨喊破，也不能了。

您知道嗎？女兒有多少的痛悔啊！媽媽！……

去年九月，是一個夢魘般的九月。您本來烏油油的頭髮一下子白了很多，還老是說嗓子不舒服，咳嗽，渾身沒勁。也照X光，也看中醫，一致認定：您得了「咽炎」和「憂鬱症」。於是，打點滴，朝喉嚨裡打封閉，找精神科、找精神護理醫院……可是，我們為什麼不給媽媽做個斷層掃描呢？為什麼不呢？

整整一個冬天，媽媽您就那麼捱過來，而且，還給我們醃您拿手的鹹菜，給我們做羊肉丸子。記得那次當做熟了丸子、砂鍋在灶上咕嘟咕嘟冒著熱氣時，您對我說：「孩子，你端下來吧，我老了，沒有力氣，端不動了。」當時，我還嘟囔：「你看你，老是不鍛鍊。才六十歲，老什麼老！」媽媽臉上居然露出一絲慚愧，有點侷促不安……就這樣，一直到今年一月二一日查出病來，您一直都是在拖著癌症晚期的病體忙著給我們做好吃的啊！……媽媽，後來也確實感覺出您有點老了。還記得嗎？也是去年冬天，年末時我手上扎了個刺，嬌聲嬌氣地喊您過去幫忙撥出來。也許是病的緣故，勤勞一輩子的您那一陣老是蜷縮在沙發上打盹。一聽我說扎了刺，您激靈一下，有點吃力地掙扎起來，找了針，戴上花鏡，快步走到我身邊，開始撥。那針一下一下刺在我的手上。媽媽您歎口氣說：「我老了，看不清了。」當時您的話刺一樣扎在了我的心上。我連忙說：「好了好了，出來了，不疼了。」心裡真是疼啊：媽媽老了，那麼勤勞、那麼俐落的媽媽老了！

可是，現在我多麼盼望媽媽您僅僅是老了呀！哪怕老態龍鍾，哪怕變得醜陋，哪怕瞎了聾了瘸了癱了瘋了傻了植物人了……我只要您活著。

媽媽，兄妹三人裡，我是個讓您操心最多、惹您生氣最多的孩子，有時候您甚至有點怕我。記得當年來濟南相看女婿，您還在包裡塞上一雙皮鞋。您不喜歡穿皮鞋，但知道我愛打扮、愛面子，一定會說您不該穿布鞋……媽媽，為什麼我老訓您、讓您怕我呢？您為什麼不生我的氣呢？

有時想一些事想出了神，我還真的抽自己幾個大嘴巴！——自私，暴戾，粗心……我真不是東西啊！

小妹那個人細心、疼人，還很有藝術天分，一把亂亂的、普通的塑膠花，她靈巧的小手幾下子就能弄出詩意來。我就迥然不同：非但書法風格寫得人人見了都說「是個七十幾歲的老先生寫的吧？看多粗獷豪放啊」，而且生活上也很不細心，只能勉強做些刷鍋洗碗、漿漿洗洗的粗活，可媽媽您每次都在爸爸半開玩笑地貶我時，笑眯眯地表揚我：「粗使丫頭有粗的好處。」爸爸說小妹是您的「貼心小棉襖」，說我充其量是您的「背心」，您從來都十分肯定地撫摸著我的頭說：「背心護心護背，我看是一樣地好！」

媽媽，這個「背心」現在也接上袖口成了「小棉襖」，可是，讓它向哪裡去貼您的心呢？

媽媽，您知道，我這樣的不肖女，每次戀愛都要折騰得翻天覆地、沸沸揚揚，可是，為什麼您每次都不打罵我？在我最後一次戀愛的那次叛變、我們一家人一周只吃了一斤饅頭的時候，您依然掙扎著做飯、洗衣、裱畫、看孫女……我知道，您精神上當時也是備受折磨呀，可是您為什麼不像我一樣哭出來呢？我的媽媽？

還記得嗎，媽媽？在那個破破爛爛的大雜院住時，您把我們那四間老屋收拾得多麼乾淨、美麗呀！還分別標上一號、二號、三號、四號房間。再冷的天，您也在院子裡的公用水管下忙著：洗衣服、涮拖布、洗小孫女的尿布、淘米、淘裱畫用的麵筋水……每次都是先用煤球爐子燒開的滾燙的熱水澆在水管把手上，水才能化開淌出來，您的手，媽媽，那時都裂著大口子，一個冬天都癒合不上。嫂子生孩子三個月就上班了，還經常上夜班，媽媽您就一直白天晚上地帶孩子，還做飯、裱畫……說起裱畫，媽媽，您非凡的聰明全表現出來了：一般人要全日制學習幾個月才能掌握的一門手藝，您就是在買菜的路上，順便到人家那裡看上幾眼（您說：「人家誰願意教呀，不搶生意嘛，我們不怪人家不說要領」）「偷藝」。學藝沒有一個星期，您就已經接了一批六十幾幅字畫、很急的大工程，而且做得那麼漂亮！就是您沒日沒夜趕出來的「六十幅」，助哥哥買了全套的家用電器、助我上了學！

媽媽，正是因為有您，我們當時的那個「破家」才那麼光彩照人，好客的爸爸也才一批批朝家領朋友叫您盛情款待，沒心沒肺的爸爸才壓根沒有向公司要房子的意思，還老是得意又滿足地說「家裡真舒服呀！」

可是媽媽，您走了，這個繁花香透整座城市的五月，是我們生命共同的結束，和開始。

這是一個怎樣的「開始」啊！世界突然整個陌生起來，什麼都會想到您，無時無刻不想著。我們不敢看見任何五月之前的東西；不敢看書；上街看見「母親牌牛肉棒」的看板子都得使勁閉上眼，心如刀絞。在家裡，電視節目只要唱有關母愛的歌，《燭光裡的媽媽》《媽媽的吻》乃至《懂你》，我會罵一句「這是什麼破玩意兒」然後走開。

如此，以至於後來電視上一出現「母親」「娘」「媽」「MATHER」字樣，牛爸就會飛快換台，害怕，不敢正眼瞅我一下。而爸爸，已經徹底不能回我們的家——四合院的老舊的家，市政府院裡雅致的家，都不能回了。身為書畫家的、頗有風度的爸爸，被您慣得像個孩子、什麼工作也不會做的爸爸，完全摒棄了書畫（您去後，爸爸的背一下子駝了，體重銳減三十斤，瘦得變了形……

爸爸深愛您呀媽媽），現在執拗地回到鄉下侍奉奶奶，拖著和當地農民一樣的髒拖鞋，趕集、洗衣、買菜、做飯……我們都不準備再回去了——怕見到您每天都騎的自行車、每天都去的菜市場、每天都要在那裡散步的小公園、常常去買東西的美食城、偶或去唱唱京劇的廣場……媽媽，您不在，哪裡還有什麼家？只有當您離開了，我們才發現：媽媽，您一直都是爸爸和兒女們的一片天！

媽媽，您是一個低調的人，從來都是文雅、大方、不出風頭，完全不施粉黛。不是爸爸說，我們還不知道您十五歲就領銜主演唱大青衣的事。您是那麼的美，有著花兒的品質、樣貌和芬芳。小妹也算是人見人誇的美女了。而去年冬天，查出病情的前幾天，您已經大失神采，但當小妹坐在您身邊的小矮凳上聊天時，我還是「撲哧」一聲笑噴了：「她她她，怎麼讓您襯得那麼醜呀！」媽媽，您還記得嗎？我當即這麼大喊，小妹還很不好意思呢。哈哈哈哈，除了您，微微笑了一下，我們全部都笑開了。

後悔啊我！媽媽，從畢業工作到去年這十二年間，您看，我給您買的衣服，全都是長袍馬褂、老太太樣式的，春節時我給您買了一件最新款的紅衣，可是您已經在病床上，每一秒鐘都在咳嗽、擦痰，連試也不能試了……。媽媽，您在天堂一定什麼漂亮的衣服都可以穿了吧？您可一定要挽起我一直勸您挽卻一直沒有挽過的、應該最適合您高貴氣質的髮髻呀！

我現在常常使勁、使勁地想您挽起髮髻時的樣子，可是越是使勁越模糊，讓我恐慌：媽媽，不會吧？您不會讓我把您的面貌忘記了吧？而喚媽媽的聲音越來越陌生，我都快叫不出來了……

我這個「粗使丫頭」多麼想親手給您挽一次——哪怕就挽一次——那樣精緻的髮髻，輕掠您的雲鬢，再細細插一支玉簪……媽媽，我們臨去時也不過是剛剛過了六十歲的生日（我們剛剛辦了老年證沒有幾個月）！

媽媽，您最喜歡的我的文章、書法、我的新書……都不再看了嗎？真的不再戴上花鏡摩挲著微笑著讀我看我念我疼我了嗎？媽媽，我不能想像：我們永遠不能再見！……媽媽，小妹那個心細如髮的孩子，在前幾天，一心想給您發個簡訊——您知道，我們以往每天都和您通幾次話的。結果這個傻子胡亂地按了個手機號碼，把對您的思念細細寫了，發過去……您一定猜到了，是的，人家回電話厲聲斥責了她……當她哭著打電話給我複述這件事時，我也哭著斥責了她……因為媽媽，我知道，您不願意看到您那麼愛的孩子們心碎的樣子。

可是媽媽，我們沒有告訴您我們愛您，您能知道我們愛您嗎？媽媽，知道嗎？不能嗎？能嗎？可是，當我在深深深深的夜裡，在這裡，一邊神情恍惚地敲著字，一邊還是忍不住地想：還是能偶然碰上的吧？媽媽？還是能的，是不是，媽媽？或許，在某個霞色滿鋪的清晨，某個轉身的、不經意的剎那，在某個街角，某個紅綠燈交錯的斑馬線，迎面驚喜地看見：媽媽您花兒一樣美麗的笑臉綻放在我的面前。

每逢佳節

媽媽，您好嗎？

今天早上，又夢到了您：您和我都一副各懷心事的樣子——您在擇菜，裝著輕鬆隨意，裝著沒死；我呢，拿一個水煮蛋吃著。您站著，我坐著——我裝做不在乎「媽媽怎麼又回來了」的詫異和驚喜，裝著一切如故，也有點委屈和撒嬌——你看，您不在，我就這麼委屈，吃自己最不愛吃的。

上次夢到我在我們家的樓上，從玻璃窗裡望著樓下的您。您在馬路上坐著，我在四樓窗邊站著。就那麼看著您的背影。心裡完全明白您在怎麼想——「媽媽在發愁，怎麼將自己得病的消息告訴我們」，而我，發愁怎麼將您病的事瞞住，不告訴您。您怕傷害親人，我怕傷害媽媽。

那一次，夢到您完好美麗地在家裡，該幹什麼幹什麼：燒飯，拖地，笑眯眯地。放學回來，大喜，恨不得跳起來——「媽媽好了！」然而接著懷疑、憂傷，隱約意識到：「不是出事了嗎？」

就那麼笑醒和哭醒，一晚上在兩極的煎熬中，幾十次重複做這個短短的夢，不停翻轉，熬過去了。像在大霧裡走山路，一腳一腳地踩空。人的一生——媽媽——怎麼也像在霧裡走啊？！

前年，妹妹給我打電話，告訴我：「姐姐，實在是太想了，太想了。就上網搜尋「怎樣聯繫到已經去世的母親」——姐姐，還真有，」她在電話那頭笑了一下，「一樣的內容，題目都差不多：『如何才能見到去世的娘』……我是想，還能什麼辦法都沒有了嗎？姐姐？我覺得世界這麼大，總有幾個奇人異士，能幫助我們。」

我能怎麼說呢？媽媽？放下電話，我也搜了一遍，將所有的有文章讀一遍，還是沒有辦法。

妹妹昨天打電話給我，說「最近特別厲害。」「老夢到。」「同事說：『一轉眼，你媽去世多年了啊。』姐姐，我很受『多年』這兩個字的刺激。好像就是昨天，怎麼都『多年』了？」說完她就哭了。

我知道她說的「厲害」是什麼意思。又逢佳節的緣故吧。妹妹說：「也好，每次都當見了一面，也好。」也好，媽媽。您知道嗎？我們倆幾乎每年都要吵一架，去泉城公園或其他什麼僻靜地方，吵得全身的血都要乾了。她堅持每年初二、清明節、七月十五……要上墳。我不同意。我的意思是說：「既然你相信媽媽永遠和我們在一起（她的手機、簽名文件統統都是這句話），那麼弄這些有什麼意思呢？」她固執堅持：「這幾個日子人家墳上有人，我們也要有！」我就批評她：「其實你還是沒認為『我們永遠在一起』！」

唉，批評她幹什麼？她也許是對的——妹妹每次去上墳，都會命令三歲、四歲、五歲、六歲、七歲、八歲的天天「給姥姥放風箏」。您的小外甥哭著，飛快地跑著，口裡喊著「我給姥姥放風箏看！」媽媽您都看見了嗎？

而我，在最近一篇的文章結尾，還曾祝福「我的父親、兄妹……」，單單把您忘了，才是需要被譴責的——潛意識裡，是不是我已經覺得您真的遠去了？我這個破人！剛剛得了「影響濟南文化人物」，媽媽，頒奬禮上，我會這麼說：「感謝我的父母、家人……」，淡淡地，不露痕跡地，說出您，修補我的壞，好不好？到時，您可一定要聽見啊。

媽媽，原諒我好嗎？十二月六日，去南方參加一個活動。在飛機上，我看到白雲，那種靈魂白的白雲，鋪展無邊。心裡酸甜：「原來媽媽就在這兒呀。」而我那一刻穿的，正是媽媽您在二十年前給我買的那件高領白毛衣，是愛人清理舊物不小心丟掉、我又哭著去大垃圾箱那裡扒著臭魚爛蝦尋回來的。發言、講演、去大足佛像區、洪石崖……去看長江，都是穿它——當時想，我要帶著您，請您分享這個一向貪玩如命、惹您生氣、給您恥辱的女兒的光榮，也帶您到風景好的地方旅行。

媽媽，又是一年。提前給您拜年了，祝您健康快樂。

女兒：小霞（並代兄妹荷龍、小敏和爸爸）

鄉村的母親那不死的人（外章）

題　記◎

我的婆婆劉瑞芝（一九二九—二〇一一），山東省菏澤市鄄城縣儀樓村人。十八歲嫁入儀家，做三個孩子的繼母，視如己出，後又生育三個孩子。侍奉老小十幾口，一輩子都在下田勞動。除了縣城三個姐姐家和濟南我這裡，她哪裡也沒去過。此篇敬獻給老人家，以及鄉村的母親們。

†她呼喚，他應答

到鄉村去，每到傍晚，日頭染紅了西山，接著，星辰擦亮了黑夜，就聽到一聲聲或高亢或纖細或溫柔或不耐煩的女聲東一聲、西一聲，高高低低地響起：「回家吃飯了……」

於是，就有一個、兩個、三個……所有的孩子，分別應著，急匆匆地向那個聲音的來處撲去。

那個聲音是一個農婦。多少個聲音是多少個農婦。

她的手一定很大，粗糙，有的還乾裂，每個指頭的頂部都纏著膠布。她不嬌小，即便矮也不嬌小，像一架小飛機，敦敦實實，螺旋著就能飛速上升，去撒種子或噴農藥；她也許高大，那就更像是樹，村口或田壟上那株祖父或老祖父種下的槐樹。不，一定不是柳，不是，不是垂柳，直的也不能——柳是城裡的女人，纖巧或潑辣，好看或有氣質，可她不是農婦。

那麼，農婦的溫柔是槐樹捧出的槐花，白白香香的，聞聞醉，吃吃甜；她的溫柔是香椿捧出的春芽，綠綠鮮鮮的，聞聞醺，吃吃嫩……是的，給摸了揪了蒸了煮了拌了……給吃了。被孩子們或自己的男人。

像捧獻了她的乳房。

她把自己的衣襟捲起，扒出，掰開，捏著，塞進……每一滴都落不下。

她後來就老了。好像還很快。比城裡的女人快三倍。

她的乳房癟了，像倒空了糧食的口袋，歪在牆角，似乎一個睡著的老貓。她的聲音也老了，沙啞，空洞，有牙齒脫落，會漏風。她的男人也許早走一步，去那黃土黑土紅土下，等待她。

她的孩子走了好遠，都走到了多金轎車嬌妻愛子盛名高位……也鮮衣怒馬，也講話演講，可他還是能聽到她叫著他貓貓狗狗的乳名，喚他「回家吃飯」的聲音。

多少輩子，她呼喚，他應答。

死了活著，她呼喚，他應答。

這聲音綿延不絕，回聲繞梁。

她喚得悠悠，我聽得淚流。

她在那裡燒火。

升騰著濃厚白氣和香氣的，是一大鍋的包子；紅彤彤映得像太陽的，是她的臉龐。

她一鍋一鍋地蒸和煮，彷彿只為蒸煮而生。她把種子蒸煮成氣力，灌給男人，男人再把氣力灌給土地，土地吐出種子，交給她蒸煮……這世界幾千年就是這麼過。

頭髮上黏著一點碎屑，玉米秸或草棍兒，她不管它；手上染上了一點黑灰，她也不管它。風箱呼哧呼哧，像個好老貓的呼嚕。

它更像她的孩子。她像它的媽媽。

她像所有一切的媽媽：粗瓷碗、原木桌、抹布、笊籬、鍋蓋、辣椒串、下蛋雞、公雞、豬、狗、羊，草，樹，星斗，露珠，馬齒莧和麥子，山巒、溪流，飛鳥和蝴蝶……她那麼愛美——即便不怎麼年輕了她還是那麼愛美。她的髮飾卡在她的白髮上。她的嘴角掛著微笑，像掛著花朵或果實；她的眼睛閃閃發亮，像捉了螢火蟲做的目光；火光映得她的皮膚多麼紅亮，像夏日田野活潑的晚照……她簡直像個姐姐或妹妹。

她坐在灶塘裡，卻像長在山坡上。

我不能不把她想像成一株漂亮得不像樣子的桃子、李子、杏子樹。

†她的農具

屋頂放雜物的小屋，裡面全部為農具，微眯著雙眼，從容不迫。她用了她們一輩子。她跟她們在一起的時候，她們就抱著她，像一群親人，不分彼此。

她們一定親眼看過種子到胚芽，胚芽到苗，苗到禾，禾到穗，穗到麥的那些日子，像孩子從孕育到娶親的日子。她們輕吻了驚蟄和春分，啜飲了清明和穀雨，更咬牙忍下了寒食和芒種，擁抱了噴天流火、汗流浹背的小暑和大暑……這裡那裡，黑泥白鏵，綠樹紅花，將酒擂茶……那些熱鬧，繽紛到不行。

鐵鍁、木鍁；粗篩子，細篩子；大杈，排杈。還有一個損壞了的耙子，被丟在房頂的一角，日曬雨淋。

鐵鍁鋤地，木鍁揚場——從播種到收穫的過程，從小女孩到母親的過程，從工作到工作的過程，從歡笑到歡笑的過程。

大杈挑大柴火，排杈挑小柴火；大杈是玉米秸的夥伴，排杈是麥梗的協理——從死到死的過程，從田野到灶塘的過程，從金黃到灰暗的過程，從灰燼到飯香的過程。

粗篩子篩粗糧食，細篩子篩細糧食；粗篩子篩磨面前茁壯飽滿的糧食，細篩子篩粉碎了的糧食。萬千糧食穿過，細的歸細的——人的嘴巴，粗的歸粗的——牲畜的胃腸，她們自己一粒也不捨得吞下——從生到死的過程，從雄壯到悲壯的過程，從犧牲到犧牲的過程，從生命到生命的過程。

至於那身子用鐵絲綁著劈開一半的、損壞了幾個尖頭的木頭耙子，她一定已生長了許多年頭。她的末端給磨得細細的，想必記憶也給磨得差不多了吧？她忘記了在田疇矯健奔跑的歲月，只橫在房頂，看夕陽如血。

我把她們中的一個斷齒用手帕小心包起，裝進衣袋，帶了回來。

她真的像顆牙齒——犬齒，恆齒。外表滑順，內裡斑駁。

她疼嗎？

†她死了

她也會死的。這出乎我的意外。

她看上去能活一千年也不止。她好像生下來就是那副俐落蒼老疲倦強大的母親的樣子。她嘴角繃緊，大多數時間是沉默的，並一直勞動、勞動、勞動……永不停歇。她比她的男人似乎還壯健些。

可是，我忘記了，她的腰是越來越彎了，最後，簡直都彎成了月牙兒。

可是，那「月牙兒」上，還是牢牢黏著一隻恆星似的草筐，裡面有半把嫩草，和幾根麥穗。

她臨去時還在勞動。

她死了，倒不帶著悲傷。她對兒孫們說：「去吧，去忙，該插田了。」

是的，該插田了。兒子們也並不多麼悲傷，因為，媽媽就在身邊，她看到他們勞動。

有時，她還替他們擋擋風寒。他們累了，也靠靠她的背，特別寬厚——媽媽的背啊。

孫兒們則常常繞著她打鬧、捉迷藏，他們或鼻子、或腳趾，同她的一模一樣，並扭股糖似的，黏纏在她身邊，有時也揪一把她的頭髮——好疼的，她也不吭。她會笑眯眯地把最小、最膽小或最笨的那一個，護在身後。

而夜晚，他們荷鋤回家，她就看守，在酷似自家地窖的洞穴裡，在鋪天蓋地、結結實實的田野的香氣裡。

看守是多麼輕鬆的工作呀，莊稼長得又是多麼歡實！

她舒展開額上細紋，皺皺鼻子，吸滿肺葉那超越任何一款名貴香水的香氣，隨手撥弄一下牛鈴一樣搖響的漿果，不禁樂而開懷。

她躺著，身體與大地平行，跟它一樣的體溫，一樣地，隨風搖盪。

她安靜地休憩。她從沒休憩。

她覺得這樣很好。她跟活著沒有什麼兩樣。

懷念娘

——在第五屆「漂母杯」全球華文主題散文大賽頒獎會上的答謝辭能獲獎，十分意外。這麼多人參與，萬眾矚目，知道會中高手如雲，大家也很多。還是覺得，我是個「新手駕車」，想過可能能獲得三等或優秀獎，但萬萬沒想到可以拿到一等獎。

感謝所有為此次大賽忙碌了一年多的人們，感謝您們！

《鄉村的母親那不死的人》來自我的一本散文集《唇語》，那本書還沒出版，卻是我自己最重視的作品之一，是用無聲的聲音對著世界說出的心意。此刻，我相信，我的母親，劉紹梅和劉瑞芝，也正在您們中間，看到我的口形，辨認著那三個字：我愛你。

在她們生前，我沒能說出這句話。在她們身後，我願意用餘生來說這句話給她們聽。

是的，我自己的母親和婆婆，都已走了。自己的母親在八年前，婆婆是去年。

有過痛不欲生的日子，有過自艾自憐的日子，想著從此徹底成為大地上飄著的孤兒，從此再沒有了故鄉沒有了家，沒有了暖暖軟軟的懷抱、沒有了那樣毫無條件、毫不要求回報的愛撫——愛情嗎？愛情是要求回報的，不回報，會恨，會怨，會漸漸冷淡。只有母愛，只有母親那個人，不會。你小時的屎尿她不嫌臭，你難看你膽小她更心疼，你青春期叛逆只彈吉他不學習吵她鬧她她統統包容，你失戀你找不著物品她急得像個神經病……只有母愛從你生到她死、濃度始終百分百、溫度始終攝氏一百度……母親是神。

就是這個「神」，她會死。如果不出意外，她會死在我們前面。當然，如果我們死在她的前面，她會有三條路可走：一、等於死去——一輩子在人背後偷著哭泣，慢慢煎熬；二、因煎熬而早死；三、或乾脆想不開，藉著一根繩子或一把安眠藥，追隨我們而去。她一生也就那樣了。我們卻總不能做到——我們也會難過，然後，不管難過多久，也許一生都不會完全恢復失去她的創傷，但我們還是能最終過我們正常的日子。記得一部老電影的話：「只有娘疼孩子，哪有孩子疼娘的？」這話誇張，卻也客觀，讓人灰心卻無可奈何。

她老年癡呆了都會記得我們的生日，她就算在死去之前的那一刻，還焦灼地望著守了一整夜的我們——我。那幾個月，我們每分鐘都在咳嗽、吐口水，需要隨時擦嘴角，當時我的眼睛不時困得闔上，再一下子睜大，繼續擦。在我們的那個淩晨，她對揉著倦眼來換班的哥哥說：「孩子，快來，叫孩子歇歇！」這居然就是她的遺言。她跟死神抗爭一夜，也許就為了說出這句非常可笑、非常無意義的話。我不知道是不是，我只看到，她說完這句話，就昏迷過去，再也沒醒來。

我們對她的孝敬無非是在最後集中時間陪伴了她五個月。對於婆婆，那個母親也是，對她的孝敬無非是每年來我這裡過冬——這裡有暖氣，比鄉下暖和。在我寫「中國文化之美系列」最著迷的那幾年，總是匆匆為她和孩子準備好飯食，就繼續寫作，不吃不喝。創造的幸福讓人不可自抑。我能迷迷茫茫感覺到她來過書房，再悄悄出去。好幾次，焦灼的眼神燙到我，可娘她一直沉默，直到一隻筆「啪」掉到地上，才突然闖進來，幫我撿起，開口說話：「妮兒，你這樣，我心疼！」我抬頭，看到了娘滿眼的淚。……我們總是接受而不是施愛給我們的娘，我們總是讓她焦灼。我們愧對我們的娘，無論她活著或是死去。

我們的娘，以及我們的兄長和姐姐的、甚至我們的叔叔和阿姨的、我們的娘，是最後一批最受苦的娘——她們不像現在的娘，只有一兩個小孩，她們一般不少於兩個小孩；她們大都出自鄉村，即便後來她發奮求學，在上世紀四〇年代、五〇年代、或六〇、七〇年代考上大學或者被保送學員，卻總是根在鄉村，要照顧鄉村的婆婆和自己的媽媽，有時還要照顧婆婆的婆婆、媽媽的媽媽……她們挨過餓、甚至挨過鬥；她們很少能特別有出息有大成就的，因為她們太難太苦，拖累太多也太疲憊……她們就這麼死了，大部分都已經死了。她們中還活著的，我們使勁祝福她們。

這個年代，需要勵志需要「懷念狼」，很好，也很必要，但也有必要回頭看看來處，懷念娘，從而感受感念感恩我們的娘，讓世界由此延續人間最美好的情感和最美好的德行，讓母愛和母愛似的大愛普照萬物，讓娘成為我們、成為萬物的一部分，讓我們和我們的娘——永、不、分、離。

（本文發表於《天涯》二〇一四年第六期，題目為《農婦們》）

後記

不知將這個小小的感謝放在哪裡，後來想想，既然這一本是《唇語》，就當無聲的感恩，附在這兒吧。

十分感謝山東電子音像出版社的上司。這些陌生人，在編輯過程中越來越瞭解的恩友，讓我心中溫暖。

都是善緣。人與人之間，人與書之間，人與文學之間。

一輩子很短又很長，我會好好珍惜——締結的善緣，以及上天所賜的對於這份心靈職業的熱愛。什麼都是空的，只有作品和情意留下來。

這本書獻給我們（哥哥陳劍雲、小妹陳劍敏和我）的母親劉紹梅女士。母親已經成為天上的神。

簡墨

唇語：這次換我說給你聽

作者：簡默
責任編輯：陳浣虹
封面設計：楊岱芸
發行人：黃振庭
出版者：崧博出版事業有限公司
發行者：崧燁文化事業有限公司
E-mail：sonbookservice@gmail.com
部落格：　　粉絲頁：

地址：台北市中正區重慶南路一段六十一號八樓 815 室
8F.-815， No.61， Sec. 1， Chongqing S. Rd.， Zhongzheng Dist.， Taipei City 100， Taiwan (R.O.C.)
電話：(02)2370-3310 傳　真：(02) 2370-3210
總經銷：紅螞蟻圖書有限公司
地址：台北市內湖區舊宗路二段 121 巷 19 號　　網址：
電話：02-2795-3656　　傳真：02-2795-4100
印刷：京峯彩色印刷有限公司（京峰數位）
發行日期：2018 年 3 月第 1 版
ISBN：978-957-563-119-2
定價：380 元